中國語言文字研究輯刊

九 編

許錟輝 主編

第 2 冊

殷商至秦代出土文獻中的
紀日時稱研究（中）

彭慧賢 著

花木蘭文化出版社

國家圖書館出版品預行編目資料

殷商至秦代出土文獻中的紀日時稱研究（中）／彭慧賢 著——
初版 —— 新北市：花木蘭文化出版社，2015〔民 104〕
目 4+180 面；21×29.7 公分
（中國語言文字研究輯刊 九編；第 2 冊）
ISBN 978-986-404-383-5（精裝）
1. 甲骨文 2. 金文
802.08   104014803

ISBN- 978-986-404-383-5

中國語言文字研究輯刊

九 編　　第 二 冊　　　　ISBN：978-986-404-383-5

殷商至秦代出土文獻中的紀日時稱研究（中）

作　　者　彭慧賢
主　　編　許錟輝
總 編 輯　杜潔祥
副總編輯　楊嘉樂
編　　輯　許郁翎
出　　版　花木蘭文化出版社
社　　長　高小娟
聯絡地址　235 新北市中和區中安街七二號十三樓
　　　　　電話：02-2923-1455／傳眞：02-2923-1452
網　　址　http://www.huamulan.tw 信箱 hml810518@gmail.com
印　　刷　普羅文化出版廣告事業
初　　版　2015 年 9 月
全書字數　410895 字
定　　價　九編 16 冊（精裝）　台幣 40,000 元

殷商至秦代出土文獻中的紀日時稱研究（中）

彭慧賢　著

目次

第四章　戰國至秦代出土文獻
所見紀日時稱

　　自 19 世紀末以來，中國各地陸續挖掘大量的出土文物，尤其以竹簡爲最大宗，使得諸多學者投入相關研究；而 1971 年迄今大批長江流域戰國楚簡、秦簡被人們所挖掘，內容擴展至傳世典籍、法律文書、百姓生活等〔註1〕。歷經學者整理，上述簡文資料陸續被整理、集結成冊，使得人們得以一窺秦、楚之文化、地方特色。

　　透過竹簡文字記載內容，反映戰國末年至秦代的生活面貌，呈現當時人們在時辰、歲序之運用。過去學者研究「先秦時期」紀時制度，主要有三大類：其一，刻漏制；其二，分段紀時制；其三，十二時辰制。〔註2〕值得注意的是「分段紀時制」在殷商甲骨、西周金文已用之，經宋鎮豪統計：殷商甲骨文對於分段紀時的使用，武丁之時，劃分一天爲十二個時段，晝九晚三，而廩辛至文丁，則分爲十六個時段，晝十晚六。〔註3〕同時，殷商甲骨紀時用

〔註1〕 胡平生、李天虹：《長江流域出土簡牘與研究》（湖北：武漢教育出版社，2004 年），頁 2。

〔註2〕 宋鎮豪〈先秦時期是如何紀時的〉提到：「先秦時期的紀時制度主要有三種，即：刻漏制、分段紀時制和十二時辰制」，《文化史知識》第 6 期（1986 年），頁 80。

〔註3〕 同上註，頁 84。

語「朝」、「夕」、「旦」、「明」等，持續被鑄刻於兩周銅器銘文，針對周代與殷商出土文獻中紀日時稱，已在前兩章加以詳論。本章主要探討戰國至秦代以來出土文獻紀日時稱。

針對戰國竹簡的紀時研究，最早爲 1981 年于豪亮〈秦簡《日書》紀時紀月諸問題〉一文，文中指出睡虎地秦簡《日書》乙種簡 18～29「正月，日七夕九。二月，日八〔夕八〕。三月，日九夕七。四月，日十夕六。五月，日十一夕五。六月，日十夕六。七月，日九夕七。八月，日八夕八。九月，日七夕九。十月，日六夕十。十一月，日五夕十一。十二月，日六夕十」彰顯當時晝夜之總和爲十六。同時，又列舉《日書》乙種簡 156「□□□，□□寅，日出卯，食時辰，莫食巳，日中午，梟（日失）未，下市申，舂日酉，牛羊入戌，黃昏亥，人定□」，說明人們也將一日劃分成十二等分，配合地支加以紀時。文末更對於睡虎地秦簡所見的兩類計時法，提出了說明：因爲使用對象差別，有所區隔，即「曆法家使用十二時制」、「民間施行十六時制」〔註4〕。

爾後，陸續有人將簡文紀日時稱、概念重新探討，例如：李零、于成龍、魏德勝、何雙全、吉仕梅、陳偉等；其中李零運用傳世文獻、出土文物建構先秦「曆譜」之觀念〔註5〕，于成龍則是在博士論文第一章第五節「紀時法」

〔註4〕 于豪亮：〈秦簡《日書》紀時紀月諸問題〉，《雲夢秦簡研究》（北京：中華書局，1981年），頁 436～439。

〔註5〕 李零《簡帛古書與學術源流》提出：《數術類》「曆譜」包含「曆法、行度、譜牒、日晷和算數」，其中「『曆法』有《黃帝五家曆》至《漢元殷周牒曆》七種，對應出土物是各種年表、月表類的東西。『行度』是關於日月、五星、二十八星宿行度的推算，有《耿昌月行帛圖》至《自古五星宿紀》五種，對應出土物是馬王堆帛書〈五星占〉的五星行度表。『譜牒』是以人、事繫世繫年，有《帝王諸侯世譜》、《古來帝王年譜》，對應出土文物是雙古堆漢簡〈年表〉（睡虎地秦簡〈編年記〉也可歸入此類）。『日晷』則涉及一日內的時間計算，有《太歲謀日晷》、《日晷書》，則相當《隋志》以來的『漏刻』，對應文物似仍闕如。『算數類』與曆法和行度的計算有關，有《許書算數》、《杜忠算數》，對應文物有張家山漢簡〈算數書〉及雙古堆漢簡〈算數書〉」（北京：生活·讀書·新知三聯書店，2004年），頁 283。筆者案：針對上述李零所言「『漏刻』，對應文物似仍闕如」恐需修正，因迄今所知最早「漏壺」爲西漢時期所造，然出土文獻反映此制度能上溯自秦代，因依里耶秦簡「水十一刻下二，郵人得行。囷手」、「水一十刻下五，守府快行少內」等文例，研判秦代已經出現「水漏計時法」。

探討楚簡紀時，但羅列資料卻是睡虎地、放馬灘、周家臺三批秦簡，眞正核心楚簡卻僅用五條楚簡爲例證〔註6〕，顯然搜羅材料不夠齊全；且引證內容待商榷，因引文內三條楚簡隸屬殘闕之文，使其研究成果受侷限。至於魏德勝、何雙全分別關注睡虎地秦簡、放馬灘秦簡中「紀時」〔註7〕；而吉氏《秦漢簡帛語言研究》完成於 2004 年，是書述及「量詞」、「副詞」、「介詞」、「連詞」，卻忽略秦簡紀時語彙（名詞）〔註8〕。最後，陳偉《新出楚簡研讀》第二章第三節「新發表楚簡資料所見的紀時制度」，針對九店、天星觀加以探討，著墨於「紀月法」、「紀年法」，並將九店楚簡《日書》與睡虎地秦簡《日書》曆法予以比較〔註9〕。但綜合上述學者之言論，啓人疑竇的是：楚、秦竹簡究竟有多少紀日時稱？人們運用哪些方式予以紀時？秦、楚兩地紀時的異同？

　　針對上述諸多疑點，學界尚無法完全釐清；有鑑於此，本章核心在探討戰國至秦代出土簡帛中的「紀日時稱」，並以分節方式予以探討。在進入正文前，必須說明出土簡文之來源，譬如《香港中文大學文物館藏簡牘》雖收錄歷年收購入藏的簡牘 259 枚，僅有 10 枚是戰國簡，簡文內容多爲殘簡，已無法繫連文義〔註10〕，且沒有紀時語彙，故我們在蒐羅材料之過程中先行刪除是書。而《英國國家圖書館藏斯坦因所獲未刊漢文簡牘》雖有論及「夜」、「日

〔註6〕 于成龍：《楚禮新證——楚簡中的紀時、卜筮與祭禱》，（北京：北京大學考古文博學院博士論文，2004 年），頁 13～15。

〔註7〕 詳見（1）魏德勝：《《睡虎地秦墓竹簡》語法研究》述及「十二時制」（北京：首都師範大學出版社，2000 年），頁 58～59。爾後，魏氏將「夙暮」、「晝夕」與《漢語大字典》相比較，發現兩詞彙隸屬出土文獻新詞語，見《《睡虎地秦墓竹簡》詞彙研究》（北京：華夏出版社，2002 年），頁 76、78～79（2）何雙全討論了放馬灘「紀時」有「十二時辰」及「十六時辰」，進而重新印證于豪亮之說法，見《雙玉蘭堂文集》下「捌、從《放》簡《日書》看秦代社會」（臺北：蘭臺出版社，2002 年），頁 592。

〔註8〕 吉仕梅：《秦漢簡帛語言研究》第五章至第八章（成都：巴蜀書社，2004 年），頁 134～226。

〔註9〕 陳偉：《新出楚簡研讀》第二章第三節（武漢：武漢大學出版社，2010 年），頁 69～81。

〔註10〕 陳松長編：《香港中文大學文物館藏簡牘》（香港：香港中文大學文物館，2001 年），頁 5。

中」、「明」分段紀日時稱，然本批竹簡為漢代之出土文物，通篇簡牘殘損嚴重，字跡漫漶〔註11〕，於時代上與本文鎖定的「戰國至秦代」不符，也一併排除。

總之，本章處理出土材料鎖定於「戰國至秦代」，將時代不合、無關「紀時」主題的簡帛，在各節文末運用表格方式，加以呈現。同時，文中先將所蒐集到的簡牘採取「分域」之研究，欲勾勒出土文獻的「紀日時稱」原貌；再運用原材料之間的排比、歸納，希冀瞭解戰國末年至秦代人們所使用的「紀時語彙」，進而釐清紀時竹簡背後所蘊含的地方特徵。

第一節　楚簡帛所見紀日時稱

自七○年代以來長江流域紛紛出土竹簡，出土地集中於湖北、湖南、河南三省，其中湖北省「江陵」發掘望山、藤店、天星觀、九店、秦家嘴、雞公山、磚瓦場楚簡，「隨縣」有曾侯乙墓竹簡，「荊門」出土包山、郭店兩批楚簡；而湖南省則是在「黃岡」（曹家崗）與「長沙」（五里牌、仰天湖、楊家灣）、「常德縣」（夕陽坡）及「慈利縣」（石板村）發現多批竹簡。至於河南省則出土了「信陽長臺關」、「新蔡葛陵」兩批楚簡。整體來說，自 2004 年已有大量戰國楚簡被當地考古隊所挖掘，然而「江陵」藤店、雞公山、「慈利」石板村楚簡迄今未正式發表，其餘竹簡多半已集結成冊、公布，〔註12〕故本節以楚簡為探討核心，尋繹各批簡文的紀日時稱，藉助原材料之蒐羅、董理，將戰國時期楚人所運用紀時語彙重新呈現在讀者面前。

首先，進入「紀時」議題之前，先陳述楚簡「紀月」，其不同於昔日殷商甲骨文、西周金文運用「數字＋月份」作為紀月之標準，反倒出現新的紀月方式〔註13〕，見於睡虎地秦簡《日書》清楚記載著〈秦楚月名對照表〉，即：

〔註11〕汪濤、胡平生、吳芳思主編：《英國國家圖書館藏斯坦因所獲未刊漢文簡牘》凡例（上海：上海辭書出版社，2007 年），頁 2。

〔註12〕胡平生、李天虹：《長江流域出土簡牘與研究》第二章「長江流域及周邊地區出土的戰國楚簡」，頁 56～206。

〔註13〕陳偉〈新發表楚簡資料所見的紀時制度〉曾指出：「針對包山楚簡的資料，初步探討了楚人一年中各個月份順序的排列，即通常所說楚曆歲首的問題，指出荊夷與

十月楚冬夕，日六夕十。

十一月楚屈夕，日五夕十一。

十二月楚援夕，日六夕十。

正月楚刑夷，日七夕九。

二月楚夏屎，日八夕八。

三月楚紡月，日九夕七。

四月楚七月，日十夕六。

五月楚八月，日十一夕五。

六月楚九月，日十夕六。

七月楚十月，日九夕七。

八月楚爨月，日八夕八。

九月楚臞馬，日七夕九

簡文左側「數字＋月份」指秦曆，後三字「楚＋月名」說明秦曆相當於楚曆的月份，其中「冬夕」、「屈夕」、「援夕」、「刑夷」、「夏屎」、「紡月」、「爨月」、「臞馬」八種月名，顯然是楚國新創「紀月」之詞。而王勝利針對「楚簡紀月不同於秦簡」的原因，提出說明：春秋時期以前所用的「特殊月名」是使用周正曆法〔註 14〕。因此，透過「紀月方式」的差異，可知楚國曆法與秦國曆法存有分歧，但紀日時稱是否也具有差異，本節及下一節將取「秦、楚出土文物」爲基礎，進一步分析不同區域人們使用紀日時稱情況。

　　在眾多出土材料中，除歸納紀日時稱外，其餘無紀日時稱的簡帛，透過下列表格來加以呈現，以觀其大要。

夏曆正月相當，爲楚曆歲首之月」，《第三屆國際中國古文字學研討會論文集》（香港：香港中文大學中國文化研究所，1997 年），頁 599。

〔註14〕王勝利〈再談楚國曆法的建正問題〉提到：「筆者曾在《楚曆建正》一文中指出，『對照表』中的『冬夕』、『屈夕』、『援夕』、『刑夷』、『夏屎』、『紡月』、『爨月』、『臞馬』這八個特殊的楚月名本屬楚國春秋以前所使用的一種周正曆法」，《文物》第 3 期（1990 年），頁 67。

出土地	簡文內容、形制	時代、墓主	附　註
郭店	1 號楚墓，經整理「有字竹簡」爲 703 枚，另有殘簡 27 枚，總字數約 12072 字。	爲「戰國中期偏晚」，墓主爲低階貴族，身份與「士」相當。	未涉及「紀時」之詞。〔註15〕（頁 138）
望山	◎1 號墓：主要是「卜筮禱祠」紀錄，出土於邊箱東部，嚴重殘斷。其中最長的 39.5 釐米，短的僅有 1 釐米，寬約 1 釐米。整理者拼復，得 207 枚。 ◎2 號楚墓：「遣策」，出於箱東部，全部斷裂，經整理者拼復接後，恢復 66 枚，最爲完整的有 5 支。	◎1 號墓：「戰國中期」，墓主是楚公族悼固，死亡年齡接近 30 歲。 ◎2 號墓：「戰國中期晚段」，墓主爲女性，年齡超過 50 歲。	◎涉及紀時僅見 1 號簡 184「□夕□」。 ◎望山 2 號墓，無涉及「紀時」之詞。
曹家崗	竹簡出土於邊箱的一件竹笥內，屬於「遣策」。	屬於「戰國晚期前段」，墓主爲女性，身份相當於「下大夫」。	未涉及「紀時」之詞。（頁 338）
曾侯乙墓	簡文內容主要是關於「墓葬時所用馬車」的記載。	墓主爲「曾侯乙」，其爲「曾國國君」，下葬時間於西元前 433 年或稍晚。	未涉及「紀時」之詞。（頁 340）
長臺關	1 號墓簡：竹簡分別出於前室與左後室，而「前室」部分竹簡殘損嚴重，共 109 枚，約 500 字，屬於「典籍」；「左後室」所出竹簡保存較完整，共 28 支 1030 字，屬於「遣策」。	屬「戰國中期」楚墓，墓主身份爲「大夫」。	未涉及「紀時」之詞。（頁 374）
五里牌	406 號墓簡文爲「遣策」，內容無一完整，殘存最長 13.2 釐米，最短 4.9 釐米，寬 0.7 釐米。	墓主、時代未詳。	未涉及「紀時」之詞。（頁 467）
仰天湖	25 號墓簡文內容爲「遣策」，較完整的有 19 支簡，簡長 20.6～23.1 釐米、寬 0.9～1.1 釐米，竹簡編繩兩道。	墓主爲「楚國大夫一級的貴族」。	未涉及「紀時」之詞。（頁 469）

〔註15〕陳偉：《楚地出土戰國簡冊〔十四種〕》，頁 270、287。筆者案：本表格對於各地楚簡之內容皆源自是書。同時，爲了避免註解重複贅述，文中採用隨文「附註」的方式，加以標註頁碼。不再逐一標出作者、書名、出版項。

楊家灣	6號墓：竹簡保存情況不佳，72枚簡中僅能看見50枚，不少文字模糊不清，難以辨識。	墓主爲女性年齡不到30歲。	未涉及「紀時」之詞。（頁475）
夕陽坡	2號墓：簡文內容涉及「楚肅王之事」。其中1號簡稍殘，長67.5釐米、書32字；2號簡完整，長68釐米，書22字。	下葬時間約在「戰國中晚期」。	未涉及「紀時」之詞。（頁477）
慈利〔註16〕	◎竹簡源M36，殘簡數達4371枚，出於頭廂北側，壓在陶壺和漆樽間的淤泥：出土時簡束與周圍均浸滿淤泥，大部分黏在一起，斷裂錯位現象十分嚴重。 ◎簡文內容分兩類：一類是有傳世文獻可資對勘的，如《國語‧吳語》和《逸周書‧大武》等（殘損嚴重），另一類是《管子》、《寧越子》等書的佚文或古佚書。	◎從同出器的特徵分析，墓葬年代當在「戰國中期前段」。 ◎墓主人身份則據歷年楚墓的發掘和研究、《禮記》的記載，加以研判其身份爲「士一級」。	我們案：依據張春龍所公布的簡文內容，未尋繹到「紀日時稱」。（張文，頁5～9）

從上述簡文內容來分析：「遣策」主要記載墓主人隨葬之清單，詳細描述「殉葬之物品」，致使望山、曹家崗、曾侯乙墓、長臺關、五里牌、仰天湖楚簡皆無涉及「紀時用詞」。另外，郭店、慈利楚簡內容雖能與春秋戰國傳世文獻《老子》、《禮記》、《國語‧吳語》、《逸周書‧大武》、《管子》、《寧越子》尋繹相對之文句，但簡內依舊無涉及紀日時稱，致使本文在統計楚簡紀時的材料，共計九批內容，即：

一、江陵九店楚簡的紀日時稱

本批竹簡於1981～1989年發現湖北江陵九店，該地共挖掘597座東周墓，其中56、411、621號三座墓葬出土竹簡，迄今411號竹簡資料尙爲公布，而56號及621號竹簡內容已由湖北省文物考古研究所、北京大學中文系編輯

〔註16〕張春龍：〈慈利楚簡概述〉，艾蘭、邢文編《新出簡帛研究》，（北京：文物出版社，2004年），頁4～11。

成《九店楚簡》，並在 2000 年交付中華書局出版。

　　經學者整理九店 56 號墓，出土竹簡共計 205 枚，簡文涉及當時農作物名稱、14 組《日書》〔註 17〕。所謂《日書》提供百姓選擇日時查閱的手冊，類似現今農民曆，爲當時社會流行各種擇日、趨吉避凶之資料匯編。是批《日書》爲楚地挖掘少數涉及數術之材料，內容與睡虎地秦簡《日書》相似。而九店楚簡經學者研判其年代爲「戰國晚期」，墓主身份爲「庶人」。同時，竹簡出自側龕內，保存情況較差，係成卷入葬〔註 18〕。

　　至於，九店編號 621 號墓楚簡，本批簡文的年代屬於「戰國中期晚段」，墓主身份推測爲「士」。竹簡出土於棺槨之間，共 127 枚，保存狀況較差。竹

〔註 17〕關於《九店楚簡》依整理者所研究，共分下列 14 組，分別是：（1）簡 13～24〈建除〉：簡文主要分兩欄，上欄是「建」、「較」等十二名在一年十二個月所值日辰表，下欄是占辭。（2）簡文 25～36〈叢辰〉：簡文分兩欄，上欄紀叢辰十二神在十二個月所值日辰，而下欄則是記十二神日的占辭。（3）簡 37 上～40 上、簡文 41～42〈成日、吉日和不吉日宜忌〉：本組簡 37 號至 40 號簡上欄分春、夏、秋、冬四季不吉日、吉日和成日所在日干；而 41、42 號簡則是描述成日、吉日和不吉日的宜忌。（4）簡 37 下～40 下〈五子、五卯和五亥日禁忌〉：描述「甲子、丙子、戊子、庚子、壬子；乙卯、丁卯、己卯、辛卯、癸卯；乙亥、丁亥、己亥、辛亥、癸亥」之禁忌。（5）簡文 43、44〈告武夷〉：講述某病人爲兵死之鬼所害，不思飲食；巫祝則爲此人祈求靈魂歸來，飲食如故。（6）簡 45～59〈相宅〉：描述修建住宅的方位、朝向、地勢所帶給人的吉凶禍福。（7）簡 60～76〈占出入盜疾〉：簡文雖有所殘闕，從目前存有之簡文內容，可知本簡是以十二地支爲序，占卜「出、逃、入、疾」等事項。（8）簡 77〈太歲〉：記載「太歲」於一年每月所在的四方位置。（9）簡 78～80〈十二月宿位〉：簡文有所殘闕，但從內容推測，其記載每月合朔所躔之星宿。（10）簡 81～87〈往亡〉：內容記載「往亡日」，凡是在是日不宜出行，即「往，亡；歸，死」。（11）簡 88～93〈移徙〉：殘簡紀錄「徙四方」及「行四維」。（12）簡文 94、95〈裁衣〉：指出「裁衣」吉凶。（13）簡 96～99〈生、亡日〉：從殘存文字來看，內容涉及「生、亡日」的宜忌。（14）簡 100～146：爲楚簡殘片，迄今無法綴合、通讀。總之，上述十四類竹簡篇名、內容及與睡虎地秦簡《日書》之異同，可參閱（1）湖北省文物考古研究所、北京大學中文系編：《九店楚簡》（北京：中華書局，2000 年）。（2）胡平生、李天虹：《長江流域出土簡牘與研究》第二章第四節，（武漢：湖北教育出版社，2004 年），頁 77～82。（3）陳偉：《楚地出土戰國簡冊〔十四種〕》（北京：經濟科學出版社，2009 年），頁 304～333。

〔註 18〕陳偉：《楚地出土戰國簡冊〔十四種〕》，頁 301。

簡全部殘斷，最長者 22.2 釐米，經整理，有字殘簡 88 枚，其中字跡比較清晰的 37 枚，不清晰的 51 枚，無字簡 39 枚，是批簡文並未涉及「紀時」之詞〔註19〕。

因此，九店楚簡所出現紀日時稱，見於 56 號墓〈占出入盜疾〉，內容如下：

▨〔子，朝〕閼（閉）夕啓。凡五子，朝逃（盜）尋（得），晝不尋（得），夕不尋（得）。以內（入），見疾。以又（有）疾▨。簡60

▨西以行，北〔吉〕，南又（有）尋（得）。丑，朝啓夕閼（閉）。凡五〔丑〕▨。簡61

▨北吉，酉㠯（以）行，南又（有）尋（得）。寅，〔朝〕閼（閉）夕啓。凡五寅，朝〔逃（盜）〕尋（得），晝尋（得），夕不尋（得）。〔以內（入）〕，吉。以又（有）疾，午少翏（瘳），申大翏（瘳），死生才（在）▨。簡62

▨北見疾，西吉，南又（有）尋（得）。卯，〔朝閼（閉）夕〕啓。凡五〔卯，朝逃（盜）尋（得），夕不尋（得）〕。以內（入），必又（有）大死。以又（有）〔疾〕，未少翏（瘳），申大翏（瘳），死生才（在）丑。簡63

▨▨又（有）▨。昏（辰），朝啓夕閼（閉）。凡五辰，朝〔逃（盜）不〕尋（得），晝尋（得），夕尋（得）。以內（入），吉。以又（有）疾，栖（酉）少翏（瘳），戌大翏（瘳），死生才（在）子。簡64

▨又（有）尋（得），西兌（凶），〔南見〕疾。巳，朝閼（閉）夕啓。凡〔五巳〕，朝逃（盜）尋（得），夕不尋（得）。▨翏（瘳），死生才（在）寅。簡65

▨北得，西睧（聞）言，南〔兌（凶）。午，朝閼（閉）夕啓。凡五〕午，朝逃（盜）尋（得），夕不尋（得）。以又（有）疾，戌少翏（瘳），〔辰大翏（瘳）〕，死生才（在）寅。簡66

〔未〕以東吉，又（有）尋（得），北兌（凶），西、〔南吉。未，

〔註19〕陳偉：《楚地出土戰國簡冊〔十四種〕》，頁334。

朝〕啓夕閟（閉）。凡五未，朝逃（盜）不尋（得），晝尋（得），夕
尋（得）。以内（入），吉。以又（有）疾，子少翏（瘳），卯大翏
（瘳），死生才（在）寅。簡67

☑〔申，朝〕閟（閉）夕啓。凡五申，朝逃（盜）〔尋（得）〕☑。
簡68

☑栖（酉），朝啓〔夕〕閟（閉）。凡五栖（酉）☑。簡69

戌以東吉☑〔凡〕五戌，朝☑，辰大翏（瘳），死生才（在）栖（酉）。
簡70

☑以内（入），又（有）得，非𢾑乃引。亥，朝閟（閉）夕啓。凡五
亥，朝逃（盜）尋（得），晝尋（得），夕不尋（得）。以又（有）疾，
卯少翏（瘳），巳大翏（瘳），死生才（在）申。簡71

首先，原篇簡文無標題，劉樂賢擬定〈十二支占卜簡〉、劉信芳擬爲〈有疾〉、陳偉擬定〈十二支宜忌〉、李零擬爲〈朝夕啓閉〉、李家浩作〈占出入盜疾〉，黃儒宣擬爲〈十二支占出入盜疾〉〔註20〕，此處依李家浩之說予以訂名。

其次，簡文以十二地支爲序，描述出入方位吉凶、盜亡、疾翏（瘳）之概況，篇内簡72～76殘闕甚多，已無法還原簡文之原意；但本篇句型與睡虎地《日書》乙種簡158～169、王家臺秦簡相類。彼此皆在「疾病部分」出現了「地支日＋少翏（瘳），地支日＋大翏（瘳）」之句型，且論及「盜亡」部分，又見紀日時稱，即「朝、夕」及「晝、夕」。針對「晝、夕」一詞，劉樂賢《睡虎地秦簡日書研究》曾視作「偏義複詞」，爾後，因九店楚簡的公布，劉氏修訂前說，並將「晝、夕」分別讀之〔註21〕。故九店楚簡「晝、夕」屬泛稱，專指「白天、夜晚」，而本篇與睡虎地秦簡〈十二支占卜篇〉相異處，在於九店楚簡在占卜「地支日」疾病時，未涉及疾病的來源（食物）、某神靈作祟所致。

再者，九店簡編號60～71所出現「朝逃（不）得＋晝（不）得＋夕（不）

〔註20〕 詳見陳偉：《楚地出土戰國簡冊〔十四種〕》，頁321。

〔註21〕 參閱（1）劉樂賢：《睡虎地秦簡日書研究》（臺北：文津出版社，1994年），頁370、372。（2）劉樂賢：〈九店楚簡日書補釋〉，中國社會科學院簡帛研究中心編：《簡帛研究》第三輯（南寧：廣西教育出版社，1998年），頁90～91。

得」的句型，陳偉將其與睡虎地秦簡加以對比〔註22〕，得出：兩批簡文「逃」皆具「竊盜」之意，又因楚、秦文化有別，使得兩地簡文內容在表達方式相類，用語卻稍有差異（楚簡「朝启夕閉」、「朝盜不得，晝得，夕得」，而秦簡「旦启夕閉，夙得，暮不得」）。綜合來看，九店楚簡雖有睡虎地秦簡句型相類，也同樣反映楚、秦兩地人們對「地支與數術相結合」之觀念，但紀日時稱的使用上仍有別。

此外，九店楚簡 60「凡五子」、簡 62「凡五寅」又見於王家臺秦簡《日書》，有學者提出兩批簡文具有相當的淵源〔註23〕。文中也說明當時楚、秦兩地人們在數術思維、語言使用上因彼此交流，使得部分紀時用語分別被載於楚、秦兩地竹簡內，反映書面語在詞語使用的共通性。

二、江陵天星觀楚簡的紀日時稱

天星觀楚簡發掘於 1978 年，是批墓葬在「漆皮中」、「兵器下」發現兩批竹簡，前者保存完整，但後者卻被盜墓者所踩斷，經學者統計完整簡約 70 餘枚，長爲 64～71 釐米、寬爲 0.5～0.8 釐米，簡文字跡大多清晰，記載內容爲「遣冊、卜筮」。同時，根據出土隨葬品研判，是批墓葬時代隸屬「戰國中期」（約西元前 350 年左右）。同時，簡文內容多處論及「爲邸䐁君番勑貞」，學者證明該座墓葬之主人爲「邸䐁君」，而「番勑」則是其名。〔註24〕

本批竹簡完整之文字，迄今雖未正式發表；但部分內容已被學者所披露，而天星觀楚簡「紀時」用語，早在 1992 年及 1995 年黃錫全、滕壬生已加以探討〔註25〕，即爲「夜中」、「夜𠱑分」兩項，主要出現在：

郘還以𥞞䓯爲君貞：既肧（背）雁（膺）疾，以悗（悶），尚毋（毋）

〔註22〕陳偉：《新出楚簡研讀》（武漢：武漢大學出版社，2010 年），頁 62。

〔註23〕楊華：〈出土日書與楚地的疾病占卜〉，《新出簡帛與禮制研究》（臺北：臺灣古籍出版有限公司，2007 年），頁 109～110。

〔註24〕詳見湖北省荊州地區博物館：〈江陵天星觀一號楚墓〉，《考古學報》第 1 期（1982 年），頁 71～116。

〔註25〕分別見於：（1）黃錫全：《湖北出土商周文字輯證》圖版壹柒玖右側（武漢：武漢大學出版社，1992 年），頁 157～158。（2）滕壬生：《楚系簡帛文字編》（武漢：湖北教育出版社，1995 年），頁 51、76、586。

以是，古（故）又（有）大咎。占之吉。夜中又（有）瘠（續），夜

迡分（半）又（有）間，壬午□。（天星觀一，簡40）〔註26〕

本簡屬卜筮部分，第一句指出史官替「邸瓺君」占卜：詢問主人因「膺背肩胛
間痛」，且有心悶的徵狀，目前雖無恙，但疾病是否會醞釀災禍？而本次史官貞
卜的結果爲「吉」。爾後，藉助以「夜中」、「夜迡分」兩項紀日時稱，說明本次
疾病的康復過程。

　　至於，簡內「夜中」相當於「夜半」〔註27〕，「夜迡分」陳偉認爲是「夜過
半」，指晚於「夜中」後的那段時間〔註28〕，兩者與放馬灘秦簡所記載的時段中
相鄰的兩個時間點「夜中」、「夜過中」相似，此將於下一節秦簡部份做詳細探
討。同時，「夜迡分又（有）間」的「間」，是指病情好轉之意，此類用法見於
《方言・卷三》：

　　差、間、知，愈也。南楚病愈（癒）者謂之差，或謂之間，或謂之
　　知。知，通語也。或謂之慧，或謂之憭，或謂之瘳，或謂之蠲，或
　　謂之除。

因此，上述「夜迡分又（有）間」可理解成「夜中之後的一段時間」病情稍
有好轉之意。句中將「間」與「瘠（續）」相對〔註29〕，顯示出邸瓺君的背部

〔註26〕本處的竹簡編號參考自許道勝：〈天星觀1號楚墓卜筮禱祠簡釋文校正〉，《湖南大
　　　　學學報》（社會科學版）第22卷第3期Ｉ（2008年5月），頁12。

〔註27〕〔唐〕陸德明《釋文》：「夜中，夜半也。」《國語・吳語》韋昭注：「夜中，夜半
　　　　也。」此外，傳世文獻（1）《禮記・月令》：「是月也，日長至，陰陽爭，死生分。」
　　　　鄭玄注：「分，猶半也。」（2）《荀子・仲尼》：「齊桓五伯之盛者也，前事則殺兄
　　　　而爭國；內行則姑姊妹之不嫁者七人，閨門之內，般樂奢汰，以齊之分奉之而不
　　　　足；外事則詐邾襲莒，並國三十五。」（3）《呂氏春秋・貴生》：「所謂虧生者，六
　　　　欲分得其宜也。」三者都是以「分」爲「半」之用法。

〔註28〕天星觀楚簡「夜中」、「夜迡分」之討論，參見陳偉：《新出楚簡研讀》，頁79～80。

〔註29〕楚簡「瘠」字，趙平安讀爲「瘥」，劉釗讀成「篤」，陳偉讀作「續」，但三位學者
　　　　皆認定是字有「病情持續及加重惡化的意思」，詳見（1）趙平安：〈釋古文字資料
　　　　中的「畜」及相關諸字〉，《中國文字研究》第二輯（南寧：廣西教育出版社，2001
　　　　年），頁78～85。（2）劉釗：〈釋「債」及相關諸字〉，《中國文字》新廿八期（2002
　　　　年），頁123～132。（3）陳偉：〈讀新蔡簡箚記（四則）〉，《康樂集——曾憲通教授
　　　　七十壽慶論文集》（廣州：中山大學出版社，2006年），頁80～81。

劇烈疼痛有所緩和。故本簡採用「夜中」（夜晚正中的一段時間）、「夜逃分」（夜中過後的一個時間）來標誌作爲「病情轉變的時間標尺」〔註30〕；相較於新蔡葛陵簡「☑爲君貞：伓（背）膺疾，以痒（胖）瘬（脹）、心悗（悶），䘚（卒）戢（歲）或至夏𡢁（㮝）之月尙☑」（零：221、甲三：210），顯然本批楚簡增添「紀時用語」來描述病況。

同時，天星觀、新蔡葛陵簡皆見「背膺疾」一詞，宋華強依古醫書研判，本症狀屬於「膺背肩胛間痛」，其屬「心痛症」引發著症候〔註31〕。故透過兩批簡文對於病況之描述，得知「邸𩢸君」與「平安君成」罹患相同的疾病，也曾針對「心痛症」引發的背部劇烈疼痛予以卜筮、祭禱。

三、江陵磚瓦廠楚簡的紀日時稱

此批竹簡爲 1992 年荊門博物館在江陵磚瓦廠 370 號所清理之出土材料，共計 6 支楚簡，完整者 62.4 釐米，寬 0.8 釐米；其中四枚爲有字簡，記載「司法案例」。本批簡文的格式與包山文書類竹簡相近〔註32〕，是批材料於簡 2～簡 3 涉及紀日時稱，內容爲：

> 夏𡱞之月庚子之夕，䙳（盜）殺僕之䙷（兄）李𣊥，僕未智（知）其人。含（今）僕□（察）李□敢告於視日，夏𡱞之月庚子之夕，䙳（盜）殺僕之䙷（兄）李𣊥，僕未智（知）其人。

〔註30〕陳偉〈新發表楚簡資料所見的紀時制度〉一文中指出：「『壬午』顯然是紀日干支。相應地，『夜中』、『夜逃分』也當爲時間概念，用作表示病情變化的時間標尺。到某一時間病情會發生某種變化的文句，在針對疾病的卜筮紀錄以及日書中多有所見」，原文載於《第三屆國際中國古文字學研討會論文集》（1997 年），後又收入《新出楚簡研讀》，頁 79。

〔註31〕宋華強：《新蔡葛陵楚簡初探》第六章「葛陵簡字詞叢考」（武漢：武漢大學出版社，2010 年），頁 320～321。

〔註32〕滕壬生率先披露江陵磚瓦廠楚簡，見《楚系簡帛文字編》序言，頁 9。爾後，是批材料正氏公布在滕壬生、黃錫全：〈江陵磚瓦廠 M370 楚墓竹簡〉，《簡帛研究二〇〇一》上（桂林：廣西教育出版社，2001 年），頁 218～221。另外，陳偉：〈楚國第二批司法簡芻議論〉也對此批簡文予以探討，刊載《簡帛研究》第三輯（桂林：廣西教育出版社，2001 年），頁 116～121。後收錄自陳氏：《新出楚簡研讀》第一章第六節（武漢：武漢大學出版社，2010 年），頁 34～40。

簡 2 中「𣤟」原釋文釋作「綦」，並將是字讀作「譜」，具有「審理、審查、審問、審核」之意〔註33〕，但「𣤟」已見包山、郭店楚簡，迄今學界一致將「𣤟」隸定爲「察」，語意爲「檢查、勘驗、核實、確認」〔註34〕。

引文首句「夏杘之月庚子之夕」說明發生之時間，事件原委「覝（盜）殺僕之虯（兄）李畬，僕未智（知）其人」，其中學界對於「僕」有「原告」、「被告」不同之看法〔註35〕。但透過語意之分析，我們認爲「僕」作爲「原告」較爲可信，因簡文理解爲：「僕」（原告）向「視日」（審理官員）說明此件兇殺案：發生在「夏杘之月庚子之晚上」，盜賊殺了「僕」（原告）之兄李畬，而原告未知歹徒爲何人。

依循上述簡 2～3 記載的內容，可知本批楚簡涉及法律文書；故胡平生、李天虹皆提出「磚瓦場 370 號楚墓竹簡是繼包山簡之後出土的第二批楚國司法文書」，其對於楚國司法制度的研究來說，也是不可多得的寶貴資料〔註36〕。

四、江陵秦家嘴楚簡的紀日時稱

本批竹簡是 1986 年 5 月至 1987 年 6 月江陵秦家嘴鐵路線段所挖掘，其中秦家嘴 M1、M13、M99 三座楚墓各有出土竹簡。據發掘簡報指出：M1 的竹簡出土在邊箱的底層，上層堆放著垮塌的分板和車馬器，竹簡均殘斷，共出殘簡 7 支，涉及「祈福于王父」等祈禱內容；而 M13 竹簡則出自邊箱近頭箱一端的底層，共出殘簡 18 支，主要是「占之日吉」等內容，至於 M99 竹簡一部分放在邊箱後端底層，一部分散在棺室後端，均殘斷，計 16 支，內容爲占「貞之吉無咎、少量遣策」〔註37〕。是批竹簡尚未正式發表，目前僅能從學者研究成果

〔註33〕滕壬生、黃錫全：〈江陵磚瓦廠 M370 楚墓竹簡〉，頁 218～219。

〔註34〕學界對楚簡「𣤟」之解釋、看法，李運富曾予以蒐羅、探討，詳見〈《包山楚簡》「言業」字解詁〉，《古漢語研究》第 1 期（2003 年），頁 59～63。

〔註35〕筆者按：陳偉認爲「僕」是原告，見〈楚國第二批司法簡芻議論〉，頁 119。但滕壬生、黃錫全則主張「僕」爲「被告」，見〈江陵磚瓦廠 M370 楚墓竹簡〉，頁 219～220。

〔註36〕胡平生、李天虹著：《長江流域出土簡牘與研究》，頁 85。

〔註37〕荊沙鐵路考古隊：〈江陵秦家嘴楚墓發掘簡報〉，《江漢考古》第 2 期（1988 年），頁 36～43。

加以歸納是批材料涉及紀時之語彙〔註38〕，僅見於編號 M99 第 1 簡：

> 甲申之夕，賽禱宮地主一，賽禱行一白犬，司命……酉（酒）食祚
> 之。乙酉之日，苛慶占之吉，速瘥。

上簡述及「甲申之夕」至隔日「乙酉之日」的祭祀，其中「夕」彰顯祭禱之時間（夜間），而楊華曾統計包山、新蔡、望山、天星觀、九店楚簡之後，發現「楚人禱祠鬼神，重在夜間，這與當時人對鬼神活動規律的認識有關」，並列《離騷》中〈東君〉、〈山鬼〉等篇爲旁證〔註39〕。而秦家嘴楚簡與上述簡文所見句型相類，描述自甲申的晚上到乙酉的白天祭禱之情況，當中運用時間詞「夕」（晚上）、「日」（白天）相互對比，前項時間詞作爲「祭禱之開始」（賽禱），後者時間則是儀式後的占卜（占之吉），從而瞭解楚人希冀透過祭禱來攘災、祛疾（速瘥）。

　　值得注意的是，本次祭禱向「宮地主」及「司命」祈求墓主人的身體康復，並取「白犬」爲祭牲；而祭祀對象「宮地主、司命」，陳偉皆釋爲「中霤」〔註40〕，前者指「家宅土神」，後者「司命」遍見包山、望山、天星觀楚簡，則被楚人視爲「與生死、疾病有關的生命之神」〔註41〕，故藉助秦家嘴楚簡與其他楚簡的對應，更能凸顯出楚地祭祀習慣。

五、荊門包山楚簡的紀日時稱

　　包山楚簡在 1987 年於湖北省荊門市包山 2 號戰國大型楚墓出土，共計竹簡 278 枚，竹牘 1 枚，簡文內容可區分成三大類：司法文書、卜筮祭禱、遣冊，是目前出土楚簡中數量最多、內容種類最豐富的一批。經實際翻閱原材料，本批楚簡涉及紀時之語彙，出現於兩處，分別是：

〔註38〕針對秦家嘴楚簡最早爲滕壬生《楚系簡帛文字編》（1995 年），公布部分竹簡釋文、摹本；隨後，李零《讀〈楚系簡帛文字編〉》、李守奎《楚文字編》皆論及是批材料。但將本批材料輯校、綴合，並考釋爲晏昌貴，見〈秦家嘴「卜筮祭禱」簡釋文輯校〉，《湖北大學學報》（哲學社會科學版）第 1 期（2005 年），頁 10～13。上述引文之內容，採用晏文爲主要依據。

〔註39〕楊華：〈新蔡簡所見楚地祭禱禮儀二則〉，《新出簡帛與禮制研究》，頁 8～15。

〔註40〕陳偉：《包山楚簡初探》，（武漢：武漢大學出版社，1996 年），頁 165～169。

〔註41〕楊華：〈楚簡中的諸「司」及其經學意義〉，《新出簡帛與禮制研究》，頁 28～30。

執事人曓（早）莫（暮）救適，三受不以出，阩門又（有）敗。簡 58

執事人曓（早）莫（暮）求朔，阿不以朔廷，阩門又（有）敗。簡 63

上述兩簡皆出現「曓」（早）、「莫」（暮）兩字，前字爲黃德寬等依郭店楚簡所釋讀出〔註42〕，而後字則在 1992 年被黃錫全所考釋出〔註43〕。簡文「早暮」指「早晚」，該詞又見於《越絕書·越絕請糴內傳》「寡人屬子邦，請早暮無時」及《素問·玉機眞藏論》「一日一夜五分之，此所以占死生之早暮也」。

值得注意的是，第 58 號簡「執事人曓（早）莫（暮）救適」與第 63 號的「曓（早）莫（暮）求朔」的「莫」字，是指與「早」相對的時間詞，而簡內「莫」爲「暮」之異體字，同時，將簡 58「救」對照簡 63 版「求」，故劉信芳認爲簡 58 的「救」應讀爲「求」，有「索取、拘捕」之意〔註44〕，整體來說，兩簡皆隸屬訴訟案件。

再者，包山簡「莫（暮）」作爲紀時用語，此類用法被漢代馬王堆帛書《出行占》所繼承，如：「丙丁食時莫食自如」，其中「莫食」相當於「暮（莫）食」。同時，漢代帛書「暮食、食時」皆能溯源自秦簡，分別是：（1）睡虎地秦簡〈禹須臾〉「丙寅、丙申、丁酉、丁卯、甲戌、甲辰、乙亥、乙巳、戊午、己丑、己未，莫食以行有三喜」及〈十二時〉「〔雞鳴丑，平旦〕寅，日出卯，食時辰，莫食巳，日中午，曓（日失）未，下市申，春日酉，牛羊入戌，黃昏亥，人定〔子〕」。（2）放馬灘秦簡《日書》甲種簡 16「平旦生女，日出生男，夙食女，莫食男，日中女，日過中男」、《日書》乙種簡 142「旦生女，日出生男，夙食女，莫食男，日中女，日過中男，日則女，日下則男，日未入女，日入男，昏女，夜莫」、《日書》乙種〈納音五行〉簡 184（第 5 排）「食時市日七」、簡 190（第 4 排，當入第 5 排）「莫（暮）食前（？）鳴七」。（4）里耶秦簡編號 J1（8）簡 157 背（第 3 行）「正月丁酉旦、食時，隸妾冉以來，欣發。壬手」。

附帶一提：包山簡雖見「旦、朝、夜」三字，但並非作爲「紀日時稱」，例

〔註42〕黃德寬、徐在國：〈郭店楚簡考釋〉，《吉林大學古籍整理研究所建所十五週年紀念文集》（長春：吉林大學出版社，1998 年），頁 101。

〔註43〕黃錫全：〈《包山楚簡》部分釋文校釋〉，《湖北出土商周文字輯證》，頁 187。

〔註44〕劉信芳：《包山楚簡解詁》（臺北：藝文印書館，2003 年），頁 61。

如：簡 21「正旦塙戠之」、簡 145「東周之客緍朝」、簡 181「坪夜君」。其中「旦塙」，巫雪如將其釋爲「姓氏」，指出《通志・氏族略》「漢有西域都護但欽，又濟陰太守但巴」爲證據〔註45〕。而劉信芳則將「旦」解釋成「服役者」，把「正旦塙」釋作「『正』，其身分爲『旦』，其名爲『塙』」〔註46〕。經我們尋繹包山楚簡「旦某」之文例，發現「旦」作爲姓氏較爲可信，因簡 83「正汫期（其）戠之，旦坪爲李」、簡 88「旦娩戠之，旦䚍」、簡 97「義牢戠之，旦摔李」、簡 135 正「苛冒、趄卯並殺　之蜺玚，佥人陞謦、陞旦、陞邥、陞䣛、陞寵、連利皆智（知）其殺之」，綜合上簡之內容，包山簡 21「旦塙」作爲「人名」較作爲「職官」可信。此外，上述所列舉「緍朝」、「坪夜君」也是「朝」、「夜」作爲「人名」的用法。

六、新蔡葛陵楚簡的紀日時稱

　　本批竹簡爲 1994 年河南省新蔡縣城西北 25 公里處李橋鎮葛陵村所發掘，經學者清理後，將簡文重新分組、編號，其中「甲組」編號 523 枚，「乙組」299 枚，殘闕簡 749 枚，總計 1571 枚。是批竹簡出土時雖有部分已殘斷、散亂，經學者整理之後，將簡文內容區分成「祭禱簡」、「簿書」兩類〔註47〕。同時，依墓內出土的兵器，刻有「坪夜君成之用戟」、「坪夜君成之用戈」，說明墓主人爲楚國封君「平夜君成」。

　　關於墓葬的時間，原整理者依簡內「以事紀年、受禱楚王諡號、平夜君成」等記載，研判竹簡的年代下限爲「楚悼王末年」〔註48〕。而李學勤、劉信芳皆藉助「王遷（徙）於鄩（鄩）郢之戠（歲）」及「享月、夏柰、八月」三個月份的干支，推測葛陵簡的下限爲「楚肅王四年（西元前 377 年）」〔註49〕。至於，

〔註45〕巫雪如：《包山楚簡姓氏研究》（臺北：臺灣大學中國文學研究所碩士論文，1993 年），頁 41〜42。

〔註46〕劉信芳：《包山楚簡解詁》，頁 35。

〔註47〕河南省文物考古研究所編：《新蔡葛陵楚墓》，（鄭州：大象出版社，2003 年），頁 167、173。

〔註48〕河南省文物考古研究所編：《新蔡葛陵楚墓》，頁 182〜184。

〔註49〕參見（1）李學勤：〈論葛陵楚簡的年代〉，《文物》第 7 期（2004 年），頁 67〜70。
　　　　（2）劉信芳：〈新蔡葛陵楚墓的年代以及相關問題〉，《長江大學學報》（社會科學

邴尚白整理九條葛陵簡內「以事紀年」，推測竹簡年代處於「肅王元年（西元前380年）至悼王元年（西元前401年）」〔註50〕。面對學者們分歧的看法，近年宋華強依循著簡內平夜君成的世系及年齡、紀年、曆日，重新認定葛陵簡的年代下限「悼王元年（西元前401年）至悼王七年（西元前395年）」，即「戰國早、中期之交」〔註51〕。

本批楚簡所見的紀時用語，皆與「祭禱」有關〔註52〕，例如：

　　庚申之昏以迟（起），辛酉亯（之日）禱之（簡甲三109）

　　☐亡咎，己酉唇（晨）禱之☐（簡零307）

　　庚午亥（之夕）内齋。☐（簡甲三134、108）

上述楚簡論及「昏、唇（晨）、夕」三種紀日時稱，分別指「天黑之時、早晨時分、夜晚時分」，彼此內容皆呈現「干支日＋紀日時稱＋祭祀動詞」形式，用來說明祭禱的時間。其中，葛陵簡零307內容雖不完整，但從「己酉唇（晨）禱之」五字，可研判「唇」專指「早晨時分」，為本次請禱開始的時間。

葛陵簡甲三109開頭「庚申之昏以迟（起）」點出祭禱的開始時期，其中「迟」字，李天虹認為其屬「起」之異體，表示日期訖止〔註53〕。因此，「庚申之昏以迟（起）」表達祭禱開始的時間，再透過簡內「辛酉」、「庚申」相鄰的干支日期，研判本次祭禱活動從「庚申」天黑之時持續到隔日「辛酉」白天。再者，簡文甲三134、108「内齋」一詞，商承祚認為其相當於「致齋」，指「祭禱前的準備工作」〔註54〕；因此，簡內描述庚午晚上人們舉行祭禱前的準備工作。

至於，新蔡葛陵簡「夕」字，尚見於簡甲三163「八月辛巳亥（之夕）歸

版）第27卷第1期（2004年），頁5～8。

〔註50〕邴尚白：《葛陵楚簡研究》第二章「葛陵楚簡的整理、年代及相關問題」，頁99。

〔註51〕宋華強：《新蔡葛陵楚簡初探》第三章「平夜君成的世系及葛陵簡年代下限考訂」，頁113～135。

〔註52〕筆者案：引文中隸定、標點、補字皆源自河南省文物考古研究所編：《新蔡葛陵楚墓》。

〔註53〕李天虹：〈新蔡楚簡補釋四則〉，簡帛研究網（2003年12月17日）。

〔註54〕商承祚：《戰國楚竹簡彙編》（濟南：齊魯書社，1995年），頁234～235。

一璧於☒」、簡甲三 126 與零 95「☒戊申亥（之夕）以迡（起），己〔酉禱〕之☒」及簡乙四 5「八月己未亥（之夕），以君之疠（病）之☒」、簡甲三 119「☒甲戌之昏以迡（起），乙亥亯（之日）鳶（薦）之」。以上簡文涉及「祭禱」之事宜，內容有：專門記載祭品、祭禱日干支，且人們習慣在「祭禱日」後增添「紀日時稱」，構成「干支日＋之＋紀日時稱」的形式；藉此描述祭禱活動的起迄時間。綜合以上內容，可知戰國時期人們習慣在「昏、夕」舉行祭禱。而本批簡文祭祀特點已被楊華所掌握，故在〈新蔡簡所見楚地祭禱禮儀二則〉提出「楚人祭禱鬼神往往在夜間舉行」〔註55〕，而晏昌貴再依天星觀、秦家嘴、望山楚簡內容，研判「楚人在昏、夕之時祭禱屬於普遍性的行爲」〔註56〕。

此外，新蔡葛陵簡雖出現「蔞（暮）」、「早」兩字，即：

☒食，卲（昭）告大川有汭，曰：於（嗚）虖（虖）悽（哀）哉！

少（小）臣成，蔞（暮）生早孤☒。（簡零9、甲三23、57）

以上楚簡部分內容已殘闕，其中「蔞（暮）生」即「晚生」，宋華強提出：「從父母的角度而言，是生育的晚，從子女的角度而言當然是出生得晚」〔註57〕，本簡應從子女的角度來理解較爲妥當，因爲後兩字「早孤」亦是從子女的角度。至於，簡內「蔞」字，劉信芳認爲「蔞生」應是針對平夜君成出生以後一段時間的家境而言，平夜君成之父王孫厭雖貴爲王孫，但在平夜君成的幼年，其家道「已不顯赫」〔註58〕。故新蔡葛陵簡零9、甲三23、57「暮生」與「早孤」對言，而「暮生早孤」專指「生的晚卻孤的早」。因此，葛陵簡「早、暮」作爲修飾之用，兩字與秦簡「利早不利暮」內「早、暮」之用法迥異。

七、上海博物館藏楚簡的紀日時稱

關於「上海博物館藏戰國楚簡」的來源，係 1994 年春天被發現於香港文物

〔註55〕楊華：〈新蔡簡所見楚地祭禱禮儀二則〉，收錄於丁四新主編：《楚地簡帛思想研究》（二）（武漢：湖北教育出版社，2005 年），頁 263。

〔註56〕晏昌貴：《巫鬼與淫祀——楚簡所見方術宗教考》第三章「行爲儀節」（武漢：武漢大學出版社，2010 年），頁 246。

〔註57〕宋華強：《新蔡葛陵楚簡初探》，頁 127。

〔註58〕劉信芳：〈釋葛陵楚簡「暮生早孤」〉，武漢網（2004 年 1 月 11 日）。

市場，簡文經由李零、馬承源、陳佩芬等整理、集結成冊，直到 2011 年 5 月共出版八大冊，分別被編成《上海博物館藏戰國楚竹書（一）》至《上海博物館藏戰國楚竹書（八）》〔註59〕。

其中，此批材料具有高度學術價值，而上海博物館藏戰國楚竹書之珍貴，在於其修訂、增補傳世文獻的內容，使得讀者能瞭解戰國時期楚地思想、文化等多方面之內容。自 2001 年原材料公布後，引發兩岸三地之學者關注，紛紛投入文字考釋、思想探討，但針對簡內涉及多少紀日時稱，迄今尚無人分析。有鑑於此，本處藉助實際蒐羅、整理原材料，呈現是批楚簡所出現的紀日時稱，分別為：

1. 夙（夙）共出現 3 次，分別是：（1）上博二〈民之父母〉簡 8 「墜（成）王不敔（敢）康，迺（夙）夜嘼（基）命又（宥）窨（密）」。（2）上博五〈季庚子問於孔子〉簡 10 「是古（故）臤（賢）人之居邦豪（家）也，婆（夙）暴（興）夜寐（寐）」。（3）上博五〈弟子問〉簡 22〜23「婆（夙）興夜牀（寐）呂（以）求龥（聞）之又（有）」。上述三簡「夙」字，寫作「𤕫」（婆）、「𤕫」（迺）兩種構形，前種寫法繼承西周晚期銘文「𤕫」（《集成》4331〈芮伯歸夆簋〉），而後者「𤕫」之構形，濮茅左依循《說文》「夙」的古文（𤕫、𤕫），進而分析此字「從歺、从夕」，研判〈民之父母〉「迺（夙）夜」即「朝夕」〔註60〕。針對〈民之父母〉內容也見《毛詩·周頌·昊天有成命》，皆描述「成王不敢安逸，雖有天命，仍辛勤地（從早到晚）處理經營國政，寬和謹慎」〔註61〕。

關於〈季庚子問孔子〉「婆（夙）暴（興）夜寐（寐）」又見於《詩經》（〈小宛〉、〈氓〉、〈抑〉）、《左傳·襄公七年》、《淮南子·修務訓》，大意「要求君子勤求治理，立政之要，朝夕臨政，已知恤民」〔註62〕。因此，無論傳世文獻或

〔註59〕筆者案：《上海博物館藏戰國楚竹書（八）》（上海：上海古籍出版社，2011 年），書中收錄〈子道餓〉、〈顏淵問於孔子〉、〈成王既邦〉、〈命〉、〈王居〉、〈志書乃言〉、〈李頌〉、〈蘭賦〉、〈有皇將起〉、〈鶹鷅〉10 篇，簡文無論及紀日時稱。

〔註60〕馬承源主編：《上海博物館藏戰國楚竹書（二）》〈民之父母〉（上海：上海古籍出版社，2002 年），頁 166。

〔註61〕季旭昇師主編：《《上海博物館藏戰國楚竹書（二）》讀本》「〈民之父母〉譯釋」（臺北：萬卷樓圖書股份有限公司，2003 年），頁 13〜15。

〔註62〕馬承源主編：《上海博物館藏戰國楚竹書（五）》〈季庚子問孔子〉（上海：上海古

楚簡都採用「娿（夙）鼆（興）夜鷈（寐）」來描述君子（執政者）辛勤於民政。至於〈弟子問〉與〈季庚子問孔子〉都出現「娿（夙）鼆（興）夜鷈（寐）」，但記載內容有所不同，本篇與《禮記‧坊記》、《論語‧學而》相互對應之後，發現彼此皆紀錄「孔子與弟子間的問答」。值得注意的是，〈弟子問〉簡 22 人名「賜」後出現「▎」（句讀符號），其屬「專有名詞提示性符號」〔註 63〕，顯示本次對話的受事對象爲「子貢」。

　　2. 杳：僅出現 1 次，在上博四〈內豊〉簡 8「昔（時）杳（昧），祏（攻）、縈、行，祝於五祀」，原釋文將「昔（時）杳（昧）」理解成「時在昧爽」〔註 64〕。因此篇內「昧」作爲「時稱」，其指「黎明破曉時分」，即「天將明未明的明暗相雜」之時。同時，本簡「祏（攻）、縈」兩字，原釋文認爲皆「祭名」，並舉《周禮》作爲旁證，並將「行」理解爲「祭主道路行作之神的祀名」；而「五祀」則透過《國語‧魯語上》、《禮記‧月令》等記載，研判其屬「住宅內外的五種神」法〔註 65〕。綜合上述原釋文的描述，本簡指：黎明破曉之時進行，祏（攻）、縈兩類祭祀，對「祭主道路行作之神」、「五祀」進行祝禱。但，原釋文未將「五祀」詳加定義，故季旭昇、楊華重新根據楚簡、傳世文獻再探「五祀」，認爲其專指「祭祀住宅內外的五種神」，即鄭玄所云「門、戶、中霤、竈、行」〔註 66〕。

籍出版社，2005 年），頁 218。

〔註 63〕沈培：〈關於「抄寫者誤加『句讀符號』的更正意見」〉，武漢網（2006 年 2 月 25 日）。此外，孫偉龍、李守奎〈上博簡標識符號五題〉也提出與沈培相同之意見，收錄《簡帛》第三輯，頁 188。

〔註 64〕馬承源主編：《上海博物館藏戰國楚竹書（四）》〈內豊〉，頁 227。

〔註 65〕李朝遠認爲：「『五祀』文獻中有多種記載：（一）據《國語‧魯語上》，謂諦、郊、宗、祖、報五種祭禮。（二）祭祀五行之神，《太平御覽》卷五二九：『祠五祀，謂五行金木水火土也』。（三）祭祀住宅內外的五種神，《禮記‧月令》：『臘先祖五祀。』鄭玄注：『五祀，門、戶、中霤、**竈**、行也』。」參見馬承源主編：《上海博物館藏戰國楚竹書（四）》〈內豊〉釋文，頁 227。

〔註 66〕詳見（1）季旭昇師主編：《《上海博物館藏戰國楚竹書（四）》讀本》〈〈內豊〉譯釋〉，頁 118～120。（2）楊華：〈「五祀」祭禱與秦漢文化的繼承〉，《新出簡帛與禮制研究》，頁 117～134。筆者案：楊華在文中更進一步蒐集葛陵、包山、望山、九店楚簡及雲夢、岳山、周家臺秦簡涉及「五祀」之內容，釐清春秋至漢代「五祀」的名稱、順序。

3. 且，出現 2 次，皆出現上博五：〈姑成家父〉簡 1「姑（苦）戜（成）豪（家）父呂（以）亓（其）族參（三）坪（郤）正（征）百（白）鑠（狄），不思（使）反，躬與士仉（處）琯（官），且夕絧（治）之，思（使）又（有）君臣之節」〔註 67〕、〈三德〉簡 1「櫺（平）且母（毋）哭」。其中，〈姑成家父〉描述春秋中葉（晉國）姑成家父（郤犫）任用三郤征討白狄，而「不思（使）反，躬與士仉（處）琯（官）」，整理者作「不思反廷」，經何有祖校訂後，將「不思（使）反」單獨爲句〔註 68〕。周鳳五從何說，將「不思反」理解成「不使白狄反叛」，而「仉（處）琯（官）」則作「居官、任官」〔註 69〕。故〈姑成家父〉前三句說明姑成家父輔佐之功，再以「且夕絧（治）之」彰顯其輔政辛勞，其中「且夕」作爲時間狀語加以修飾「治之」，致使「思（使）又（有）君臣之節」。至於〈三德〉中「櫺（平）且」相當於「且」（日出之時），因「古人根據天色把夜半以後分爲雞鳴、昧旦、平旦三階段；『昧旦』指天將亮而未亮的時間，『平旦』指天亮的時間」〔註 70〕。

4. 明：僅出現 1 次，即：〈三德〉簡 1「櫺（平）且母（毋）哭，明（🖾）母（毋）訶（歌）」，以上簡文出現兩種紀日時稱，分別是「平旦、明」。而原考釋者認爲「櫺」讀作「平」，所謂「平旦」約相當「今日早上五六點」，並將「明」理解成「天亮時」〔註 71〕。值得注意的是，本簡「明」寫作「🖾」，晏昌貴提出不同之說法，依據睡虎地秦簡《日書》甲種簡 155「墨（晦）日，利壞垣、

〔註 67〕 上述簡文的句讀、隸定依據周鳳五：〈上博五〈姑成家父〉重編新釋〉，《臺大中文學報》第 25 期（2006 年 12 月），頁 4。

〔註 68〕 何有祖：〈《季庚子問於孔子》與《姑成家父》試讀〉，武漢網（2006 年 2 月 19 日）。

〔註 69〕 周鳳五：〈上博五〈姑成家父〉重編新釋〉，頁 8～9。筆者案：淺野裕一贊成周鳳五之「簡文句讀」及「百豫」之說，遂將上述簡文理解作「苦成家父於是動用了三郤一族征討白狄，以鎮定叛亂。苦成家父平常（與白狄兵卒）共食宿，不分晝夜訓練兵卒，教導君臣之節」，詳見《上博楚簡與先秦思想》第六章「〈姑成家父〉中的百豫」》（臺北：萬卷樓圖書股份有限公司，2008 年），頁 131。

〔註 70〕 本文「平旦、昧旦」彼此的差異，主要參閱「教育部重編國語辭典修訂本」之內容，網址：http://dict.revised.moe.edu.tw/cgi-bin/newDict/dict.sh?idx=dict.idx&cond=%A5%AD%A5%B9&pieceLen=50&fld=1&cat=&imgFont=1。

〔註 71〕 馬承源主編：《上海博物館藏戰國楚竹書（五）》〈三德〉，（上海：上海古籍出版社，2005 年），頁 288。

徹室、出寄者，毋歌。朔日，利入室，毋哭。望，利爲囷倉」及《顏氏家訓‧風操》、《抱朴子‧微旨》內容，認爲「細察原簡照片，該『明』字與本簡『明』上部、第 3 簡『天命孔明』的寫法均不相同，可能即是『晦朔』之『晦』字」〔註72〕，從晏氏之說，可知〈三德〉「＜圖＞」似乎與楚簡「明」字構形有所不同，但究竟「＜圖＞」即「晦」，是否誠如其所述「從月從黑省聲」？ 以下透過文字構形的分析，發現〈三德〉左側偏旁雖與楚簡「黑」上方偏旁相類，參下表：

構形	＜圖＞	＜圖＞	＜圖＞	＜圖＞	＜圖＞	＜圖＞
字	墨	墨	墨	墨	黑	墨
出處	包山文書簡7	包山文書簡12	包山文書簡192	曾侯乙墓簡46	曾侯乙墓簡174	上博六〈用日〉簡3

從表內的文字偏旁分析，晏氏的說法似乎有其道理，然是說卻忽略自殷商以來「明」具有「從囧偏旁」的寫法，即：

《合集》21037（殷商）→ ＜圖＞ 〈明公簋〉、 ＜圖＞ 〈秦公簋〉（西周）
→ ＜圖＞、＜圖＞〈侯馬盟書〉156.17（春秋晚期）→ ＜圖＞ 〈詔版〉（秦）

因此，藉助古文字的偏旁分析法、構形之間的比對，我們認爲上博五〈三德〉「＜圖＞」依舊以釋「明」較爲妥當，偏旁應是「從囧、從月」。故晏先生通過文獻之對讀、音韻關連，將「＜圖＞」釋爲「從月從黑省聲」是待斟酌。

5. 早：共出現 2 次，皆見於上博四〈曹沫之陳〉簡 32「曰：牏（將）早行。乃命白徒：『早飤（食）戕（銜）兵，各載尔贕（賑，藏）』」〔註73〕，其中第一個「早」字，原釋文僅依文字構形加以描繪，作「＜圖＞」，直到陳劍才將該字釋讀（上從「日」，下從「棗」聲）〔註74〕，此處「早」指「早晨」，用來說明本次戰役的出發時間。另外，篇內另一項時稱「早食」，相當於文獻「蚤食」，即《淮南子‧天文訓》「〔日〕至于曾泉，是謂蚤食」。整體而言，本簡

〔註72〕晏昌貴：〈〈三德〉四箚〉，武漢網（2006 年 3 月 7 日）。

〔註73〕釋文標點、部分釋讀參考高佑仁：〈〈曹沫之陳〉譯釋〉，收入季旭昇師主編：《《上海博物館藏戰國楚竹書（四）》讀本》（臺北：萬卷樓圖書股份有限公司，2007 年），頁 147、155、209～210。

〔註74〕陳劍：〈上博竹書《曹沫之陳》新編釋文（稿）〉，簡帛研究網（2005 年 2 月 11 日）。

描述復戰之道，前者論及「遂因敵軍士兵受傷、車輦損壞，建議我軍早晨時加以攻打之」，並再命令沒有訓練過的白徒，在「早食」（早餐吃飽後）開始載運兵器，各自運好士兵的「錙重糧秣」。

6. 朝，僅見於 1 次，即：上博六〈用曰〉簡 15「宦于朝（朝）夕，而考（巧）於左右」。簡內「考」讀爲「巧」〔註75〕，本篇說明「爲官之道」。針對上述〈用曰〉簡 15 所蘊涵的概念與《國語‧晉語》「夫事君者，諫過而賞善，薦可而替否，獻能而進賢，擇材而薦之，朝夕誦善敗而納之」相類。

7. 夕：出現 3 次，分別是：（1）上博四〈柬大王泊旱〉簡 9「闔未啓，王呂（以）告槾（相）屢（徙）與中余：『含（今）夕不殼（殼）夢若此，何』」，原考釋（濮茅左）將「王夢晶（三）闔（圭）未啓」作爲連讀〔註76〕，經陳斯鵬校釋，遂將「三」字下斷讀，形成「闔未啓，王呂（以）告槾（相）屢（徙）與中余」〔註77〕。其說可從，因簡文涉及占夢，前兩句描述一大早（闔門未開）王就跑去詢問「槾（相）屢（徙）、中余」，其中「槾（相）屢（徙）、中余」皆屬「楚王隨侍之官」〔註78〕，楚王詢問身邊兩位隨侍官「晚上」夢境所代表的意涵。至於，本簡中「王夢」的具體內容，季旭昇已提出「因爲簡 9 前面可能有殘簡，所以無法確知」〔註79〕。（2）上博五〈姑成家父〉簡 1「姑（苦）戈（成）豪（家）父呂（以）亓（其）族參（三）坴（郤）正（征）百（白）鯀（狄），不思（使）反，躬與士仉（處）塙（官），且夕絗（治）之，思（使）又（有）君臣之節」，其中「『且夕』連用」爲戰國楚簡首創，昔日西周冊命銘文僅見「且」單獨出現，簡內透過兩項記時用語連用，用來修飾「治之」，

〔註75〕馬承源主編：《上海博物館藏戰國楚竹書（六）》〈用曰〉（上海：上海古籍出版社，2007 年），頁 302。

〔註76〕馬承源主編：《上海博物館藏戰國楚竹書（四）》〈柬大王泊旱〉（上海：上海古籍出版社，2004 年），頁 203。

〔註77〕陳斯鵬：〈〈柬大王泊旱〉編聯補議〉，簡帛研究網（2005 年 3 月 7 日）。

〔註78〕陳偉〈柬大王泊旱新研〉將「相徙」依周鳳五之說，讀爲「相隨」即「楚王近侍之官」，而「中余」就是古書中的「中謝」、「中射」，其爲「侍御之官」。陳說收錄武漢大學簡帛研究中心主辦：《簡帛》第二輯（上海：上海古籍出版社，2007 年），頁 267。

〔註79〕詳見季旭昇師主編：《《上海博物館藏戰國楚竹書（四）》讀本》〈〈柬大王泊旱〉譯釋〉案語（臺北：萬卷樓圖書股份有限公司，2007 年），頁 95。

語意從原本「早晚」引申作爲「辛勤」，故「且夕絧（治）之」四字，說明姑成家父辛勤地輔佐政事。（3）上博六〈用日〉簡 15「宦于朝夕，而考（巧）於左右」。

　　8. 夜：出現 3 次，共有「夾」、「夢」兩種寫法，前者見於上博二〈民之父母〉簡 8「壓（成）王不敔（敢）康，邇（夙）夜舂（基）命又（宥）窨（密），亡（無）聖（聲）之綫（樂）」，後者則出現上博五〈季庚子問於孔子〉簡 10「嫛（夙）興夜眛（寐）」及〈弟子問〉簡 22「嫛（夙）興夜眛（寐）呂（以）求翻（聞）」。值得注意的是，上博簡「夜」與另一紀時用語「夙」結合，構成複合詞，而「夙夜」爲楚簡繼承兩周金文的用法。且無論〈民之父母〉抑或〈季庚子問於孔子〉、〈弟子問〉內容皆能尋繹文獻相對應，譬如：〈民之父母〉前兩句與《毛詩・周頌・昊天有成命》「成王不敢康，夙夜基命宥密」相同，而〈季庚子問於孔子〉、〈弟子問〉「嫛（夙）興夜眛（寐）」則見於《詩經・小宛》、《左傳・襄公廿六年》等文獻。

　　總之，上海博物館藏楚簡共計 8 種紀日時稱，分別是「夘（夙）、昚（昧）〔爽〕、（平）且、明、早、朝、夕、夜」；其中「早」、「平旦」爲楚簡新出現的紀時用語，其餘詞彙皆可溯源自西周銘文。

八、清華大學藏戰國竹簡的紀日時稱

　　關於清華簡來源，爲 2008 年 7 月清華大學所收藏，原簡爲昔日中國流散到境外之戰國竹簡；經學者之整理後，發現竹簡數量（含殘片）約 2500 枚，內容可與傳世文獻《尚書》等相對應，深具學術價值。經過兩年的努力。是批簡文已在 2010 年出版成冊，共有〈尹至〉、〈尹誥〉、〈程寤〉、〈保訓〉、〈耆夜〉、〈金縢〉、〈皇門〉、〈祭公〉和〈楚居〉九篇〔註80〕。是批簡文所涉及紀日時稱，分別有：

（一）昚（昧）〔爽〕

　　己丑昚（昧）〔爽〕□□□□□□□□□。〔王〕若曰：發，朕〈朕〉
　　疾壹甚。〈保訓〉簡 1～2

〔註80〕清華大學出土文獻研究與保護中心編、李學勤主編：《清華大學藏戰國竹簡（壹）》，
　　　　（上海：中西書局，2010 年）。

上述「杳（昧）」字後文已殘闕，考釋者依文意增補「爽」，將本簡內容與習見《書‧牧誓》、《逸周書‧酆保》相互對照，故依循考釋者所增補的內容，可知清華簡「杳（昧）」即「杳（昧）爽」之殘文，其指「日出之前」，天將明未明的明暗相雜（黎明破曉）之時。

同時，引文內〈保訓〉兩簡，原考釋者也提出幾項內容：（1）簡內「朕」字偏旁訛混，簡內寫作「䑠」，其所從聲符與習見的「关」有別，在戰國楚文字「朕」所從的「关」常與「乔」易混〔註81〕。（2）關於「寁」字，原釋者認為是字曾見新蔡葛陵簡189、簡300、簡484，並依劉樂賢之說法，將是字的語意理解為「速」也（疑是「寁」，即「捷」），故將本簡「疾寁甚」三字，理解為「病勢迅速加劇」〔註82〕。透過上述內容可知：〈保訓〉簡1句末「己丑杳（昧）〔爽〕」點明了發生的時間，又因原簡2的上半處已殘闕，遂使讀者無法獲知「己丑日」發生的事蹟。至於，「〔王〕若曰：發，䑠〈朕〉疾寁甚」七字，則說明了文王的病勢。

（二）朝

今夫君子，不憙（喜）不藥（樂）；日月亓（其）穰（邁），從朝及（及）夕，母（毋）已大康，則夂（終）以复（祚）。〈耆夜〉簡12～13

本篇「日月其穰」一詞，原考釋者將其與《詩‧蟋蟀》「日月其邁」相互對應〔註83〕，進而提出「穰」有「勉勵」之意〔註84〕。而簡內出現「朝、夕」兩項紀日時稱，以修飾主語「君子」（武王），說明其辛勤於政。同時，是批楚簡將「朝、夕」兩字分開，並使用「從、及」兩類介詞加以連結，用來表示時間的起迄，即「從早上到晚上」。因此，〈耆夜〉簡12～13說明了武王克殷後，自身勤政之情況，簡內使用「朝、夕」兩字，欲彰顯武王勤於政事，終日唯

〔註81〕王瑜楨：〈談楚系簡帛文字中「关」旁與「并」旁的訛混現象〉，發表在國立中興大學通識教育中心舉辦「國科會專題研究計畫研究成果發表會：古文字與簡帛文獻學術研討會」（2011年12月17日）。

〔註82〕清華大學出土文獻研究與保護中心編、李學勤主編：《清華大學藏戰國竹簡（壹）》，頁144。

〔註83〕清華大學出土文獻研究與保護中心編、李學勤主編：《清華大學藏戰國竹簡（壹）》，頁154。

〔註84〕范常喜：〈金文「蔑曆」補釋〉，復旦網（2011年1月9日）。

恐於安逸，遂使周王室逐漸繁盛。

　　值得注意的是，西周時期「朝夕」常見於銅器，但從未將兩字置入「介詞」成分，透過楚簡「介詞＋時間名詞＋介詞＋時間名詞」的句型，可知「朝夕」在介詞（從、及）的標注下，它們與行爲動作的關係得以凸顯，進而體現「起時」、「終時」功能性，藉此瞭解到戰國時期楚地人們具有「時間流向」的觀念〔註85〕。

（三）夕

> 是夕，天反風，禾斯记（起），凡大木斋=（之所）𣩍（拔），二公命邦人𡖫（盡）遉（復）𡎆（筑）之。𢦏（歲）大又（有）年，𫞶（秋）則大敓（穫）。〈金縢〉簡13～14

上述兩簡能與今本《尚書》「反風，禾則盡起。二公命邦人，凡大木所偃，盡起而築之，歲則大熟」相印證。其中「𡎆」寫作「𡎆」，原整理者讀爲「筑」，並無詳細說明。而黃人二、趙思木進一步釐清其文字構形、語意，提出清華簡中「復大木而築之者」，謂重新扶起傾覆之大木，而後擣實其下土。又認爲「『𡎆』字當讀爲『築』，《說文》：『築，（所以）擣也。』及『筑，以竹擊之成曲，五弦之樂。』可知『築』爲『版築』之本字，『擣實』則其引申之義，『筑』則與此無涉。『築』從『筑』聲，『筑』從竹，竹亦聲；本篇此字如是作，則當是從土竹聲。《說文》『築』之古文作『𡎆』，亦從土得義，是其證也」〔註86〕。

　　綜合以上內容，可知〈金縢〉陳述成王親迎周公後，自然、農作恢復昔日之平靜、豐稔。值得注意的是，清華簡增添「是夕」兩字，強調成王迎接周公當晚的情況；但今本《尚書》新增添「王出郊，天乃雨」兩句，藉此能看出傳世文獻與出土文物的差異。同時，根據《尚書正義》之記載「祭天於南郊，故謂之『郊』，郊是祭天之處也。『王出郊』者，出城至郊，爲壇告天

〔註85〕漢語「時間流向」的觀念，李向農《現代漢語時點時段研究》曾提出：現代漢語中「由介詞構成的時間結構，多半是與『過去→現在→未來』的三時間鍊相關連的」。（武漢：華中師範大學出版社，1997年），頁54。

〔註86〕黃人二、趙思木：〈讀《清華大學藏戰國竹簡（壹）》書後（二）〉，武漢網（2011年1月8日）。

也。《周禮·大宗伯》云：『以蒼璧禮天，牲幣如其器之色。』是祭天有玉有幣，今言郊者，以玉幣祭天，告天以謝過也。王謝天，天即反風起禾，明王郊之是也」〔註87〕，可知今本《尚書》增添了兩句的動機，欲傳達萬物恢復平靜的原因，在於「王告天以謝過也」。

另外，〈祭公之顧命〉簡20～21「肰（然）母（毋）夕□維我周又（有）棠（常）型（刑）」。本處因楚簡內容已殘闕，無法獲知該字是否為「紀日時稱」之用；僅能依循考釋者所述：「夕，邪母鐸部字，疑讀為喻母鐸部之『數』，《說文》：『終也。』『夕』下一字不清，疑「豒」，即「絕」字。句意即乃毋終絕」〔註88〕。

（四）夜

悳（懼）亓（其）宔（主），夜而內屍（尸），氏今曰奕＝（奕，奕）朾（必）夜。〈楚居〉簡5

考釋者認為：「悳即《說文》「懼」之古文，而「宔」讀為「主」，並將「主人」指鄀人。同時，也指出簡內「屍」、「奕」分別為「祭祀名」、「夜裡舉行祭祀行為」〔註89〕。而簡內「氏」字，劉樂賢〈讀清華簡札記〉讀成「至」，又提出「文獻中的常見例子是作『至今』。其實，『氏』與『至』在古代不只是意義相近，而且讀音也很接近，可以通假。最為明顯的例子，是馬王堆帛書《式法·祭》將星宿『氏』都寫作了『至』」〔註90〕。故「夜而內屍（尸），氏今曰奕」可理解成「畬羃之際，楚人在夜間舉行祭祀，直到今日則被稱作『奕』」〔註91〕，透過

〔註87〕〔漢〕孔安國傳；〔唐〕孔穎達疏；李學勤主編；廖名春，陳明整理：《尚書正義·周書》（臺北：臺灣古籍出版有限公司，2001年），頁403。

〔註88〕清華大學出土文獻研究與保護中心編、李學勤主編：《清華大學藏戰國竹簡（壹）》，頁178。

〔註89〕清華大學出土文獻研究與保護中心編、李學勤主編：《清華大學藏戰國竹簡（壹）》，頁185。

〔註90〕劉樂賢：〈讀清華簡札記〉，武漢網（2011年1月11日）。

〔註91〕關於簡內「畬羃」，《清華大學藏戰國竹簡（壹）》原考釋者提出：「《左傳》、《史記》作『熊繹』熊狂之子，生活在周成王與康王時期。《左傳》昭公十二年楚靈王與右尹子革語云：『昔我先王熊繹，與呂伋、王孫牟、燮父、禽父並事康王，四國皆有分，我獨無有。』《楚世家》：『熊繹當周成王時，舉文、武勤勞之後嗣，而封熊繹

清華簡的內容，能瞭解楚國夜間祭祀制度之奠定：早在周初成康之際，人們已發展出自身之祭祀習慣。故在日後的戰國出土文物，譬如：包山、葛陵、天星觀、望山簡的文字紀錄皆能尋繹「楚人夜間祭禱」之軌跡。

另外，清華簡〈耆夜〉多處提及「夜」字，像是簡3「王夜筲（爵）𥁕（酬）繹（畢）公〔九〕复（作）訶（歌）一夂（終）日藥＝脂＝酉＝（《樂樂旨酒》）、簡4「王夜筲（爵）𥁕（酬）周公」、簡6「周公夜筲（爵）𥁕（酬）繹（畢）公」、簡7～8「周公或夜筲（爵）𥁕（酬）王」，值得注意的是本篇「夜」不作爲「紀時用語」，原釋文已明白指出「夜，古音喻母鐸部，在此讀爲『舍爵』之舍，舍在書母魚部，可相通假。或説讀爲《説文》的『𠬶』字，音爲端母鐸部，該字今《書・顧命》作『咤』，訓爲『奠爵』，與『舍爵』同義。筲，『爵』的形聲字。𥁕，此處借爲『酬』」〔註92〕，從以上內容可知「夜筲（爵）」即「舍爵」，依《左傳・桓公二年》「凡公行，告于宗廟，反行飲至，舍爵策勳焉。禮也，特相會，往來稱地，讓事也，自參以上，則往稱地，來稱會，成事也」，得知本篇是陳述武王八年伐「黎」（耆）凱旋歸來後，其在文王宗廟對大臣們互相敬酒稱賀，記其功勳之情況〔註93〕。

（五）彔

〈尹至〉隹（惟）尹自顋（夏）蘁（徂）白（亳），彔至才（在）
湯。簡1

原釋文認爲：首句「尹」即「伊尹」，而「自夏徂亳」則與《國語・楚語上》云武丁「自河徂亳」句似。至於第二句「𢓜」字（彔，從彔聲）讀爲「逯」，並依據《方言》、《廣雅・釋詁》、《爾雅・釋詁》記載，將「彔」理解成「行、在、存」之意〔註94〕。近日，郭永秉從殷商甲骨的紀日時稱，予以研判本簡「彔」

於楚蠻，封以子男之田，姓芈氏，居丹陽。楚子熊繹與魯公伯禽、衛康叔子牟、晉侯燮、齊太公子呂伋俱事成王。』屈鈞，人名，『鈞』字見《集韻・諄韻》，同『紃』。或説字從玄從勻，是雙音符字。此人與楚武王後裔屈氏無關」。頁184。

〔註92〕清華大學出土文獻研究與保護中心編、李學勤主編：《清華大學藏戰國竹簡（壹）》，頁152。

〔註93〕任攀、程少軒整理：〈網摘・《清華一》專輯〉，復旦網（2011年2月2日）。

〔註94〕同註92，頁128。

屬「夜間時稱」（相當於「夜半」）〔註95〕。其說可從，故〈尹至〉說明伊尹從
顥（夏）往白（亳），到「夜半時分」抵達湯之處所。

至於 2011 年 12 月所出版《清華大學藏戰國竹簡（貳）》，內容爲〈繫年〉
二十三章，體例和一些內容近於西晉時汲冢發現的《竹書紀年》，敘述了西周初
到戰國前期的史事〔註96〕。經實際翻閱原材料後，發現全書並無紀日時稱。

九、長沙子彈庫楚帛書的紀日時稱

本批墓葬出土帛書一幅，現存美國紐約大都會博物館。內容經學者整理後，
區分甲、乙、丙篇，其中〈甲篇〉特別強調「敬天順時」、「惟天作福，神則格
之；惟天作妖，神則惠之」，後類思想顯然是戰國以來的「五行刑德」思想之所
本。而〈乙篇〉則是講神話，內容與甲篇互爲表裏，作爲甲篇所述神秘思想的
背景。至於〈丙編〉共計 12 章，每章代表一個月份，略述該月宜忌，如某月可
不可以嫁娶，某月可不可以行師用兵，某月可不可以營築屋宅等等。是篇反映
了「數術」思維〔註97〕。

本批材料在〈乙篇〉涉及神話（共工、相土）、自然物候（四時、風雨、
日月）、紀日時稱（宵、朝、晝、夕），即：「共攻（工）剆（抗）步，十日四
寺（時），□□神則閏，四□母（毋）思，□神風雨，晨（辰）禕（緯）亂乍
（作）。乃逆日月＝，以遚（轉）相土，思（使）又（有）宵又（有）朝，又
（有）晝（有）夕」〔註98〕，其中「共攻（工）剆（抗）步」至「晨（辰）禕
（緯）亂乍（作）」諸句之理解：共工違抗天帝，到處爲亂，使得十日四時產
生紊亂之現象，像是風雨失調、天上星辰的秩序混亂。而「乃逆日月＝，以遚

〔註95〕郭永秉：〈清華簡《尹至》「嫙至在湯」解〉，發表於清華大學出土文獻研究與保護
　　　　中心主辦「清華大學藏戰國竹簡（壹）」國際學術研討會」，（2011 年 6 月 28 日至
　　　　29 日），頁 27。另外，郭氏之說，獲得孫飛燕之贊同，參見：〈試論《尹至》的「至
　　　　在湯」與《尹誥》的「及湯」〉，刊載「復旦網」（2011 年 1 月 10 日）。

〔註96〕清華大學出土文獻研究與保護中心編、李學勤主編：《清華大學藏戰國竹簡（貳）》
　　　　（上海：中西書局，2011 年），頁 1。

〔註97〕李零：《長沙子彈庫戰國楚帛書研究》「二、楚帛書的結構、內容與性質」（北京：
　　　　中華書局，1985 年），頁 31～35。

〔註98〕文字隸定、標點，根據陳嘉凌：《《楚帛書》文字析議》（臺北：國立臺灣師範大學
　　　　中國文學系研究所博士論文，2008 年），頁 182。

（轉）相土」解釋成「帝俊」於是迎接日月，使風雨、星辰重新回歸正常的軌道運行〔註99〕，至於「思（使）又（有）宵又（有）朝，又（有）畫（有）夕」兩句，說明了結果，指歷經共工爲亂、帝俊整治後，使人間生活重新恢復昔日之常軌，遂有「宵、朝、畫、夕」。值得注意的是「宵、朝、畫、夕」意味「一天之內分出早晚四時」，有「民時於以確立」之意圖〔註100〕。

　　總之，戰國楚帛書所使用紀日時稱，共計有「宵、朝、畫、夕」四種；其中「朝、畫、夕」三字的使用，已見於西周銅器銘文。至於，「宵」爲是批材料新出現紀日時稱，專指「夜晚」，類似用法出現《詩·豳風·七月》「畫爾于茅，宵爾索綯」。

　　整理本節的內容，能歸納出下表：

編號	出　處	紀　日　時　稱	數量
1	九店	朝、夕	2
2	天星觀	夜中、夜迡中	2
3	磚瓦場	夕	1
4	秦家嘴	夕	1
5	包山	纍（早）、蓐（暮）	2
6	葛陵	脣（晨）、昏、夕	3
7	上博簡	夙（夙）、昚（昧）〔爽〕、旦、明、早、朝、夕、夜	8
8	清華簡	昚（昧）爽、朝、夕、夜、彔	5
9	楚帛書	宵、朝、畫、夕	4

從表格中能發現下列幾項要點，分別是：第一、上述八批楚簡、一批帛書所見時稱多半已見於金文，即「昚（昧）〔爽〕」、「旦」、「朝」、「夕」、「暮」、「夜」、「夙」、「脣（晨）」，其中包山簡、上博簡四〈曹沫之陳〉出現「早」作爲「早晨」之用，而楚帛書新增了「宵」字，兩者皆屬楚簡增添的紀時語彙。

　　第二、楚地紀時並不完整，無法建構完整一日之時制。目前所見楚簡中「紀日時稱」幾乎集中在「祭禱、日書」兩類內容，反映出楚人習慣於「夜間舉行祭禱」。此外，依清華簡〈楚居〉記載的內容，可知楚地自西周早期的「成康之

〔註99〕陳嘉凌：《《楚帛書》文字析議》，頁185～196。
〔註100〕詳見（1）李零：《長沙子彈庫戰國楚帛書研究》「三、釋文考證　乙篇」，頁73。
　　　　（2）饒宗頤、曾憲通：《楚帛書》（香港：中華書局，1985年），頁125。

際」已有夜間祭祀之習慣，直到戰國時期各地楚簡依舊保持此項習俗。

第三、部分楚簡「紀日時稱」可與秦簡相互對照，例如：（1）包山簡「早、暮」對言又見於睡虎地秦簡《日書》甲種。（2）楚簡中紀日時稱「旦、夕、朝」三字，分別在放馬灘秦簡《日書》甲〈禹須臾所以見人日〉簡 57（下半）「卯，旦，有言，聽。安，許。晝，聽。夕，不聽」及睡虎地秦簡《日書》甲簡 157 正〈吏〉「子：朝見，有告，聽」。從上述兩例說明了秦、楚地區的人們在紀日時稱使用的相同處。同時，藉助部分簡文對比，也能尋繹兩地在紀時用詞的差異，瞭解紀時文化背後所蘊含的地方特色。

第二節　秦簡牘所見紀日時稱

迄今出土秦簡甚多，其中龍崗秦簡描述秦代的法律，墓主為「從事司法事務的小吏，後來被治罪判刑，成為刑徒，在雲夢禁苑服刑作『城旦』」〔註101〕；因此，本批簡文「旦」非時稱，且書內未述及紀時議題，故將是批竹簡先行排除。

再者，戰國中晚期《青川木牘》為秦代簡牘資料中最早的墨跡，是牘共有兩枚，一枚已殘損不全，另一枚百餘字〔註102〕，是批材料未涉及紀日時稱；僅以開頭「二年十一月己酉朔，朔日」、「四年十二月不除道者」表示紀年、月份、干支日〔註103〕。另外，湖北江陵楊家山秦簡，學者依墓葬形制、隨葬品研判時

〔註101〕筆者案：龍崗秦簡僅記「年、月、干支日」，見簡 98「廿五年四月乙亥」、簡 116「廿四年正月甲寅」及木牘 300 號「九月丙申」，經學者考證後，研判是批竹簡是「秦始皇統一中國後的遺物」；且從內容予以分析，其「顯然比睡虎地秦簡年代要晚」。參見中國文物研究所、湖北省文物考古研究所編：《龍崗秦簡》（北京：中華書局，2001 年），頁 7。

〔註102〕孫鶴：《秦簡牘書研究》（北京：北京大學圖書館，2009 年），頁 50。

〔註103〕筆者案：木牘正面寫到「二年十一月己酉朔，朔日，王命丞相戊、內史匽，民臂（辟），更修《為田律》：田廣一步，袤八則，為畛。畝二畛，一百（陌）道；田畝為頃，一千（阡）道，道廣三步。封高四尺，大稱其高；朶（埒）高尺，下厚二尺。以秋八月，修封朶（埒），正彊（疆）畔，及芟千（阡）百（陌）之大草；九月，大除道及阪險；十月，為橋，修波（陂）堤，利津梁，鮮草離。非除道之時而有陷敗不可行，輒為之」，背面則是寫到「四年十二月不除道者：□二田，□一田，章一田，□六田，□一田，□一田，□一田，□一田」。針對此批材料探討可參（1）李學勤：

間隸屬「秦代」（上限不超過西元前 278 年，下限當在西漢前）；該墓出土竹簡 75 枚，大部分簡文保存完好。簡文內容為「遣冊」（隨葬物品的清單），每簡字數少則 2 字，多至 10 餘字〔註104〕，無涉及紀時語彙。

因此，依目前蒐集到的秦簡材料，涉及紀時內容，分別見於睡虎地、王家臺、放馬灘、周家臺、里耶、嶽麓書院藏秦簡（見〔附錄三〕）及江陵岳山木牘；上述七批簡牘記載的內容，多半與政事、法律條文、《日書》有關。值得注意的是「紀日時稱」最常出現在《日書》，而學界對《日書》之研究，始於 1982 年饒宗頤、曾憲通所撰《雲夢秦簡日書研究》〔註105〕。爾後，此議題漸受學者們的重視，例如：林劍鳴充分利用《日書》資料研究秦地人們的價值觀〔註106〕，吳小強認為《日書》集中反映了秦代中下層社會人民的宗教觀念、中下層秦人宗教觀念特點是關注自我、重視疾病，人鬼相通、巫文化濃厚、陰陽五行思想流行〔註107〕。而管仲超、劉道超則探究民俗學與《日書》間關係〔註108〕。

〈青川郝家坪木牘研究〉，原刊載《文物》第 10 期（1982 年），後收入《李學勤集——追溯‧考據‧古文明》（哈爾濱：黑龍江教育出版社，1989 年），頁 274～283。

（2）胡平生、李天虹：《長江流域出土簡牘與研究》，頁 218～221。

〔註104〕湖北省荊州地區博物館：〈江陵楊家山 135 號秦墓發掘簡報〉，《文物》第 8 期（1993 年），頁 1～11。

〔註105〕饒宗頤、曾憲通：《雲夢秦簡日書研究》（香港：中文大學出版社，1982 年）。

〔註106〕林劍鳴：〈從秦人價值看秦文化的特點〉，《歷史研究》第 3 期（1987 年），頁 69～71。

〔註107〕吳小強對《日書》研究，參見（1）〈《日書》與秦社會風俗〉，《文博》第 2 期（1990 年），頁 87～92。（2）〈論秦人宗教思維特徵——雲夢秦簡《日書》的宗教學研究〉，《江漢考古》第 1 期（1992 年），頁 92～97。（3）〈從日書看秦人的生與死〉，《簡牘學報》第 15 期（1993 年 12 月），頁 115～123。

〔註108〕管仲超：〈從秦簡《日書》看戰國時期擇吉民俗〉，《武漢教育學院報》第 15 卷第 5 期（1996 年），頁 79～85；劉道超：〈秦簡《日書》擇吉民俗研究〉，《廣西師範大學學報》第 40 卷第 3 期（2004 年），頁 137～142。筆者按：其他學者對竹簡《日書》研究，詳見（1）駢宇騫、段書安編著：《本世紀以來出土簡帛概述》中「論注目錄」部分，（臺北：萬卷樓圖書有限公司，1999 年），頁 129～208。（2）劉樂賢：《簡帛數術文獻討論》第二章「出土五行類文獻研究（上）——秦簡《日書叢考》」，（武漢：湖北教育出版社，2002 年），頁 53～69。（3）沈頌金：《二十世紀簡帛學研究》下編「中外兩國學者研究秦簡《日書》評述」，（北京：學苑出版社，

　　綜合以上學者對《日書》的看法，可知其充分展現當時人們「宗教、疾病、數術」等觀念。而所謂「數術」，李零曾提出：「『數術』一詞大概與『象數』的概念有關。『象』是形於外者，指表像或象徵；『數』是涵於內者，指數理關係和邏輯關係。它既包括研究實際天象曆數的天文曆算之學，也包括用各種神秘方法因象求義、見數推理的占卜之術。雖然按現代人的理解，占卜和天文曆算完全是兩類東西，但在古人的理解中，它卻是屬於同一體系，因爲在他們看來，前者和後者都是溝通天、人的技術手段」〔註109〕。故《日書》是戰國末葉人們用以擇日、趨吉避凶的數術書籍。就目前出土文物來看，秦地出土《日書》較楚地多，藉著分析之，更能瞭解秦地紀日時稱。有鑑於此，本章探討秦簡中「紀時用語」，且爲便利快速的掌握原材料，以下先透過表格呈現「不含紀日時稱」的秦簡，以供參酌，如：

出土地	簡文內容、形制	時代、墓主	附註〔註110〕
雲夢睡虎地 M4 號（湖北）	出土兩枚「家書」木牘，一枚保存完整：長 23.1 釐米、寬 3.4 釐米、厚 0.3 釐米；另一枚下段殘闕，僅存長 23.1 釐米、寬 2.6 釐米、厚 0.3 釐米。	◎約在秦王政 24 年（B.C.223 年）左右。 ◎墓主身份爲「小吏」。	未涉及紀日時稱。（頁 268）
雲夢龍崗（湖北）	◎簡文內容涉及「禁苑」。 ◎竹簡出於棺內下半部，分散於淤泥當中，且多殘斷，保存狀況較差。從保存狀況較完整的竹簡推測，簡長 28 釐米、寬 0.5～0.7 釐米、厚 0.1 釐米（約秦制一尺兩吋）。 ◎簡文上半字跡大多清楚，下半殘損嚴重；文字爲秦隸，字形整齊，書風統一，應出自一人之手。	◎依簡 116「廿四年正月甲寅」、簡 98「廿五年四月乙亥」），其屬秦始皇統一中國後的遺物。 ◎墓主應爲管理禁苑有關的官吏（故從各種法律條文中摘抄禁苑有關的內容）。	未涉及紀日時稱。（頁 287～294）

〔註108續〕2003 年），頁 670～680。

〔註109〕李零：《中國方術考》（北京：中國人民出版社，1993 年），頁 32。

〔註110〕表格對秦簡之描述、斷代，依據胡平生、李天虹：《長江流域出土簡牘與研究》第三章「長江流域出土的秦簡」，文內僅列舉是書之頁碼，不再逐一註解出處。

江陵楊家山（湖北）	◎內容爲遣冊，每簡字數少則 2 字，多至 10 餘字。出土竹簡 75 枚，置於邊箱靠頭一端的槨底版上，保存完好。簡文置於邊箱靠頭箱一端的槨底板；簡文長 22.9 釐米、寬 0.6 釐米、厚 0.1 釐米左右。 ◎文字爲墨書秦隸，字跡大部分清晰可辨。	本批材料無紀年材料，但依據墓葬形制、隨葬品予以研判其隸屬「秦」（上限不會超過西元前 278 年，下限西漢前）。	未涉及紀日時稱。（頁 270～271）
青川郝家坪（四川）	出土兩塊木牘，一塊長 46 釐米、寬 3.5 釐米、厚 0.5 釐米；另一塊長 46 釐米、寬 3.5 釐米、厚 0.4 釐米。涉及開關、治理田畝法律。	從木牘正面「二年十一月己酉朔日」可知其屬「秦武王二年」（西元前 309 年）。	未涉及紀日時稱（頁 218～221）

從上表內清楚可知共有 4 批楚簡未涉及紀日時稱，其中郝家坪、龍崗涉及當時法律、政治議題，使得秦簡內具有紀時制度共有雲夢睡虎地、王家臺、天水放馬灘、周家臺、里耶、岳山、嶽麓書院藏秦簡。上述七批簡所出現的紀日時稱，分別是：

一、睡虎地秦簡的紀日時稱

1975 年～1976 年間，湖北省孝感地區出土雲夢睡虎地秦簡，分別在 M11 及 M4 區發現有字竹簡、木牘。其中 M4 出土兩塊家信木牘，一塊保存完好，長 23.1 釐米，寬 3.4 釐米，厚 0.3 釐米；另一塊下段殘闕，殘長 17.3 釐米，寬 2.6 釐米，厚 0.3 釐米。兩木牘皆用毛筆寫有兩面字跡，內容是士兵「寫給家中的信」，而木牘的年代爲「秦王政 24 年（西元前 223 年）左右」[註111]，當中並未涉及紀日時稱；反倒是 M11 區秦簡的《日書》存有大量紀時用語。

睡虎地秦簡編號 M11《日書》分爲甲、乙兩組，「甲種」共 166 支簡，簡的正面和背面都有字，讀簡時先讀正面，再讀背面，字寫得又小又密；而「乙

[註111] 詳見（1）黃盛璋：〈雲夢秦墓兩封家信中有關歷史地理的問題〉，《文物》第 8 期（1980 年），頁 74～77。（2）胡平生、李天虹：《長江流域出土簡牘與研究》第三章第四節「湖北雲夢睡虎地 4 號秦墓木牘」，頁 268。

種」共 259 支簡，只正面有字，字寫得大些，兩組簡文都描述當時選擇時日，譬如：出行、見官、裁衣、修建房屋等日常瑣事。從《日書》記載內容，反映出人們的陰陽五行、數術等思維。

　　整體來說，睡虎地秦簡的年代，經饒宗頤、王暉研判其隸屬「戰國晚年至秦初」〔註112〕，簡內的《日書》字數，據劉樂賢統計甲種現存一萬兩千餘字，乙種現存六千餘字，共計一萬八千餘字〔註113〕。而本批簡文紀時的探討，始於于豪亮〈秦簡《日書》紀時紀月諸問題〉〔註114〕，文內從《日書》乙種〈十二時〉簡156「〔雞鳴丑，平旦〕寅，日出卯，食時辰，莫食巳，日中午，暴（日失）未，下市申，舂日酉，牛羊入戌，黃昏亥，人定〔子〕」說明當時以「十二辰表示十二時」，隨後再引《日書》甲種與乙種〔註115〕、馬王堆帛書《陰陽五行》、王充《論衡·說日》之內容，證明同時期也將「一晝夜劃分成十六時」。于氏所提出的觀念，在迄今為止的出土秦簡中，確實能證明戰國末年已見「十二時制、十六時制」，前類已見於睡虎地秦簡，後類則是出現在放馬灘秦簡《日書》〈生子篇〉，但是否誠如于氏所述，「秦漢民間普遍使用的是十六時制，十二時制只為曆法家等少數人所使用」〔註116〕，此部分留待後文詳述，本處先羅列睡虎地秦簡紀日時稱〔註117〕，分別是：

〔註112〕詳見饒宗頤：〈雲夢秦簡日書研究〉，收錄《楚地出土文獻三種研究》，（北京：中華書局，1993年），頁405。此外，王暉《秦出土文獻編年》亦認為：「睡虎地簡《日書》甲、乙種約秦昭襄王五十一年（B.C.256年）至秦始皇三十年（B.C.217年）之四十年間」，（臺北：新文豐出版股份有限公司，2000年），頁189～249。

〔註113〕劉樂賢：《睡虎地秦簡日書研究》（臺北：文津出版社，1994年），頁2。

〔註114〕于豪亮：〈秦簡《日書》紀時紀月諸問題〉，《雲夢秦簡研究》（臺北：帛書出版社，1986年），頁436～439。

〔註115〕《日書》甲種「正月，日七夕九簡60背參。二月，日八夕八簡61背參。三月，日九夕七簡參。四月，日十夕六簡63背參。五月，日十一夕五簡64背參。六月，日十夕六簡65背參。七月，日九夕七簡66背參。八月，日八夕八簡67背參。九月，日七夕九簡68背參。十月，日六夕十簡60背肆。十一月，日五夕十一簡61背肆。十二月，日六夕十簡62背肆」。

〔註116〕同註114。

〔註117〕筆者案：本文標點、句讀皆依睡虎地秦墓竹簡整理小組編：《睡虎地秦墓竹簡》（北京：文物出版社，1990年）。為了避免贅述，行文涉及本書時，儘量採取隨文標註的方式。

（一）夙

關於睡虎地秦簡「夙」共出現 9 次，像是：

> 〈盜者〉夙得莫（暮）不得。‧名多酉起嬰。_{簡 78 背}

> 〈行書〉行傳書、受書，必書其起及到日月夙莫（暮），以輒相報毆
>
> （也）。_{簡 184}

首先，〈盜者〉採用十二地支爲首字，隨後再描述竊盜者爲何人、長相、藏匿
處等，藉此瞭解到戰國末年人們以數術來推測盜者。其次，篇內「夙得莫（暮）
不得」是說明逮捕竊盜者之時間，即：「早上較容易逮捕之，至晚上則不易拘
捕」。

再者，〈行書〉描述戰國末年秦地郵驛制度，簡內出現兩種紀日時稱「夙、
莫（暮）」，專指「早、晚」之意，兩者連用可溯源《詩‧齊風‧東方未明》「折
柳樊圃，狂夫瞿瞿。不能辰夜，不夙則莫」，毛傳：「夙，早；莫，晚」。

從〈行書〉記載內容，反映戰國末年傳送、接收文書之概況，當時人們必
須詳細註明發文、收文之月份、日期、時辰，以便於日後上報。針對上述郵驛
制度，至秦代里耶簡充分被落實。例如：J1（8）簡 157 背第二行「正月戊戌日
中，守府快行」、同簡第三行「正月丁酉旦、食時，隸妾冄以來，欣發。壬手」、
J1（9）簡 981 背「九月庚午旦，佐壬以來。扁發。壬手」。

（二）旦

睡虎地秦簡秦簡「旦」出現 14 次，本處列舉《日書》甲種〈稷辰〉爲例：

> 正月以朔，多雨，歲中，毋（無）兵，多盜。旦雨夕齊（霽），夕雨
>
> 不齊（霽）。_{簡 43 正（p.185）}

本篇開頭已標明「稷辰」，饒宗頤藉助二重證據，指出「稷辰即叢辰」〔註118〕；
所謂「叢辰」指「以陰陽五行配合歲月日時，附會人事，造出許多吉凶辰名」。
上述簡文開頭的「陰」指「陰日」，與同批秦簡《日書》甲種〈除〉簡 6 正貳
「陰日：利以家室，祭祀、家（嫁）子、取婦、入材、大吉；以見君上，數

〔註118〕饒宗頤、曾憲通：《雲夢秦簡日書研究》，頁 11～12。筆者案：饒氏之說法，學者
　　　　紛紛贊成是說，詳見（1）劉樂賢：《睡虎地秦簡日書研究》，頁 58。（2）王子今：
　　　　《睡虎地秦簡《日書》甲種疏證》（武漢：湖北教育出版社，2003 年），頁 84～85。

達，毋（無）咎」相互對照後，得知兩篇皆述及「陰日」宜於「祭祀、嫁娶、納財」。但〈稷辰〉相較於〈除〉增添適合「埋葬、娛樂、飲食」的事宜，更新增了「生子、入寄」之禁忌、正月「卜雨、問兵」之概況。

上述〈稷辰〉引文涉及「卜雨、問兵」部分，可能與《史記・龜策列傳》「卜歲中禾稼孰不孰」、「卜歲中有兵無兵」相呼應〔註119〕。彼此皆反映人民日常生活中重視「農業豐稔」、「災害存否」，其中「兵」應視為「災害」之意，相同用法見於《呂氏春秋・侈樂》「失樂之情，其樂不樂。樂不樂者，其民必怨，其生必傷。其生之與樂也，若冰之於炎日，反以自兵」，高誘注：「兵，災也」，陳奇猷指出「兵之原義為持斤砍伐。自砍伐其性，則是自為災害，故高訓兵為災也」〔註120〕。同時，從「旦雨夕齊（霽），夕雨不齊（霽）」彰顯出當時人們對「雨、齊（霽）」之關注，句中「旦、夕」作為「紀日時稱」，以說明當日天剛亮、晚間天氣之概況。

再者，《日書》甲種〈盜者〉也出現「旦、夕」相對的句子，即：

> 卯，兔也。盜者大面，頭頯〈頹〉，疵在鼻，臧（藏）於草中，旦閉夕啓北方。・多〈名〉兔竈陘突垣義酉。簡72背

> 酉，水也。盜者鬲而黃色，疵在面，臧（藏）於圜中草下，旦啓夕閉。夙得莫（暮）不得。・名多酉起嬰。簡78背

本篇以「十二地支」作為句首，下接十二個動物，且依動物習性、長相予以推測出盜賊之長相、藏匿處、名字，是篇為專門捉拿盜匪的擇日條文。引文兩簡共出現「旦、夕、夙、莫」四種時稱，而睡虎地秦墓竹簡整理小組將「頯」、「水」分別釋為「頭惡也（《說文繫傳》）」、「音近讀為雉，野雞」（頁220～221）。但究竟「頭惡」為何？本文依王子今的說法，取《玉篇・頁部》「頯，顀頯，禿」之載，將「頭頯」釋為「頭禿」〔註121〕，故〈盜者〉簡72大意：「卯日」追捕盜賊，那盜賊恐有兔子之習性，長相是：大臉、禿頭，且鼻子有毛病，可能藏匿在草中。同時，簡內「旦閉夕啓北方」則說明了拘捕之方位（北方）、時間（旦、夕），句末「多〈名〉兔竈陘突垣義酉」是陳述盜匪「姓名」。另

〔註119〕劉樂賢：《睡虎地秦簡日書研究》，頁56。

〔註120〕陳奇猷：《呂氏春秋校釋》卷五（臺北：華正書局，1985年），頁269。

〔註121〕王子今：《睡虎地秦簡《日書》甲種疏證》，頁453。

外，簡 78 則陳述：在「酉日」追捕盜賊，其外在的形貌應該是瘦弱、皮膚黃、臉上有瑕疵，常藏匿在圓形的草下方，在「早晨、晚上」恐怕無法追捕到此人。

因此，透過睡虎地秦簡〈盜者〉得以瞭解戰國末年運用數術來捉拿盜匪，並建構「捕盜圖式」，即「透過干支日來論述盜匪的外型、身體特徵、躲藏處、追捕時間、名字」，故賀潤坤認為《日書》中〈盜者〉的功能在於「輿論和精神上有震懾竊盜者和維護地方社會治安的作用」〔註 122〕。

附帶一提：《日書》甲種〈歲〉出現「方位＋旦＋亡」之句型，例如：簡 64〜65「刑夷、八月、獻馬，歲在東方，以北大羊（祥），東旦亡，南遇英（殃），西數反其鄉。夏夷、九月、中夕，歲在南方，以東大羊（祥），南旦亡，西禺（遇）英（殃），北數反其鄉」，當中「旦」不作「紀日時稱」，睡虎地秦墓竹簡整理小組認為「旦」應讀為「彈」（頁 191）。

（三）朝

睡虎地秦簡「朝」共見 34 次，本處舉〈吏〉為例，並將簡文歸納成下表：

	朝見	晏見	晝見	日虒見	夕見
子	有告，聽簡 157 正壹	有告，不聽簡 157 正貳	有美言簡 157 正參	令復見之簡 157 正肆	有美言簡 157 正伍
丑	有奴（怒）簡 158 正壹	有美言簡 158 正貳	禺奴（怒）簡 158 正參	有告，聽簡 158 正肆	有惡言簡 158 正伍
寅	有奴（怒）簡 159 正壹	說（悅）簡 159 正貳	不得，復簡 159 正參	不言，得簡 159 正肆	有告，聽簡 159 正伍
卯	喜，請命，許簡 160 正壹	說（悅）簡 160 正貳	有告，聽簡 160 正參	請命，許簡 160 正肆	有奴（怒）簡 160 正伍
辰	有告，聽簡 161 正壹	請命，許簡 161 正貳	請命，許簡 161 正參	有告，不聽簡 161 正肆	請命，許簡 161 正伍
巳	不說（悅）簡 162 正壹	有告，聽簡 162 正貳	有告，不聽簡 162 正參	有告，禺（遇）奴（怒）簡 162 正肆	有後言簡 162 正伍
午	不詒（怡）簡 163 正壹	百事不成簡 163 正貳	有告，聽簡 163 正參	造，許簡 163 正肆	說簡 163 正伍
申	禺（遇）奴（怒）簡 164 正壹	得語簡 164 正貳	不說（悅）簡 164 正參	有後言簡 164 正肆	請命，許簡 164 正伍

〔註 122〕賀潤坤：〈從雲夢秦簡看秦社會有關捕盜概況〉，中國社會科學院簡帛研究中心編輯《簡帛研究》第三輯（南寧：廣西教育出版社，1998 年），頁 147〜151。

| 戌 | 有告，聽簡 165 正壹 | 造，許簡 165 正貳 | 得語簡 165 正參 | 請命，許簡 165 正肆 | 有惡言簡 165 正伍 |
| 亥 | 有後言簡 166 正壹 | 不詒（怡）簡 166 正貳 | 令復見之簡 166 正參 | 有惡言簡 166 正肆 | 令復見之簡 166 正伍 |

從表中清楚可知：睡虎地秦簡〈吏〉以十二地支作爲「句首」，並出現「朝、晏、晝、日虎、夕」五項紀日時稱，藉此用來描述十二地支日在上述五個時段求見長官之概況。當中「朝、夕」皆延續兩周金文紀日時稱，而「晝」又見於江陵九店楚簡 60〈占出入盜疾〉「晝不得」，該詞專指「白天」。

關於〈吏〉「晏、日虎」兩詞，爲戰國末年新增之紀日時稱，其中「日虎」一詞，饒宗頤指出「日虎、日施、日下稷皆日斜之異名」〔註123〕；而「晏」應爲「晏食」之省，劉樂賢依《淮南子·天文訓》「〔日〕至于曾泉，是謂蚤食；至于桑野，是謂晏食」，研判其相當於「晚食」〔註124〕。然從周家臺秦簡〈線圖〉卻證明劉說之非，因圖內「晏食」介於「食時、廷食」之間，指「食時後的一段時間」〔註125〕。

同時，再藉助秦簡〈吏〉上下文脈絡，發現其與放馬灘秦簡《日書》乙種簡 25～34（下半）〈方位吉時〉記載內容相類，彼此都以「地支」爲句首，並描述一日五個時段求見長官之概況，以下屬於兩批秦簡的比較：

| 睡虎地 | 朝 | 晏食 | 晝 | 暴（日失） | 夕 |
| 放馬灘 | 旦 | 安食 | 日中 | 日失 | 夕日 |

從上表可知，睡虎地秦簡「晏食」與放馬灘「安食」相對，而劉釗〈談考古資料在《說文》研究中的重要性〉已提出兩類時稱相同，即「放馬秦簡作『安』、『安食』相當於『晏』和『晏食』，而『晏食』曾見於文獻《淮南子·天文訓》和《黃帝內經·素問·標本病傳論》，具體時間相當於『巳』時，即『上午九時至十一時之間』；再引《說文》『晏』爲『天清』，即『日出清濟』正可對應。文末，認定過去將『晏食』之『晏』訓爲『晚』之意，恐非」〔註126〕。綜合

〔註123〕饒宗頤著：《饒宗頤二十世紀學術文集》卷三「日虎」（臺北：新文豐出版股份有限公司，2003 年），頁 398。

〔註124〕劉樂賢：《睡虎地秦簡日書研究》，頁 201。

〔註125〕彭勝華、劉國勝〈沙市周家臺秦墓出土線圖初探〉，李學勤、謝桂華主編《簡帛研究二○○一》（桂林，廣西師範大學出版社，2001 年），頁 246。

〔註126〕劉釗：〈談考古資料在《說文》研究中的重要性〉，《中國古文字研究》第一輯（長

以上論點，無論是從周家臺秦簡〈線圖〉出現位置、放馬灘「安食」的順序，一致指向戰國末年秦簡「晏食」不應理解作「晚食」，其應當在「日中」之前。

此外，從睡虎地秦簡〈吏〉「有告，聽」、「有美言」、「令復見之」、「有奴（怒）」、「有後言」等文字描述，呈現戰國末年「爲吏者」面見長官的戒愼恐懼。其中「後言」兩字，睡虎地秦墓整理小組認爲其指「背後的議論」，類似用法見於《書・益稷》「汝無面從，退有後言」（頁208）。而同篇尚有「惡言、美言」相類的詞，彼此皆呈現戰國末年人們不同時辰求見長官，遭遇之概況。故林劍鳴提出是批秦簡能作爲「討論秦時政治生活情狀和政治文化面貌的重要資料」〔註127〕。

（四）棗（早）

睡虎地秦簡出現「棗」（早）2次，內容如下：

> 建日：良日也。可以爲嗇夫，可以祠，利棗（早）不利莫（暮），可
> 以入人、始寇〔冠〕、乘車。有爲也，吉。簡14正貳

以上屬於《日書》甲種〈建除〉之內容，所謂「建除」指「數術家以爲天文中的十二辰，分別象徵人事上的建、除、滿、平、定、執、破、危、成、收、開、閉十二種情況」，秦簡內用以占測人事吉凶禍福的方法。相似內容又見於文獻《淮南子・天文訓》「寅爲建，卯爲除，辰爲滿，巳爲平，主生；午爲定，未爲執，主陷；申爲破，主衡；酉爲危，主杓；戌爲成，主少德；亥爲收，主大德；子爲開，主太歲；丑爲閉，主太陰」。

引文第二句「良日也」則是用以修飾「建日」，全簡大意：建日，吉日也，是日能從事「任官、祭祀、買進奴隸、舉行成人禮、乘車」五項活動，其中「任官、祭祀」適合在白天進行，較不適合施行於夜間。而「利棗不利莫」五字，曾有人解釋爲「利急不利遲」〔註128〕，是說有兩點待釐清之觀念：其一、爲何僅有「任官、祭祀」利急不利遲，作者並無交代。其二、「莫」理解爲「遲」，皆爲漢代以後文獻〔註129〕，在先秦未見。基於上述兩點未解之疑惑，我們傾向

春：吉林大學出版社，1999年），頁223～241。

〔註127〕林劍鳴：〈秦漢政治生活中的神秘主義〉，《歷史研究》第4期（1991年），頁107～116。

〔註128〕王子今：《睡虎地秦簡《日書》甲種疏證》，頁56～57。

〔註129〕《漢語大詞典》將「暮」釋爲「遲」之例證：(1)《呂氏春秋・謹聽》「《周箴》曰：

將「棗（早）、莫（暮）」視爲「紀時用語」，本篇紀錄戰國末年秦人在「建日」對於「特殊時辰」的禁忌。

同批秦簡另一處論及「棗（早）」則是《封診式》〈穴盜〉簡 82「乙以迺二月爲此衣，五十尺，帛裏，絲絮五斤橐（裝），繆繒五尺緣及殿（純）。不智（知）盜者可（何）人及棗（早）莫（暮），毋（無）意殹（也）」。以上簡文將「棗（早）、莫（暮）」對舉，藉此也能視作上述《日書》〈建除〉「棗（早）、莫（暮）」作爲「紀日時稱」的旁證。

另外，《日書》甲種〈行〉簡 129、乙種簡 135「有爲也而遇雨，命之央（殃）蚤（早）至，不出三月，有死亡之志致（至）」，當中「蚤」並非作爲「紀時」之用，其用來修飾「命之央（殃）」，上述兩簡主要告誡人們必須避開「赤啻（帝）臨日」，因當日諸事不宜，人們若在「赤啻（帝）臨日」（出行）會遇到降雨，容易遇到災禍使生命提早結束，甚至不到三個月，就會死亡。

（五）食　時

睡虎地秦簡「食時」共出現 2 次，即：

> 〔雞鳴丑，平旦〕寅，日出卯，食時辰，莫食巳，日中午，暴（日失）未，下市中，舂日酉，牛羊入戌，黃昏亥，人定〔子〕。簡 156

> 清旦、食時、日則（昃）、莫（暮）、夕。簡 233 壹

上述兩段內容皆與時稱有關，前者〈十二時〉描述戰國十二時制，後段「清旦、食時、日則（昃）、莫（暮）、夕」論及五項紀日時稱，是篇內容原考釋者認爲「簡文位置是依簡下部〈入官〉的內容試定的」（頁 250）。但從語意加以研判，本簡與〈入官〉描述四季的特殊干支日隸屬「入官良日」無關，故無法依循原考釋者制訂篇名。

另外，戰國時期的十二時制，恐從春秋時期十時制演變而來，依《左傳・昭公五年》「明夷，日也。日之數十，故有十時，亦當十位。自王已下，其二爲公、其三爲卿」，杜預注「日中當王，食時當公，平旦爲卿，雞鳴爲士，夜半爲

『夫自念斯，學德未暮。』」高誘注：「暮，晚」。（2）《史記・李斯列傳》「請復請，復請而後死，未暮也」。（3）《後漢書・廉范傳》「百姓爲便，乃歌之曰：『廉叔度，來何暮？不禁火，民安作。平生無襦今五褲』」。筆者案：上述《漢語大詞典》之內容，源自香港商務印書館 2005 年，無法註明詳細頁碼。

皂，人定爲輿，黃昏爲隸，日入爲僚，晡時爲僕，日昳爲台，隅中、日出，闕不在第，尊王公，曠其位」〔註130〕，兩者紀日時稱比較，見下表：

左傳	人定	雞鳴	平旦	×	食時	×	日中	日昳	×	×	×	黃昏
日書	人定	雞鳴	平旦	日出	食時	莫食	日中	昳（日失）	下市	舂日	牛羊入	黃昏
	子	丑	寅	卯	辰	巳	午	未	申	酉	戌	亥

從上表能清楚看出《左傳》、睡虎地秦簡共有 7 種「紀時用語」雷同，其中「夜半、日入、晡時」不見於是批秦簡，但卻見於放馬灘、周家臺秦簡，由此能發現戰國末年紀日時稱與《左傳》之間的差異，並瞭解到春秋至戰國紀時語彙的逐漸豐富。

（六）莫　食

睡虎地秦簡出現「莫食」共 2 次，即：

〔雞鳴丑，平旦〕寅，日出卯，食時辰，莫食巳，日中午，昳（日失）未，下市申，舂日酉，牛羊入戌，黃昏亥，人定〔子〕。簡156

丙寅、丙申、丁酉、丁卯、甲戌、甲辰、乙亥、乙巳、戊午、己丑、己未，莫食以行有三喜。簡100背壹

以上兩段文字皆見「莫食」一詞，睡虎地秦墓整理小組把該詞與文獻「莫（暮）食」相互對應〔註131〕，但隨著秦簡發掘數量日益增多，上述說法被後代學者，像是劉樂賢認爲「暮食」和「晏時」是相對於「夙食」和「蚤食」而言，是指食時之後的時段；其中「暮」不是用本義，而是指早晚的「晚」〔註132〕。而蘇建洲由周家臺秦簡〈式圖〉、懸泉遺址出土所記載三十二個時稱木牘，研判「莫食」是指「早飯過後到日中之前一段不吃飯的時間」〔註133〕。綜合以

〔註130〕〔周〕左丘明傳；〔晉〕杜預注；〔唐〕孔穎達正義；李學勤主編；蒲衛忠等整理：《春秋左傳正義》卷四十三（臺北：臺灣古籍出版有限公司，2001 年），頁 1396。
〔註131〕睡虎地秦墓整理小組：《睡虎地秦墓竹簡》，頁 244。
〔註132〕劉樂賢：〈睡虎地秦簡〈日書〉釋讀札記〉，《華學》第 6 輯（北京：紫禁城出版社，2003 年），頁 118。
〔註133〕秦簡「莫食」語序問題，蘇建洲〈試論《放馬灘秦簡》的「莫食」時稱〉已詳細剖析，文中將睡虎地、放馬灘「莫食」與周家臺「廷食」等對比，刊載「復旦網」（2010 年 5 月 11 日）。爾後，是文又刊登於《中國文字》新卅六期（2011 年 1 月），

上學者之看法，並從放馬灘「十六時制」或周家臺「廿八時制」在時間順序上，皆指向「莫食」在「日中」之前，故我們有理由相信，秦簡內「莫食」不應釋讀「暮食」，反倒應理解爲「不食」（否定詞）〔註134〕。

（七）日　中

睡虎地秦簡「日中」共出現6次，除了見於上述〈十二支占卜篇〉、〈禹須臾〉兩篇以外，尚出現以下兩簡，分別是：

> 戌，就也。其咎在室馬牛豕也。日中死凶。簡93背壹

> 人毋（無）故而弩（怒）也，以戌日日中而食黍於道，遽則止矣。
> 簡56背貳

第一段引文原簡無訂立篇名，劉樂賢擬定爲〈十二支占卜篇〉，而王子今修訂爲〈十二支死咎〉〔註135〕，此處從王氏之說，因簡內於「子、卯、午、酉、戌、亥」皆涉及「死事」，且篇內詳述「子、寅、辰、巳、午、申、戌、亥」災禍的來源、本次災禍致使的結果；像是「其咎在室馬牛豕也。日中死凶」則描述了「戌日」災禍源頭來自：家中飼養的馬、牛、豬三種動物，同時，本日「中午時分」會發生死亡、不吉利之事。

第二段引文源自〈詰〉，整理小組對於篇目所作解釋爲：「詰，《周禮・太宰》注：『猶禁也。』詰咎，禁災」（頁216）。是篇除了講述如何制鬼外，也反映戰國時人運用數術治療疾病，例如：簡56述及人們如果無端亂發怒，可以在「戌日」中午時分食用作物「黍」在道路旁，能使上述病症獲得控制。

（八）暴（日失）

睡虎地秦簡出現「暴」共1次，出現在〈十二時〉，內容如下：

> 〔雞鳴丑，平旦〕寅，日出卯，食時辰，莫食巳，日中午，暴（日
> 失）未，下市申，舂日酉，牛羊入戌，黃昏亥，人定〔子〕。簡156

本簡「暴」相當十二地支「未時」，睡虎地秦簡整理者已指出：「簡文『未』當

　　　　頁27～32。

〔註134〕楊伯峻、何樂士：《古漢語語法及其發展》（北京：語文出版社，2003年），頁323。

〔註135〕詳見（1）劉樂賢：《睡虎地秦簡日書研究》，頁278。（2）王子今：《睡虎地秦簡
　　　　《日書》甲種疏證》，頁461～464。

是『日失未』之誤，馬王堆帛書『隸書陰陽五行』日昳亦作日失。由於日失二字抄在一起，與昳相似，遂誤爲字」〔註136〕。而戰國竹簡常見該詞，像是睡虎地秦簡、周家臺簡、香港中文大學藏簡〈吏篇〉，彼此內容皆講官吏觀見長官的時間，簡內都曾述及「朝、晏、晝、日昳、夕」五種時段。其中睡虎地秦簡寫作「日虒」，周家臺簡和香港簡作「日失」；將三批材料對讀之後，可見上古音時期「虒」可通「失」無疑。另外，饒宗頤曾考證「日虒」即「日施」、「日晩」〔註137〕；故「日施」、「日晩」當然也是「日昳」一詞的異寫（「施」、「晩」同屬歌部字）。

（九）餔　時

> 禹須臾：戊己丙丁庚辛旦行，有二喜。甲乙壬癸丙丁日中行，有
> 五喜。庚辛戊己壬癸餔時行，有七喜。壬癸辛甲乙夕行，有九喜。

簡 135 正

所謂「須臾」，隸屬「古代陰陽家的一種占卜術」，依《後漢書‧方術傳序》：「其流又有風角、遁甲、七政、元氣、六日七分、逢占、日者、挺專、須臾、孤虛之術」，李賢注：「須臾，陰陽吉凶立成之法也」。而饒宗頤始發現本篇蘊含古代納音學說，提出「名曰『禹須臾』，當是日者藉禹之名以增重其說。這是一份編定的日辰干支表，可以一檢即得。這些日辰不是隨便寫上去，而是經過有系統整理後的結果」，並「以納音所屬之日辰五行，配合每日的早、晚時刻，來占出行之休咎，並著明所喜的數，這些數目字應該與五行有關」〔註138〕。而劉樂賢進一步再將數字與音律相互搭配，指出「宮二喜、徵三喜、羽五喜、角七喜、商九喜」〔註139〕。因此，綜合以上內容，可知簡 135 是以「天干」爲核心，將一日切分成「旦、日中、餔時、夕」四個時段，描述適合出行之時辰，當中數字「二、五、七、九」象徵不同的音律，呈現戰國末

〔註136〕睡虎地秦墓整理小組：《睡虎地秦墓竹簡》，頁 244。

〔註137〕饒宗頤著：《饒宗頤二十世紀學術文集》卷三「日虒」，頁 398。

〔註138〕饒宗頤歸納睡虎地秦簡〈禹須臾〉後，提出數字與五行之關係，即「九喜之金行」、「五喜之水行」、「七喜之木行」、「三喜之火行」、「二喜之土行」，見於〈秦簡中的五行說與納音說〉，《古文字研究》第十四輯（北京：中華書局，1986 年），頁 264、272～274。

〔註139〕劉樂賢：《戰國秦漢日書研究》，頁 96。

年人們數術的思維。

（十）市 日

睡虎地秦簡「市日」出現在《日書》甲種〈禹須臾〉，即：

> 己亥、己巳、癸丑、癸未、庚申、庚寅、辛酉、辛卯、戊戌、戊辰、
> 壬午，市日以行有七喜。簡99背壹

篇內僅出現一次「市日」，劉樂賢《戰國秦漢日書研究》認爲其可能是從「日昃而市」爲「大市」而得名，該時稱與「餔時」相當，而在「日施」之後〔註140〕。而本文從時代相類的放馬灘秦簡《日書》乙種〈納音五行〉簡184（第5排）「食時市日七」記載，也可證明劉氏之說。此外，從〈禹須臾〉記載內容，可知戰國末年人們根據納音確立出行吉日（干支日），並將其與紀日時稱相互結合〔註141〕。

（十一）莫 市

睡虎地秦簡「莫市」出現在《日書》甲種〈禹須臾〉，內容爲：

> 辛亥、辛巳、甲子、乙丑、乙未、壬申、壬寅、癸卯、庚戌、庚辰，
> 莫市以行有九喜。簡97背壹

篇內出現「莫市」一詞，學者紛紛依音韻關連，遂將其釋爲「暮食」〔註142〕，但明顯忽略秦簡十二時制「下市」、同篇「市日」，本文認爲「莫市」應在「市日」之後，證據如下：其一、簡97及簡100分別出現「莫市以行有九喜」、「莫食以行有三喜」，假若依照上述說法則兩簡會出現兩次「暮食」，在邏輯上並不合理，簡文明顯「莫市」與「莫食」加以區隔，故我們傾向「莫市」與「莫食」皆不應該讀爲「暮食」。其二、睡虎地秦簡「莫食」理解爲「不食」（處於「食時」之後的下一個時稱），其時間順序處於「日中」之前，故「莫」已不能單純運用音韻關係，釋爲「暮」，故本篇「莫」也不應該被視爲「暮」。其三、從五

〔註140〕劉樂賢：《睡虎地秦簡日書研究》，頁98。

〔註141〕（日）工藤元男：《睡虎地秦簡所見秦代國家與社會》（上海：上海古籍出版社，2010年），頁217。

〔註142〕詳見（1）睡虎地秦墓竹簡整理小組編：《睡虎地秦墓竹簡》，頁222。（2）王子今：《睡虎地秦簡《日書》甲種疏證》，頁466。

行角度來看：《日書》甲種〈禹須臾〉在數字上蘊含特殊意義〔註 143〕，詳見下表：

數字 簡文編號	二	三	五	七	九
簡 135	旦	×	日中	餔時	夕
簡 97～101	旦	莫食	日中	市日	莫市
五行	土	火	水	木	金

從表格內發現：〈禹須臾〉數字順序與一日時辰先後有關，譬如：簡 135「禹須臾：戊己丙丁庚辛旦行，有二喜。甲乙壬癸丙丁日中行，有五喜。庚辛戊己壬癸餔時行，有七喜。壬癸辛甲乙夕行，有九喜」，簡內表達了「旦、日中、餔時、夕」四種時辰出行之凶咎，故依上述簡文記載，有理由相信同篇簡 97～101「數字」也與「時間先後」有關。總之，睡虎地秦簡〈禹須臾〉簡 97「莫市」應釋爲「市日」後的時稱，絕非等同於「暮食」。

（十二）莫（暮）

睡虎地秦簡「莫」（暮）字，共計出現 3 次，本處列舉以下兩例，即：

〈行書〉行傳書、受書，必書其起及到日月夙莫（暮），以輒相報殹（也）。簡 184

〈穴盜〉訓乙、丙，皆言曰：「乙以迺二月爲此衣簡81，五十尺，帛裏，絲絮五斤裝，繆繒五尺緣及殹（純）。不智（知）盜者可（何）人及蚤（早）莫（暮），母（無）意殹（也）」。簡 81～82

第一段引文源自《秦律十八種》，針對「夙」字部分，已於上文詳加討論。第二段引文被載於《封診式》，當中出現「蚤（早）、莫（暮）」兩種紀日時稱，表示從早到晚的未定時段，以說明被害人並不清楚失竊物品的確切時間，而篇內描述了「竊盜審理之過程」。其中，「乙、丙」爲被害者（彼此爲夫婦關係），其向審理官員報備被竊衣物之材質（帛裏、絲絮）、衣物形式，提供相關線索給辦案人；但本件竊盜案卻受限於「受害者」本身不知小偷爲何人、失竊時間（早上、晚上），甚至也無法列舉可能的嫌疑犯，導致本起竊盜案無

〔註 143〕針對表格中數字蘊含五行之觀念，參見饒宗頤：〈秦簡中的五行說與納音說〉，《古文字研究》第十四輯，頁 273。

法順利偵破。

　　上述〈穴盜〉描述秦地官吏審查竊盜案之過程，當時官吏將案件加以文書化，其屬「爰書」之形式。同時，本篇也反映戰國末年秦地審判制度，即官方進行「爰書」之前，大多現場勘驗，以瞭解犯罪現場的情況〔註144〕。

（十三）日入

　　睡虎地秦簡「日入」分別出現在《日書》甲種〈直（置）室門〉、〈詰〉兩篇，其中〈詰〉簡54背貳，內容如下：

> 人毋（無）故而憂也，爲桃更（梗）而啟（撍）之，以癸日日入投
> 之道。

引文述及人們若無緣故的感到憂傷，可用「桃更（梗）」撫摩，並於「癸日」太陽下山時刻，將「桃梗」擲至道路，即能免除此種疾病。同時，整理小組將「桃更」理解成「桃木刻的人象」，並主張戰國時期人們認爲其具避鬼之功能〔註145〕。

　　同時，針對「日入」作爲「紀日時稱」，陳夢家、饒宗頤一致認爲其相當十二時辰「酉時」（約今日17～19點）〔註146〕，該詞能在放馬灘、周家臺秦簡尋覓到其蹤跡，例如：（1）放馬灘秦簡《日書》〈生子〉「日入男」（甲種簡17、乙種簡142）、《日書》乙種〈律書〉簡174「酉中以到日入」。（2）周家臺秦簡〈線圖〉「日入・卯（昴）」。同時，根據《左傳・宣公十二年》「楚子爲乘廣三十乘，分爲左右。右廣雞鳴而駕，日中而說；左則受之，日入而說。許偃御右廣，養由基爲右；彭名御左廣，屈蕩爲右」，以上證據皆指向戰國時期「日入」已被人們用來紀錄時間。

（十四）夕

　　睡虎地秦簡出現90多次「夕」字，下面列舉《日書》乙種〈十二支占卜

〔註144〕徐富昌提到：「所謂「爰書」是戰國的秦和秦漢時司法機關通行的一種法律文書形式。其内容是關於訴訟案件的訴辭、口供、證辭、現場勘驗、法醫檢驗的紀錄以及其他訴訟的情形報告」，《睡虎地秦簡研究》（臺北：文史哲出版社，1993年），頁122～125。

〔註145〕睡虎地秦墓竹簡整理小組編：《睡虎地秦墓竹簡》，頁218。

〔註146〕詳見（1）陳夢家：《漢簡綴述》，頁253。（2）饒宗頤：《饒宗頤二十世紀學術文集》卷三「日辰十二時異名」，頁397。

篇〉爲例〔註147〕，篇內傳遞出戰國末年人們曾將「地支」與「疾病」相互搭配，研判吉凶、災禍，十二支簡的內容是：

> 子，以東吉，北得，西聞言〔南〕兌（凶）。朝啓夕閉，朝兆不得，
> 晝夕得。以入，見疾。以有疾，派〈辰〉少翏（瘳），午大翏（瘳），
> 死生在申，黑 簡157 肉從北方來，把者黑色，外鬼父葉（世）爲姓（眚），
> 高王父譴適（謫），豕☐ 簡158。

本簡劉樂賢依文例研判「西聞言」與「兌（凶）」之間脫「南」字，並將釋文予以增補〔註148〕。而句中「父世」一詞，整理小組認爲其是屬「伯父、叔父等」，而「兆」義同「肇」，有「開始」之意（頁246）。至於，簡158「譴」有罪罰之意，「適（謫）」則依漢代鎮墓文「解適（謫）」釋作「解除罪謫」的意思〔註149〕。故此段開頭處說明「子日」那天方位吉凶（東方吉，北方得，南方凶）及出入吉凶，其後議論疾病狀況、致病鬼、神藏匿之所處。

因此，簡157～158可理解成「子日」那一天向東方是吉利，往北方會有所獲得，但往西方恐會聽到不好之事。若當天不幸染上疾病，需等到「辰日」才稍微消除，至「午日」才完全康復；但依舊需留意「申日」（該日爲生命延續與否之關鍵），並忌食「從北方來的黑色」肉類，因此類食物可能有外鬼、過世父輩的鬼魂作祟後遺留之病源。

第二段由編號159至160兩簡所構成，內容見：

> 丑，以東吉，西先行，北吉，南得。〔朝〕閉夕啓，朝兆得，晝夕不
> 得。以入，得。〔以有〕疾，卯少翏（瘳），巳大翏（瘳），死生 簡159
> ☐☐，膌肉從東方來，外鬼爲姓（眚），巫亦爲姓（眚） 簡160

整理小組認爲「死生」下脫兩字（246），對比各段簡文的體例可發現，本處所

〔註147〕筆者按：關於睡虎地秦簡甲種〈人字篇〉，饒宗頤〈雲夢秦簡日書賸義〉根據《扁鵲子午經》中「人神日辰忌」推測此圖是用人的身體部位、次序作爲推算病人的年歲，頁452。然劉樂賢已在《睡虎地秦簡日書研究》否定饒氏說法，並分析「人神」與《日書》中〈人字篇〉內容不同，不能混爲一談，頁186～197。

〔註148〕劉樂賢：〈睡虎地秦簡〈日書〉釋讀札記〉，《華學》第6輯（北京：紫禁城出版社，2003年），頁116。

〔註149〕劉樂賢：《睡虎地秦簡日書研究》，頁370。

脫之字應爲「在＋地支」。同時，簡內「腤」爲「豕肉醬」〔註150〕，本段除了點出「丑日」四方吉凶、稍後各日之病況外，也說明禁忌食物有「從東方帶來的豬肉醬」，及作祟者爲「客死異地的外鬼」及「活人巫師的作法」。

第三段由「寅」爲開頭，紀錄吉凶方向、生病狀況及致病因素，內容：

> 寅，以東北吉，西先行，南得。朝閉夕啓，朝兆得，晝夕不得。以
> 入，吉。以有疾，午少瘳（瘳），申大瘳（瘳），死生在 簡161 子，☒
> 巫爲姓（眚）簡162。

此段已殘闕部分屬於「子日」不能食用之食物，以上紀錄「寅日」這一天往東北會遇到吉祥之事，先往西再往南方會有所收穫。當天若生病，到「午日」就會稍微舒緩些，直到「申日」應該會痊癒；但須留意「子日」，因爲當天會有巫師作法而產生災禍。

第四段爲由編號163至164兩簡組成，詳細內容：

> 卯，以東吉，北見疾，西南得。朝閉夕啓，朝兆得，晝夕不得。以
> 入，必有大亡。以有疾，未少瘳（瘳），申大瘳（瘳），死 簡163 生在
> 亥，狗肉從東方來，中鬼見社爲姓（眚）簡164。

此段記載：「卯日」那一天向東會有好事發生，往北容易罹患疾病，往西南會有所獲得。若當天不幸染上疾病，在「未日」會稍微好轉，至「申日」會痊癒，但須留意「亥日」的飲食，並忌食從東方來的狗肉，因本項食物中會有「中鬼」於土地廟作祟後所遺留的病源。

第五段由編號165至166兩簡所組成，詳細內容爲：

> 辰，以東吉，北兇（凶），〔西〕先行，南得。朝啓夕閉，朝兆不得，
> 夕晝得。・以入，吉。以有疾，酉少瘳（瘳），戌大瘳（瘳），死生
> 在子簡165，乾肉從東方來，把者精（青）色，巫爲姓（眚）簡166。
>
> 〔註151〕

此段開頭說明「辰日」往東是吉祥的，然往北是不吉的，往南會有所獲得。如果在當天不幸感染到疾病，需特別留意幾天後的「子日」，是日除了會有巫

〔註150〕〔漢〕許慎著；〔清〕段玉裁注：《說文解字注》四篇下，頁175。

〔註151〕本簡釋文、標點依劉樂賢之說，將「北兇（凶）」、「先行」增補了「西」字，參見〈睡虎地秦簡〈日書〉釋讀札記〉，頁116。

師作祟以外，也必須忌食東方來的乾肉，因爲「東方」相對應爲五行中「木」，其屬色是「青」。

第六段以「巳」爲開頭，同樣紀錄吉凶方向、生病狀況及致病因素，內容：

> 巳，以東吉，北得，西兇（凶），南見疾。朝閉夕啓，朝兆得，畫夕
> 不得。以入，吉。以有疾，申少瘳（瘳），亥大瘳（瘳），死生在寅，
> 赤肉從東方來，高王父譴姓（眚）簡168。

此處先紀錄「巳日」四方的吉凶禍福，分別是：往東有吉祥之事發生，往北會有所收穫，往西會有遇到凶惡之事，而往南會被感染；若於當天不幸被感染，到了「申日」會稍微好轉，而「亥日」病會痊癒。但仍須留意「寅日」過世的高祖父輩於「東方帶來紅色的肉」降下災禍，若食用此肉恐會對患者不利。

第七段爲編號169至170兩簡所組成，詳細內容：

> 午，以東先行，北得，西聞言，南兇（凶）。朝閉夕啓，朝兆得，
> 畫夕不得。以入，吉。有疾，丑少瘳（瘳），辰大瘳（瘳），死生簡
> 169在寅，赤肉從南方來，把者赤色，外鬼、兄葉（世）爲姓（眚）
> 簡170。

本段大意是「午日」先從東方走再向北方走會有所得，但到南方會遇禍殃。若於當天被傳染到疾病，於「丑日」會收爲好轉，到「辰日」會痊癒；另「寅日」需注意客死他鄉、去逝兄長的鬼魂會作祟，且是日切忌食用由南方人所帶來的紅肉（因爲「南方」相配爲五行中「火」，而屬色是「紅」）。

第八段由編號171至172兩簡所組成，內容爲：

> 未，以東得，北兇（凶），西南吉。朝啓夕閉，朝兆不得，畫夕得。
> 以入，吉。以有疾，子少瘳（瘳），卯大瘳（瘳），〔死〕生在寅，赤
> 肉簡171從南方來，把者〔赤〕色，母葉（世）外死爲姓（眚）簡172。

此段除說明「未日」當天方位的吉凶，也紀錄如果不幸在「未日」染病的患者於「子日」會好轉，而「卯日」會痊癒。同時，簡內註明了患者必須留意「寅日」，因爲母親輩已去世的鬼魂會作祟，故禁止食用由南方人帶來的紅肉，因「南方」屬五行中「火」，而色屬爲「赤」。

第九段爲編號173至174兩簡構成，內容如下：

中，以東北得，西吉，南咎（凶）。朝閉夕啓，朝兆得，晝夕不得。
以入，吉。以有疾，子少翏（瘳），□〔大〕翏（瘳），死生在辰
_{簡173}，鮮魚從西方來，把者白色，王父讉，牲爲姓（眚）_{簡174}。

睡虎地整理小組認爲：簡內「牲」疑讀爲「牲」（頁246），應屬食用的家畜。
此段記載「申日」往東北會有所獲得，往西方會遇到吉利的事情，但往南方
會有禍殃，再對染病康復狀況加以陳述，最後提醒患者「辰日」會有去世祖
父、家中畜生的鬼魂作祟，故千萬不可食用從西方帶來的鮮魚，因依據五行
理論「西方」的屬色爲「白」。

第十段以「巳」作開頭，紀錄吉凶方向、生病狀況及致病因素，內容：

酉，以東蘭（吝），南聞言，西咎（凶）。朝啓〔夕〕閉，朝兆不得，
晝夕得。以入，有□。〔有〕疾，戌少翏（瘳），子大翏（瘳），死生
_{簡175}在未，赤肉從北方來，外鬼、父葉（世）見而欲，巫爲姓（眚），
室鬼欲狗（拘）_{簡176}。

首句「蘭」讀爲「吝」具有「悔恨、遺憾」之意[註152]，而本段說明「酉日」
往東方會發生令人悔恨之事，向西方走會遇到不吉利的事情。若當日感染疾病，
會於「戌日」稍微好轉，到「子日」會完全康復，但至「未日」仍需留意客死
異地、已去世父親輩、家中的鬼魂及巫皆會危害患者，本日飲食上切忌食用北
方來的紅色肉類。

第十一段由編號177至178簡所構成內容：

戌，以東得，西見兵，冬之吉，南咎（凶）。朝啓夕閉，朝兆不得，
晝夕得。以入，蘭（吝）。以有疾，卯少翏（瘳），辰大翏（瘳），死
_{簡177}生在酉，鮮魚從西方來，把者白色，高王父爲姓（眚），野立
爲⟍_{簡178}。

[註152]《漢語大詞典》提到：「吝：悔恨；遺憾。見（1）《易·繫辭上》：『悔吝者，憂
虞之象也。』韓康伯注：『失得之微者，足以致憂虞而已。』（2）《後漢書·張
衡傳》：『姑亦奉順篤厚，守以忠信，得之不休，不獲不吝。』王念孫《讀書雜
志·餘編上·後漢書》：『吝，恨也。言得之不喜，不得不恨也。』（3）《三國志·
魏志·王昶傳》：『患人知進而不知退，知欲而不知足，故有困辱之累，悔吝之
咎。』」

睡虎地秦墓竹簡整理小組認為：簡內「夂」有兩種說法：（1）夂讀為「中」，見
《禮記·鄉飲酒義》：「夂之為言中也」，而「中之吉」即到中部地區就會吉利。
（2）夂讀為「終」，故「終之吉」意謂最後化險為夷，故首先除說明戌日於東
分會有所得（頁 246）。然上述說法有待斟酌，因夂季可搭配北方（方位），且
若用北方解釋「夂之吉」，可釋讀後句「南兇（凶）」，因南、北屬相對之概念，
而凶、吉亦然〔註153〕。因此，簡 177 至 178 可解釋成：「戌日」往東方有所獲
得，往西方則會遇到軍隊，往北方有吉事發生，往南方會發生禍殃。若該日不
幸患病，於「卯日」病情會稍微好轉，到了「辰日」會康復。但病患仍需留意
「酉日」，因該日已去世祖父的鬼魂會作祟，飲食也要注意：不可食用從西方來
的鮮魚，因西方屬色為「白」。

　　第十二段為編號 179 至 180 兩簡所構成，詳細內容：

> 亥，以東南得，北吉，西禺（遇）□。〔朝〕啟夕閉，朝兆不得。以
> 入，小亡。以有疾，巳小瘳（瘳），酉大瘳（瘳），死生在子_{簡179}，
> 黑肉從東方來，母葉（世）見之為姓（眚）_{簡180}。

此段敘述「亥日」往東南方會有所得，往北方有吉事發生，其後說明不幸當日
染上疾病後的康復概況。同時，也提醒病患需要注意「子日」，因為當天母親那
邊的往生者會作祟，飲食上不可食用東方來的黑肉。

　　總結上述十二段的內容，學者們曾歸納成下列表格〔註154〕：

當日	當日方位吉凶、屬事	小瘳	大瘳	死生日	作祟者	忌食	屬色	生死日行忌方位
子	東吉 北得 西聞言凶	辰	午	申	外鬼父世高王父	黑肉	黑	北方
丑	東吉 西先行 北吉 南得	卯	巳	（闕）	外鬼巫	膌肉	（無）	東方

〔註153〕將季節「夂」搭配方位「北」，此概念受林師金泉之提醒。

〔註154〕針對睡虎地秦簡《日書》〈病篇〉劉樂賢、楊華皆將透過表格加以說明簡文之內容，
　　　　詳見（1）劉氏：《睡虎地秦簡日書研究》，頁 121。（2）楊華：〈出土日書與楚地
　　　　的疾病占卜〉，《新出簡帛與禮制》，頁 107。

寅	東北吉 西先行 南得	午	申	子	巫	（闕）	（無）	（無）
卯	東吉 北見疾 西南得	未	申	亥	中鬼	狗肉	（無）	東方
辰	東吉 北凶 南得	酉	戌	子	巫	乾肉	青色	東方
巳	東吉 北得 西凶 南見疾	申	亥	寅	高王父	赤肉	（無）	東方
午	東先行 北得 西聞言 南凶	丑	辰	寅	外鬼兄世	赤肉	赤色	南方
未	東得 北凶 西南吉	子	卯	寅	母世外死	赤肉	〔赤〕色	南方
申	東北得 西吉 南凶	子	闕	辰	王父牲	鮮魚	白色	西方
酉	東吝 南聞言 西凶	戌	子	未	外鬼父世 巫 室鬼	赤肉	（無）	北方
戌	東得 西見兵 多之吉 南凶	卯	辰	酉	高王父	鮮魚	白色	西方
亥	東南得 北吉	巳	酉	子	母世	黑肉	（無）	東方

從上表內容，反映戰國末年到秦初人們對於「地支」與「疾病狀況及禁忌」之記載，而「子日、午日、未日、辰日、申日、戌日」，上述六日的「生死日行忌之方位」與「屬色」已搭配五行之說，而「子日、午日、未日、辰日」描述的「禁忌食物、顏色」又能與「方位之屬色」相配。然睡虎地秦簡《日書》所載

十二地支與疾病（小瘳、大瘳、死生日）、「當日方位吉凶、屬事」尚無法歸納「五行相生」或「相剋」，彼此間關係甚爲任意〔註155〕，可見戰國末年數術尚處於發展階段，需至秦漢以後才有完備之體系。

其次，劉樂賢曾將本篇與《發病書》比較，發現到〈十二支占卜篇〉與《發病書》「推得病日法」相近，進而歸納兩篇的差異有：(1)《發病書》中「小差」、「大差」、「生死忌」三項地支排列很有規律，而《日書》地支排列則比較混亂。這說明占病之術在先秦時代比較粗糙，到了隋唐則已經很精細了。(2)《日書》作祟者限於祖先、外鬼、巫等類，而《發病書》則見天神、水神、司命等各種鬼，數目比《日書》多，涉及範圍也比《日書》涵蓋廣〔註156〕。

再者，簡文中「朝啓夕閉」或「朝閉夕啓」，詳載地支日「子、辰、未、酉、

〔註155〕筆者試圖用兩種方式來分析上表：(1) 將其與「當日方位吉凶、屬事」、「疾病」、「死生日」用五行相生、相剋之觀念加以歸納、整理後，結果卻令人頗爲失望，因其中雖有部分有相生、相剋關係，但卻無法歸納出完善之體系。(2) 又將十二地支配以五行中金、木、水、火、土，取生、旺、墓三者以合局，然依舊無法尋繹「地支」與「小瘳」、「大瘳」、「死生日」間關連，雖「申日」可歸納「水局」即：「生於申，旺於子，墓於辰」，但其他卻僅無法相配，故從表中研判當時恐無「生、旺、墓」完整之體系。同時，饒宗頤〈秦簡中的五行說與納音說〉指出：秦簡中尚未明文出現後代五行家所謂「三合局」（即生、旺、墓），詳見《古文字研究》第十四輯，頁263。

〔註156〕詳見劉樂賢：《睡虎地秦簡日書研究》，頁374。筆者案：林師金泉曾提醒可將〈十二支占卜篇〉與《黃帝內經‧藏相》相互參照，以尋繹其影響性；然翻閱〈藏象法〉後發現，其內容主要介紹內臟的活動性能，以及臟腑和外在器官組織之間的相互關係（如：(1) 人體生長發育衰老的規律。(2) 男孩及女孩彼此生長到衰老過程的內臟變化。(3) 十二經氣的多少。(4) 飲食五味與內臟的關係。(5) 營衛氣和精氣、津液、血派在人體的功能）。將兩者相較後，相同處：皆運用陰陽、五行概念；相異處爲〈藏象法〉較〈十二支占卜篇〉增添：(1) 描繪「食物」於人體運行之軌跡、食物的五味和五藏的關係，如：酸先走肝。(2) 人體中內臟的職能。(3) 主張人的性格決定於內臟功能的強弱，特別是心、肝、膽三藏的生理功能。故《黃帝內經‧藏象法》對人體整個生命活動的機能，已經初步具備一個輪廓性的概念，同時從人體的內臟和外在的組織、器官，以及營衛血氣等關係上看，完全是相互協調、相互貫通的一套體系。最後，發現到醫療之進步：從對疾病的無知（相信其爲鬼神降災）→瞭解身體器官構造（開始有養身之概念，故《黃帝內經》有〈攝生〉之產生）。

戌、亥」爲「朝啓夕閉」，而「丑、寅、卯、巳、午、申」則是「朝閉夕啓」，兩類皆於「啓、閉」前加上「紀日時稱」，形成「紀日時稱＋啓／閉」之詞組。上述詞組也見於九店楚簡「朝啓夕閟（閉）」、「朝閟（閉）夕啓」﹝註157﹞，所謂「啓、閉」，很可能是指門戶的開關，古時城門、坊門朝開夕關，恐與《三輔黃圖》所云「漢城門皆有侯，門侯主侯時，謹啓閉也」密切相關。

（十五）夜

睡虎地秦簡「夜」共出現 6 次，舉以下三篇爲例：

〈內史雜〉母敢以火臧（藏）府、書府中。吏已收臧（藏），官嗇夫及吏夜更行官。簡197

〈爲吏之道〉道傷（易）車利簡30肆，精而勿致簡31肆，興之必疾簡32肆，夜以椄（接）日簡33肆。

〈詰〉犬恒夜入人室，執丈人，戲女子，不可簡47背壹得也，是神狗僞爲鬼簡48背壹。

前兩篇涉及「政治議題」，第一段引文出自《秦律十八種》，本簡描述「內史」司職「藏府、書府」之管理，其中，睡虎地秦墓竹簡整理小組認爲「藏府」指「收藏器物的府庫」，而「書府」則是「收藏文書的府庫」（頁64）。同時，本簡也陳述掌管「藏府、書府」（兩府）的注意事項：不準攜帶火至庫房、將物品收納整理，並指派「嗇夫、小吏」輪番守夜、嚴加看守。根據上述文字記載，可知戰國末年秦地「內史」的工作細目，並瞭解當時分工之精細，遂在簡文詳載描述了工作內容、官職、注意事項。

第二段引文源於〈爲吏之道〉，睡虎地秦墓竹簡整理小組曾提出：篇內文句能與《禮記》、《大戴禮記》、《說苑》等相互參照，例如：「中不方、名不章；外不圓、禍之門」以及「怒能喜、樂能哀」等等（頁167）。整體來說，本篇內容包含「爲吏者的政治倫理、處世哲學、道德規範」與「爲吏者的行爲準則、收拾民心的方法」，甚至涉及「（爲吏者）事上待下，立功邀賞、免罰術」等議題；故有學者提出〈爲吏之道〉爲戰國末年爲吏者的必備文書﹝註158﹞。同時，〈爲

﹝註157﹞陳偉武：〈荊門左塚楚墓漆梮文字釋補〉，復旦網（2009年7月11日）。

﹝註158﹞徐富昌：《睡虎地秦簡研究》（臺北：文史哲出版社，1993年），頁59。

吏之道〉「道傷（易）車利，精而勿致」兩句，則是人們以「車」作爲比喻，表面是描述先有平坦的道路，才能使車況發揮到極致；兩句話背後蘊含「爲吏者」必須先作爲百姓之典範，使得人民能效法，至於「夜以椄（接）日」猶「夜以繼日」，故「興之必疾，夜以椄（接）日」兩句則強調爲吏者教化百姓，必須日夜不間斷〔註159〕。

至於，〈詰〉則描述鬼怪作祟的情況，其常在晚上進入人類的房間，調戲人們，正值戰國末年人們無法獲知鬼怪之來源時，簡內已詳細指出作祟鬼怪爲「神狗」，而所謂「神狗」專指「化成狗形的鬼」〔註160〕。同時，本篇簡文尚有三處涉及「夜」字，彼此皆與「鬼」有關，像是簡29～30背貳「鬼恆夜鼓人門，以歌若哭，人見之，是凶鬼。鳶（弋）以翠矢，則不來矣」、簡48背參「人臥而鬼夜屈其頭，以若（箬）便（鞭）毄（繫）之，則已矣」、簡67～68背貳「凡邦中之立叢，其鬼恆夜譹（呼）焉，是遽鬼執人，以自伐〈代〉也」。透過上述內容能瞭解到：戰國末年秦地人們已認知「鬼」多半在夜間出沒，會做出傷害人類之舉動，且《日書》也描述驅逐鬼怪的方式，例如：「鳶（弋）以翠矢」、「以若（箬）便（鞭）毄（繫）之」。

（十六）雞　鳴

關於「雞鳴」僅見於〈編年記〉，是篇共53支簡，內容爲「逐年記述秦昭王元年（西元前306年）到始皇三十年（西元前217年）統一全國的戰爭過程等大事」、「喜之生平」，篇內諸多史事能與《史記》對校〔註161〕。下列是「秦攻韓」之史事，即：

　　　　卅五年，攻大壄（野）王。十二月甲午雞鳴時，喜產。簡45壹

上述簡文描述兩項不同事件，前者「卅五年，攻大壄（野）王」說明秦國戰事，當中「大壄（野）」，原釋文指出其屬「韓地」，位處「今河南沁陽」（頁9）。而後者描述「喜」的生辰，清楚寫到「月份（12月）、日期（甲午日）、時辰（雞

〔註159〕雷戈：〈爲吏之道——後戰國時代官僚意識的思想史分析〉，《首都師範大學學報》（社會科學版）第1期（2005年），頁18。

〔註160〕劉釗：〈談秦簡中的「鬼怪」〉，收錄劉氏《出土簡帛文字叢考》（臺北：臺灣古籍出版有限公司，2004年），頁139。

〔註161〕睡虎地秦墓竹簡整理小組編：《睡虎地秦墓竹簡》，頁3。

鳴）」。

　　值得注意的是，本篇所載「雞鳴」一詞，被饒宗頤用來增補《日書》乙種〈十二時〉之內容，即「〔雞鳴丑，平旦〕寅，日出卯，食時辰，莫食巳，日中午，昃（日失）未，下市申，舂日酉，牛羊入戌，黃昏亥，人定〔子〕」從而顛覆昔日「敦煌曲之十二時」之觀念，並提出「戰國末年已有十二時與十二辰結合之習慣，不待唐時始有之」〔註162〕。

　　綜合睡虎地秦簡之內容，可知三項要點，分別是：

　　第一、《日書》乙種〈十二支占卜篇〉詳載十二時辰，其為迄今所見十二辰紀時最早、最為詳細的原始材料，其中「日出、昃（日失）、下市、舂日、牛羊入、黃昏（昏）、人定」皆僅出現於是篇，上述7類詞不見於睡虎地秦簡的其他篇章。但透過〈十二支占卜篇〉可知戰國末年人們已將「地支與紀日時稱」相結合。同時，因為〈十二支占卜篇〉之記載，使得饒宗頤能修訂陳夢家《漢簡綴述》「自王充東漢之末，已有十二辰紀時法，但不見有十二時與十二辰相結合的紀錄。遲至唐代，在小曲中有夜半子、雞鳴丑等」之說法，進而研判「今觀秦日書此簡，知戰國末年已有十二時與十二辰結合之習慣，不待唐時始有之」〔註163〕。

　　第二、睡虎地秦簡出現「旦、朝、夙、早、莫（暮）、餔時、日入、夕、夜、雞鳴」等紀日時稱，其中部分詞語能溯源於兩周金文，譬如：「旦」（〈休盤〉）、「朝」（〈令彝〉）、「夙」（〈利簋〉）、「夜」（〈師虎簋〉）、「夕」（〈麥尊〉）等。

　　第三、本批秦簡中「紀日時稱」能從傳世文獻尋繹其蹤跡，像是「日中」又見《易・繫辭》（下）「日中為市，致天下之民，聚天下之貨，交易而退，各得其所」。故有學者提出《日書》可從兩方面來深入研究：一方面，是從數術史的角度考察。秦漢之世，數術流行，然而《漢書・藝文志》所錄數量龐大的數術著作，幾乎已經全部佚失。現在幸能或見秦簡《日書》這樣豐富的材料，使讀者可從此類系統瞭解當時數術的真相，對當時的思想文化無疑是有益的。另一方面，對《日書》的內容還可以做社會史的考察〔註164〕。故本

〔註162〕饒宗頤著：《饒宗頤二十世紀學術文集》卷三「日辰十二時異名」，頁395～397。

〔註163〕同上註。

〔註164〕李學勤：《簡帛佚籍與學術史》，（臺北：時報文化出版企業有限公司，1994年），

處透過睡虎地秦簡《日書》能瞭解戰國末年人們曾經運用「十二地支、數字、時辰」搭配「陰陽五行」，以占卜疾病、出行方位、吉凶禍福，並整理出當時人們所使用的 12 種紀時語彙。

二、江陵岳山木牘的紀日時稱

1986 年，荊州地區博物館等在江陵岳山以北地區發掘一批秦漢墓葬，並在 M36 號秦墓中出土兩枚木牘（M36：43 號、M36：44）；其中編號 43 木牘：長 23 釐米、寬 5.5 釐米、厚 0.55 釐米，而編號 44 木牘：19 釐米、寬 5 釐米、厚 0.55 釐米。詳細釋文、圖版，參見〔附圖卅三〕〔註165〕。

學界研判 M36 號墓葬年代，應該「秦統一以前」，兩木牘內容為《日書》，其中編號 43 木牘記載「良日忌日」，編號 44 木牘則涉及「問病、賀人、生子、到室」等〔註166〕。兩批木牘在編號 43 反面出現「夕」字，即：

> 田□人丁亥死，夕以祠之。

句中「夕」屬紀日時稱，指「夜晚」之意，而「夕以祠之」可理解為「夜晚祭祀」；但因受限於木牘內「田」後闕文，藉助上句「巫咸乙巳死，勿擬祠巫，龍丙申、丁酉、己丑、己亥、戊戌」的文例推測，本處「田□人」應指「身份」，故兩句「某種身份的人在丁亥日死亡，應該在夜晚祭祀之」。

三、王家臺秦簡的紀日時稱

本批竹簡出土於 1993 年 3 月湖北江陵荊州鎮邱北村王家臺 15 號秦墓，共計 813 枚，經出土器物、竹簡加以研判，其年代均不晚於「秦代」，墓葬的相對年代「上限不早於西元前 278 年『白起拔郢』，下限不晚於秦代」〔註167〕。本批秦簡內容有《歸藏》、《效律》、《政事之常》、《日書》、《災異占》五類，其中《日書》記載內容大部分與睡虎地秦簡類似，兩批秦簡能相互對照。然

頁 147。

〔註165〕詳閱湖北省江陵縣文物局、荊州地區博物館：〈江陵岳山秦漢墓〉，《考古學報》第 4 期（2000 年），頁 537～563、573～584。

〔註166〕胡平生、李天虹：《長江流域出土簡牘與研究》，頁 294～295。

〔註167〕荊州地區博物館：〈江陵王家臺 15 號秦墓〉，《文物》第 1 期（1995 年），頁 37～43。

是批秦簡未完全公布，從迄今已發表的簡文〔註 168〕，歸納出「紀日時稱」見於《日書》〈啓閉〉、〈疾〉、〈病〉、〈死〉四篇，分別是：

（一）雞　鳴

甲、乙木，青，東方，甲、乙病，雞鳴到日出不死☑簡 49〈病〉

子有病，不五日乃七日有瘳。雞鳴病，死。簡 399〈病〉

五子有疾，四日不瘳，乃七日。雞鳴有疾，死。簡 360〈疾〉

上述三支簡皆述及「雞鳴」一詞，都與疾病有關，其中〈病〉簡 49 蘊含了陰陽五行之觀念，透過與睡虎地秦簡《日書》甲種簡 68～69「甲乙有疾，父母為祟，得之於肉，從東方來，裹以桼（漆）器。戊己病，庚有〔閒〕，辛酢。若不〔酢〕，煩居東方，歲在東方，青色死」相對比，可知睡虎地秦簡較王家臺秦簡多增添「當日忌食之物」（得之於肉，從東方來，裹以桼（漆）器）及

〔註168〕 詳見（1）荊州地區博物館：〈江陵王家臺 15 號秦墓〉，《文物》第 1 期（1995 年），頁 39～40。（2）王明欽：〈王家臺墓竹簡概述〉將是批秦簡加以詳細說明，以下是《日書》之描述：第一、〈建除〉共 12 簡，以「建、余、盈、平、定、失、披、危、成、收、開、閉」十二個名稱分別是十二月中每個月表示日期的十二地支相配，以此判定吉凶。第二、〈稷辰〉共 25 簡，內容與睡虎地《日書》甲種〈稷辰〉基本相同而文字略有差異。第三、〈啓門〉：講述春夏秋冬四季可以啓門的方向及祠日。第四、〈啓閉〉又見於九店楚簡和睡虎地《日書》乙種；但內容較殘闕，且無標題。第五、〈置室〉以圖文並茂形式表現，內容與睡虎地秦簡相同，但因殘缺過甚而無法復原。第六、〈生子〉，以六十甲子紀日，敘述每日生子的命運。每簡書寫三條，每兩條之間間隔一段距離，且有橫線區隔，估計原以橫線畫出三欄，然後書寫。第七、〈病〉包括兩種體系：一種以十天干配五行、五色、五方來判斷病情，另一種則以十二地支每日生病配合時辰來判斷病情。第八、〈疾〉則與〈病〉相似，同樣亦分兩種體系，其中以十干判斷病情者用五支竹簡，每簡書一條，而以十二支判斷者則用七支竹簡連書，中間用「√」隔開。第九、〈死〉共計 60 枚簡，從甲子開始至癸亥結束，敘述每日某時死對其家室的影響。第十、〈宜忌〉內容龐雜，祭祀、日程生活、五行、六畜皆有宜忌之日。第十一、〈日忌〉其部分內容不見於睡虎地和放馬灘等地《日書》，主要講述從壹日至三十日每日行事吉凶，風、雨、雷等自然現象所預示的國事吉凶、邦君與大臣的命運，以及娶妻、疾人、亡人等事務的禍福等。上述內容收錄自艾蘭、邢文主編：《新出簡帛研究：新出簡帛國際學術研討會論文集》（北京：文物出版社，2004 年），頁 43～47。

「降災之對象」（父母爲祟）；但兩批秦簡同樣將「甲、乙日」與「木、青、東方」相搭配，可知秦地人們已將天干與太歲方位相結合，判定各方位的「五行與屬色」，用來告誡患者注意事項。

　　再者，王家臺日書〈病〉簡 360、399 句型相類，皆述及「子日有疾病」，若幾日無法獲得痊癒，則會在「天明之前」（雞鳴時分）死亡，兩簡同樣採用「時辰」作爲「疾病死亡與否」的依據。

（二）旦

　　五子旦閉夕啓，北得，東吉，南凶，西□☒ 簡 393〈啓閉〉

　　五丑旦閉夕啓，東北吉，南得，西毋行。簡 388〈啓閉〉

　　五亥旦莫（暮）不閉，北吉，東凶，□**會歈飲百具**□☒ 簡 395〈啓閉〉

　　五未旦閉夕啓，西南吉，東得，北凶。簡 347〈啓閉〉

　　丑有病，不四日乃九日有瘳。平旦病，死。簡 396〈病〉

　　乙酉之旦到夕以死，先不出，出而西南，其日中，才（在）東北間

　　一室。簡 718〈死〉

王家臺秦簡「旦」集中〈啓閉〉、〈病〉、〈死〉三篇，其中〈啓閉〉述及十二地支各方位的吉凶，相似內容又見睡虎地、放馬灘秦簡及九店楚簡。藉助上述簡文之記載，能瞭解戰國時期秦、楚兩地《日書》關係密切；而睡虎地、放馬灘秦簡多著墨於單日（地支日）的吉凶，而九店楚簡、王家臺秦簡擴大至「五子」、「五丑」、「五亥」、「五未」之吉凶禍福。

　　再者，王家臺秦簡出現了「旦莫（暮）不閉」，不同於九店楚簡「朝閔（閉）夕啓」及睡虎地秦簡「旦啓夕閉」，本批秦簡將「旦、莫（暮）」兩種紀日時稱相結合，增添了新的語彙。

　　針對王家臺秦簡〈病〉簡 396 可理解爲「丑日」如果生病，在未來的四～九日若沒有康復，則易於「早晨時分」（平旦）死亡。至於，〈死〉共計 60 枚簡文，目前僅公布 4 枚簡文（編號 667、703、706、718）；是篇描述：甲子至癸亥（六十干支日），每天某時死亡，對其家室之影響〔註 169〕。而簡文 718 則論及家中若有人在「乙酉日天剛亮至晚上」這段期間死亡，先不要把靈柩運到埋

〔註 169〕王明欽：〈王家臺墓竹簡概述〉，頁 46。

葬處，若要出殯應選西南、正中午時分，最後，家屬應將牌位擺放在「東北間一室」。

（三）日　出

甲、乙木，青，東方，甲、乙病，雞鳴到日出不死☒。簡49〈病〉

丙、丁有疾，赤色，當日出死；不赤色，壬有瘳，癸汗。簡401〈疾〉

五寅有疾，四日不瘳乃五日=（日，日）出有疾，死。簡373〈疾〉

以上三簡皆見「日出」，是詞已見睡虎地秦簡〈十二支占卜篇〉（相當於「卯時」），而王家臺秦簡〈疾〉、〈病〉兩篇皆以「天干」配合「五行、五色、五方」研判病況、死亡與否，簡文所蘊含的觀念與睡虎地秦簡《日書》甲種〈病〉、乙種〈有疾〉相類，彼此皆呈現戰國時期「陰陽五行學說」〔註170〕。

同時，〈疾〉簡373出現重文符號「=」，我們將本簡標點成「五寅有疾，四日不瘳乃五日=（日，日）出有疾，死」，該簡說明了「五寅日」罹患疾病，若四天後尚未獲得痊癒，則在第五天「日出時分」較容易因病去世。再依循睡虎地秦簡之內容，更能瞭解王家臺秦簡〈病〉、〈疾〉的大意，兩篇都說明干支日（「甲乙」、「丙丁」）太歲所居位置、相對應的屬色（青、赤）、方位。值得注意的是，王家臺秦簡新增添「時辰」（雞鳴、日出）以描述疾病之情況。

（四）日　中

庚午日中以死，先西北五六步，小子也，取其父；大人也，不去，
必傷其家。簡706〈死〉

乙酉之旦到夕以死，先不出，出而西南，其日中，才（在）東北間
一室。簡718〈死〉

本批秦簡的「日中」皆源自〈死〉，再根據睡虎地秦簡〈十二支占卜篇〉的記載，研判「日中」相當「午時」（指中午時分）。因此，簡706描述家人在「庚午中午時分過世」，親屬治喪之情況；而簡文718則是講述「乙酉日天剛亮至晚上」假使家中有人不幸過世，出殯、埋葬的概況。綜合王家臺秦簡706、718的內容，可知秦人對於死亡存在相當多的禁忌，並於不同日期保有相異之忌諱。

〔註170〕劉樂賢：《睡虎地秦簡日書研究》，頁121。

（五）莫（暮）

五亥旦莫（暮）不閉，北吉，東凶，□會歙飲百具□☑。簡 395〈啓閉〉

上述出現「旦」、「莫」（暮）兩類紀日時稱，藉助睡虎地秦簡〈十二支占卜篇〉之記載，研判「旦」相當「寅時」，「莫」（暮）則爲「巳時」。故王家臺秦簡〈啓閉〉簡 395 說明了「五亥」可以啓門的方向、吉凶。

同時，取王家臺〈啓閉〉簡 395 與九店楚簡〈占出入盜疾〉簡 71「亥，朝閦（閉）夕啓。凡五亥，朝逃（盜）得，晝得，夕不得。以又（有）疾，卯少瘳（瘳），巳大瘳（瘳），死生才（在）申」及〈五子、五卯和五亥日禁忌〉簡 39 貳至 40 貳「凡五亥，不可以畜六牲腜（擾），帝之所以瘳（瘳）六腜（擾）之日」相互對照，得知下列幾項內容：其一、所謂「五亥」指「乙亥、丁亥、己亥、辛亥、癸亥」，呈現秦簡與楚簡同樣對於「五亥日」有所禁忌，但在比較兩地禁忌時，卻被秦簡本身殘闕所侷限。其二、藉助簡文句型、語彙來分析，可知王家臺〈啓閉〉簡 347、388、393、395 與九店楚簡〈占出入盜疾〉、〈五子、五卯和五亥日禁忌〉皆見「時稱＋閦（閉）＋時稱＋啓」之句型；而上述句型與干支相結合，構成研判「五子」、「五丑」、「五未」吉凶的依據。但秦、楚兩地《日書》所反映的議題有別，楚地（九店簡）重於「禁忌、占逃（盜）、占病」，而秦地則傾向占卜「啓門之後，各方位之吉凶」，藉此反映秦、楚之地方特徵。

（六）黃昏

甲子黃昏以死，失圍廄，不出先西而北□□□□入之。簡 667，〈死〉

上述簡文論及「黃昏」一詞，是詞又見睡虎地《日書》乙種〈十二時〉簡 156「黃昏亥」及周家臺秦簡〈線圖〉「黃昏·胃」；再透過上述兩批秦簡記載的內容可知：秦地「黃昏」相當於「亥時」，該時辰正值廿八星宿處於「胃」。

回歸王家臺〈死〉簡 667 內容，雖部分簡文已殘闕，依從尚存的文字來研判，本簡論及的是家中若有人於甲子日「黃昏時分」死亡，對於家人的影響、禁忌。

（七）夕

五子旦閉夕啓，北得，東吉，南凶，西□☑。簡 393〈啓閉〉

五丑旦閉夕啓，東北吉，南得，西毋行。簡388〈啓閉〉

乙酉之旦到夕以死，先不出，出而西南，其日中，才（在）東北間

一室。簡718〈死〉

上述三簡爲王家臺秦簡提及「夕」之內容，其中〈啓閉〉主要描述六十干支日的「甲子、丙子、戊子、庚子、壬子」、「乙丑、丁丑、己丑、辛丑、癸丑」10 天的方位吉凶。而〈死〉簡 718 則是記載了「乙酉日白天死亡」家屬需要注意之事宜，而簡內共見「旦」、「夕」、「日中」三項紀時語彙，其能彰顯秦人對喪事處理之審愼，人們在不同日期、時辰引申出「不同禁忌」。

此外，周家臺尙出現「朝、夜」不作爲紀時之用法，像是《歸藏》簡 181「☰☰天目朝=不利爲草木，贊贊僄下☒」、簡 343「☷☷夜曰：昔者北□夫=（大夫），卜逆女☒」。前者（簡 181）能與傳世本《歸藏》相對比，說明「天目朝=」當讀爲「天目昭昭」。至於，簡 343「夜」字，廖名春認爲「今本《周易》卦名蠱，帛書《易經》作『箇』，秦簡《歸藏》一作『亦』，一作『夜』。古音『亦』、『夜』均爲鐸部喻母，『蠱』爲魚部見母，韻部相近，『亦、夜』當爲『蠱』之借字」〔註171〕；而王輝同樣也採用聲韻關係，認定「亦、夜」通用，簡文相當於《周易》「蠱」〔註172〕。綜合以上學者之說，可知《歸藏》「朝、夜」非一般「紀日時稱」。

總括以上內容，可知王家臺秦簡紀日時稱集中於《日書》，由今日已公布簡文統計，本批秦簡共出現「雞鳴、旦、日出、日中、暮、黃昏、夕」七種紀時語彙。值得注意的是，簡文〈啓閉〉句型不同於睡虎地秦簡單純以「地支」作爲卜吉凶之核心，反倒出現與九店楚簡相類之「五子」、「五丑」等干支相結合之內容；藉此，瞭解戰國時期秦、楚語言的共通性。另外，同樣是涉及〈啓閉〉簡文，九店楚簡及王家臺秦簡關注焦點也有所不同，也說明秦、楚兩地人們觀念的差異。

四、放馬灘秦簡的紀日時稱

1986 年 3 月甘肅天水市放馬灘發現 14 座古墓葬群（秦墓 13 座、漢墓 1

〔註171〕廖名春：〈王家臺秦簡《歸藏》管窺〉，《周易研究》第 2 期（2001 年），頁 16～17。

〔註172〕王輝：〈王家臺秦簡《歸藏》校釋（28 則）〉，《江漢考古》第 1 期（2003 年），頁 83。

座），經由當地文物考古研究所挖掘、整理後，其中 M1 號墓發現 461 枚竹簡，內容有《日書》甲種（73 枚）、《日書》乙種（381 枚）、《志怪故事》（7 枚）、木板地圖（出土共有 6 塊，經修復綴合實有 4 塊）。經學者從出土器物排比後，提出墓葬的時代爲「早至戰國中期，晚至秦始皇統一前」；又依 M1《志怪故事》紀年研判墓葬的下葬年代約於「西元前 239 年以後」，而墓主身份爲「士一級」〔註173〕。

　　昔日學界探討放馬灘秦簡 1 號墓，多半關注特殊篇章，譬如：胡文輝〈放馬灘《日書》小考〉取「十二生肖」、「盜」與睡虎地秦簡加以比較〔註174〕，而谷杰、陳應時則探討「音律」與文獻間的關係〔註175〕。針對本批材料的時稱，迄今無人完整的探討。因此，下列歸納是批秦簡紀日時稱，探討當時人們所使用的紀時用語。在詳述紀日時稱之前，必須探討放馬灘秦簡《日書》甲種簡 16、17、19（下半部）及《日書》乙種 142～143〈生子〉已出現完整十六時制，即：

> 平旦生女，日出生男，夙食女，莫食男，日中女，日過中男，日則
> 女，日下則男，日未入女，日入男，昏（昏）女，夜莫男，夜未中
> 女，夜中男，夜過中女，雞鳴男。

上述秦簡描述「一日十六時辰」生子概況，也表現戰國時期人們觀念中「時辰」會影響「性別」；且將本篇內容與時代相近的睡虎地秦簡〈生子篇〉相互比較後，可知兩批秦簡皆反映當時人們的「生子觀」。值得注意的是，兩批秦簡雖同樣涉及「生子議題」，但放馬灘秦簡關注於「時辰」對性別的影響，而

〔註173〕甘肅省文物考古研究所編：《天水放馬灘秦簡》（北京：中華書局，2009 年），頁128～129。

〔註174〕胡文輝：〈放馬灘《日書》小考〉，《文博》第 6 期（1999 年），頁 26～29。另外，胡文已輯入《中國早期方數與文獻叢考》（廣州：中山大學出版社，2000 年），頁135～137。

〔註175〕詳見（1）谷杰：〈從放馬灘秦簡《律書》再論《呂氏春秋》生律次序〉，《音樂研究》3 期（2005 年），頁 29～34。（2）陳應時：〈再談《呂氏春秋》的生律法——兼評《從放馬灘秦簡〈律書〉再論〈呂氏春秋〉生律次序》〉，《音樂研究》第 4 期（2005 年），頁 39-46。（3）谷杰：《放馬灘簡》與《周禮注疏》、《禮記正義》中的「蕤賓重上」兼論十二律大陰陽說的早期形式〉，《中國音樂》第 3 期（2010 年），頁 7～13。

睡虎地秦簡則是以「出生日期」推測嬰兒日後之命運。

同時，從放馬灘、睡虎地兩批秦簡的內容尚可歸納幾點現象：其一、秦人重視生子：無論是性別、嬰兒未來成就，同樣在《日書》表露無遺，藉助兩批秦文相互參照，能使出土秦簡〈生子章〉趨於完整[註176]。其二、一日時辰之差異：放馬灘秦簡從「平旦」至「雞鳴」依次排列，顯示當時人們對於「時間先後順序」有著清楚的認識；並透過下表釐清不同出土地的「紀日時稱」，即：

出 土 地	睡虎地《日書》（南）	放馬灘《日書》（北）
紀日時稱	〔平旦〕（寅）	平旦
	日出（卯）	日出
	食時（辰）	夙食
	莫食（巳）	莫食
	日中（午）	日中
		日過中
		日則
		日下則
	昃（日失；未）	日未入
	下市（申）	×
	舂日（酉）	日入
	牛羊入（戌）	×
	黃昏（亥）	昏
	×	夜莫
		夜未中
	人定（子）	夜中
		夜過中
	〔雞鳴〕（丑）	雞鳴

上表能清楚發現，兩批秦簡相同之紀日時稱有「平旦、日出、莫食、日中、雞鳴」，相近之詞則是「食時／夙食」、「黃昏（亥）／昏」；藉此彰顯秦人因為地域差異，使得「紀日時稱」產生歧異。同時，放馬灘秦簡相較於睡虎地秦簡，其對「中午」及「夜晚」兩時段劃分更為精準，參見下列圖示：

[註176] 何雙全：《雙玉蘭堂文集》（下）（臺北：蘭臺出版社，2001年），頁586。

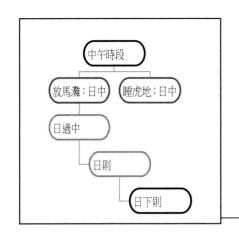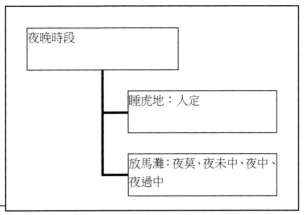

從上述表格能看出放馬灘秦簡增繁的紀日時稱，集中在「中午、夜晚」兩類時段。同時，再由上一節內容的探討，更發現到放馬灘秦簡〈生子篇〉十六時制中「夜中」一詞，也曾見於戰國末年天星觀楚簡「夜中又（有）賡（續）」（簡40）；因此，依不同地域皆見「夜中」一詞，反映戰國末年楚、秦兩地人們在「紀日時稱」的使用上，具有部分的共通處。

再者，放馬灘秦簡《日書》甲種簡 43～72、乙種簡 26～53 皆紀錄一個月內從一日至卅日的「旦、日中、昏、中夜」四項時段，所代表的吉凶方位。經由何雙全、劉樂賢歸納、整理後，進而繪製成下表 [註177]：

	一	二	三	四	五	六	七	八	九	十	十一	十二	十三	十四	十五
旦	西	西	西	西	南	南	南	南	南	南	東	東	東	東	東
日中	北	北	北	南	西	西	西	西	西	西	南	南	南	南	南
昏	東	東	東	北	北	北	北	北	北	北	西	西	西	西	西
中夜	南	南	南	東	東	東	南	南	南	南	北	北	北	北	北

	十六	十七	十八	十九	廿	廿一	廿二	廿三	廿四	廿五	廿六	廿七	廿八	廿九	卅
旦	東	東	東	北	北	北	北	北	北	北	西	西	西	西	西
日中	南	南	南	東	東	東	東	東	東	東	北	北	北	北	北
昏	西	西	西	南	南	南	南	南	南	南	東	東	東	東	東
中夜	北	北	北	西	西	西	西	西	西	西	南	南	南	南	南

從表格能清楚瞭解秦人三十天「旦、日中、昏、中夜」之吉凶方位，依簡文記

〔註177〕放馬灘秦簡〈禹須臾行日篇〉，何雙全、劉樂賢皆歸納簡文成「上表」，參（1）何雙全：《雙玉蘭堂文集》下，頁 576～577。（2）劉樂賢：《簡帛數術文獻探論》（武漢：湖北教育出版社，2002 年），頁 62。

載，可知戰國末年人們已將一個月當中的「時辰」與「方位吉凶」相結合，藉此說明時段內適宜出行之方向。

　　另外，何雙全曾將放馬灘秦簡《日書》甲種簡 43～簡 72 聯合下欄「十二地支」加以釋讀。然是說已被劉樂賢所修訂，劉氏提出因為「古代日序紀日法與干支紀日法各自獨立」〔註178〕。其說甚是，同時，翻閱原書，原考釋者已將《日書》甲種簡 43～簡 72 上欄、下欄各自列舉不同的篇名，分別作〈禹須臾行日〉（上欄）及〈禹須臾所以見人日〉（下欄）〔註179〕。同時，簡內又出現「▄」以表示「提示界隔符號」，象徵兩篇簡文應分開釋讀〔註180〕。故〈禹須臾行日〉、〈禹須臾所以見人日〉則是講述兩類不同的占測方法，彼此雖同樣具「紀日時稱」（旦、日中、昏、中夜／旦、安食、日中、日失、夕日），但前篇強調「一個月卅日」方位吉凶，後者則以「十二地支」作吉凶劃分的依歸。

　　此外，《日書》乙種簡 179 至簡 191 第四排、第五排出現時稱與五音五行相配的內容，被原考釋者訂名作〈納音五行〉，從篇中記載之內容瞭解到戰國時期已存在「納音」之法〔註181〕，即：

平旦九徵木	‖安（晏）食大辰（晨）八	簡 179
日出八□□	‖□食食□七	簡 180
蚤（早）食七栩（羽）火	‖人奠（定）中鳴六	簡 181
莫食六角火	‖夜半後鳴五	簡 182
東中五〔□〕土	‖日出日失（昳）八	簡 183
日中五宮土	‖食時市日七	簡 184
西中九徵土	‖過中夕時六	簡 185
昏市八商金	‖日中〔日〕入五	簡 186
莫（暮）市（？）七羽金	‖□□□□□	簡 187
夕市六角水	‖安（晏）食大晨八	簡 188
日入五□□	‖夜半後鳴五	簡 189
莫（暮）食前（？）鳴七。		簡 190
昏時九徵□		簡 191

〔註178〕劉樂賢：《簡帛數術文獻探論》，頁 61。

〔註179〕甘肅省文物考古研究所編：《天水放馬灘秦簡》，頁 85。

〔註180〕林清源師：《簡牘帛書標題格式研究》（臺北：藝文印書館，2006 年），頁 235。

〔註181〕甘肅省文物考古研究所編：《天水放馬灘秦簡》，頁 126。

上述釋文內容依據程少軒《放馬灘簡式占古佚書研究》重新調整〔註182〕，而程先生與蔣文先前於 2009 年〈放馬灘簡《式圖》初探（稿）已歸納本批秦簡具「大晨、平旦、日出、蚤食、食時、安食、廷食、東中、日中、西中、日失、昏市、莫中、夕中、市日、日入、莫食、昏時、夕時、人奠、夜半、過中、中鳴、後鳴」廿四時稱；又進一步繪製成〈式圖〉〔註183〕：

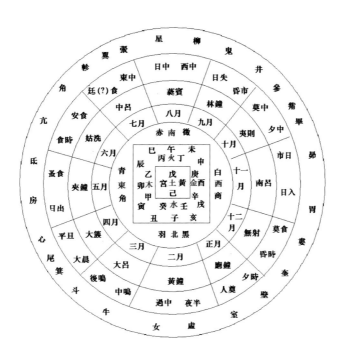

上圖經程少軒反覆思量後，已放棄本說法，並提出：「我們曾認為放馬灘簡所見是一個二十四時稱的系統。然而，在已知秦漢文獻中從未出現過『二十四時』。況且經過重新校讀簡文，目前已經有了二十五個時稱，實際的時稱數還要更多一些。因此我們原本的方案肯定是不妥當的」。再依裘錫圭的看法，研判以上內容應屬「廿八時稱」之記錄〔註184〕。

　　值得注意的是，本批秦簡出現人們採用「五音十二律搭配時辰」以貞問吉

〔註182〕程少軒：《放馬灘簡式占古佚書研究》，（上海：復旦大學中文系博士學位論文，2011年 10 月），頁 42。

〔註183〕程少軒、蔣文：〈放馬灘簡《式圖》初探（稿）〉，「復旦大學出土文獻與古文字研究中心網站」（2009 年 11 月 6 日），網址：http://www.gwz.fudan.edu.cn/SrcShow.asp?Src_ID=964。

〔註184〕程少軒：《放馬灘簡式占古佚書研究》，頁 52。

凶諸事，下面列舉三簡爲例：

〈黃鐘〉平旦至日中投中黃鐘：鼠毆，兌（銳）顏兌（銳）頤，赤黑，免（俛）僂，善病心腸。簡206

日中至日入投中黃鐘：□濡毆，小面多黑艮（眼），善下視，黑色，善弄隨＝，不旬入。簡207

日入至晨投中大呂：旄（牦）牛毆，免顏，大頭，長面，其行丘＝毆，蒼晢色，善病頸項。簡211

上述三簡的首句皆屬於「名詞（紀日時稱）＋介詞（至）＋名詞（紀日時稱）」形式，緊接著又描述「音律名」及「對應的動物名、動物體態顏色、動物所善主」。而程少軒、蔣文發現篇內所出現的「紀日時稱」一律爲「（平）旦到日中，日中到日入，日入到晨」不斷地循環，象徵了「生壯死之序」。故本篇所涉及的時稱，已非單純「紀時」之用，更蘊含了「生、死、老、朽」數術之觀念，即「生」對應於「旦至日中」，而「死、老、朽」則全部對應「日入至辰」，前者象徵「成長階段」，後者則是「消亡」階段 [註185]；而程少軒《放馬灘簡式占古佚書研究》進一步將簡文內容歸納成下列表格 [註186]，如：

簡號	時段起	時段止	十二律	動物	顏色	善病	地支
206	平旦	日中	黃鐘	鼠	赤黑	心腸	子
207	日中	日入	黃鐘	□濡	黑	？	
缺簡	日入	晨	黃鐘	？	？	？	
209	旦	日出	大呂	牛	白黑	風痹	丑
210	日中	日入	大呂	眾牛	白	腰	
211	日入	晨	大呂	旄（牦）牛	蒼晢	頸項	
212	旦	日中	大簇	虎	赤黑	中	寅
213	日中	日入	大簇	豹	蒼赤	肩	
214	日入	晨	入簇	豺	？	心	
215	旦	日中	夾鐘	兔	蒼□	腰腹	卯

[註185] 程少軒、蔣文：〈略談放馬灘簡所見三十六禽（稿）〉，復旦網（2009 年 11 月 11 日）。

[註186] 程少軒《放馬灘簡式占古佚書研究》，頁 111。筆者案：本文附錄（三）所徵引〈音律貞卜〉釋文、句讀、標點也依據程文內容重新加以修訂。

216	日中	日入	夾鐘	□	土	心腸	
240	日中	晨	夾鐘	□	蒼陽黑	背□鍾	
218	旦	日中	姑洗	龍	土黃	□乾	辰
219	日中	日入	姑洗	蛇	蒼白	四體	
220	日入	晨	姑洗	□	蒼黑	顏	
221	旦	日中	中呂	雉	蒼皙	腰髀	巳
222	日中	日入	中呂	□	蒼黑	脅	
223	日入	晨	中呂	？	？	耳目開	
224	旦	日中	蕤賓	馬	皙	右髀	午
225	日中	日入	蕤賓	閭（驢）	白皙	□	
226	日入	晨	蕤賓	□	？	中腸	
227	旦	日中	林鐘	羊	？	？	未
228	日中	日入	林鐘	□	陽黑	明目病乳	
229	日入	晨	林鐘	鼅	赤黑	……足	
230	旦	日中	夷則	玉龜	蒼皙	心	申
231	日中	日入	夷則	鼉龜	皙	腰	
232	日入	晨	夷則	竃龜	黃皙	胃腸	
233	旦	日中	南呂	雞	皙	胃脅	酉
234	日中	日入	南呂	雞？	蒼白	？	
235	日入	晨	南呂	赤鳥	赤	心腹	
236	旦	日中	無射	犬	皙	中	戌
237	日中	日入	無射	狼	黃黑	腰髀	
208	日入	晨	無射	大（？）	黃	腹腸腰髀	
238	旦	日中	應鐘	□	黑	腹腸	亥
239	日中	日入	應鐘	虎（？）	黃黑	風痺	
217	日入	晨	應鐘	谿（豯）	黑	肩手	

從表格內清楚可見：秦地人們把一日分「平旦至日中」、「日中至日入」、「日入至晨」三個時段，再將上述時段搭配「十二律、動物」作爲占卜之用。至於，篇內涉及的動物，有學者認爲其應爲「三十六禽」之源〔註187〕；因放馬灘秦簡〈音律貞卜〉已將「三十六禽與十二律」相互對應。

〔註187〕程少軒、蔣文：〈略談放馬灘簡所見三十六禽（稿）〉將放馬灘秦簡「三十六禽」
　　　　與孔家坡漢簡、文獻相互對應，並將研究戚果，製成表格（詳見〔附表四〕）。

　　總之，從放馬灘秦簡的出土，可知戰國時人們的數術曾將與十二律（陰陽五行）、廿八星宿相搭配，而程少軒依據簡文內容進一步擬製成下圖〔註188〕，

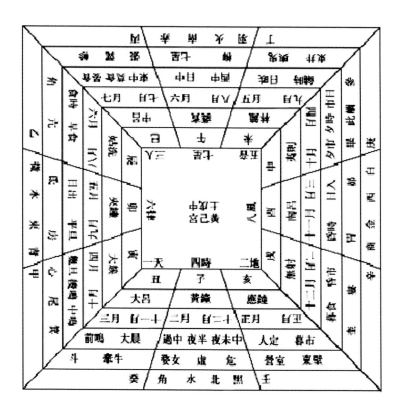

上圖被稱作「式盤假想圖」，自內而外記載著地支名、音律名、十二個月及廿八星宿、廿八時稱，最外圍詳載天干、四方、五色；藉此反映當時數術思維。但戰國時期人們於日常使用上，多半仍使用「十六時制」，譬如：〈志怪故事〉「雞鳴」、《日書》中〈生子篇〉、〈禹須臾行日〉「旦、日中、昏、中夜」、〈禹須臾所見人日〉「旦、日中」。

五、周家臺秦簡的紀日時稱

　　1993 年 6 月 18 日至 20 日，湖北省荊州市周梁玉橋遺址發現周家臺三〇號秦墓，出土竹簡 381 枚。經由學界清理之後，將簡文劃分甲、乙、丙組，從內容上來看：「甲組」涉及二十八宿占、五時段占、五行占、秦始皇三十六年、三十七年月朔日干支及月大小等，而「乙組」為秦始皇三十四年（西元前 213 年）全年三百八十四天（含九月三十天）的日干支紀錄；至於「丙組」則是醫藥病

〔註188〕程少軒：《放馬灘簡式占古佚書研究》，頁 96。

方、祝由術、擇吉避凶占卜等事。同時，墓中所出土木牘清楚記載「秦二世元年」（西元前 209 年），學界依循上述紀年資料研判是批簡文隸屬「秦代」（西元前 213～209 年）〔註189〕。同時，透過墓葬規格、簡文內容，研判墓主人可能是「南郡官署中負責賦稅收繳工作的小吏」〔註190〕。

　　值得注意的是，本批秦簡出現廿八種時稱，其爲迄今出土秦簡分段紀時材料中最爲複雜的。下列是廿八時制的詳細名稱，即：

　　　　毚（才）旦、平旦、日出、日出時、蚤食、食時、晏食、廷食、日
　　　　未中、日中、日過中、日失、餔時、下餔、夕時、日毚〔入〕、日入、
　　　　黃昏、定昏、夕食、人鄭、夜三分之一、夜未半、夜半、夜過半、
　　　　雞未鳴、前鳴、雞後鳴。

上述紀日時稱採取廿六枚竹簡拼合而成，被學者稱作〈線圖〉，即〔註191〕：

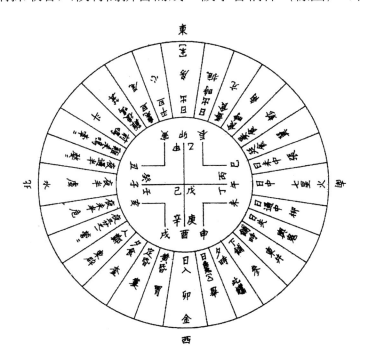

〔註189〕李忠林：〈周家臺秦簡曆譜繫年與秦時期曆法〉，《歷史研究》第 6 期（2010 年），
　　　　頁 36～53、190。

〔註190〕詳見（1）湖北省荊州市周梁玉橋遺址博物館編：〈周家臺 30 號秦墓發掘報告〉，《關
　　　　沮秦漢墓簡牘》（北京：中華書局，2001 年），頁 145～160。（2）彭錦華：〈周家
　　　　臺三〇號秦墓簡牘綜述〉，《簡帛研究 2002、2003》（桂林：廣西師範大學出版社，
　　　　2005 年），頁 123～124。

〔註191〕本圖掃瞄自湖北省荊州市周梁玉橋遺址博物館編：《關沮秦漢簡牘》，頁 107。

上圖由兩個同心圓所構成，其中「外圈」文字：先順時間方向依次記有「廿八個時稱」、再列有「廿八星宿」，且人們又在上、下、左、右的位置上標記「木、金、水、火」。同時，大圓圈外則寫到「東、西、南、北」相對的方位。至於，本圖中央繪製「╫」的圖形，以北向十二地支中「子」爲起點，採用圓圈的形式描述廿八星宿，分布於圖形四面的十二個頂端，其間內側記有除「戊」、「己」以外的八天干，「戊」、「己」兩天干則記於中心部位。再依《淮南子・天文訓》「子午、卯酉爲二繩，丑寅、辰巳、未申、戌亥爲四鉤」的記載，研判周家臺〈線圖〉「＋」即「二繩」係指位於圖形中心互相垂直交叉的二線，而「四鉤」則是指圖形四角所示的「L」〔註192〕。因此，〈線圖〉內「＋」傳遞古代「陽起於子，陰起於午，卯、酉各半之」的意圖，象徵「陰陽二氣之消長是與四方相配合」〔註193〕。

其次，〈線圖〉外圍書寫「東、西、南、北」也呈現秦代人們對於四方空間的概念，而人們將空間的概念與時間相結合，進而構成「四分時制」，而所謂「四分時制」爲魏慈德《中國古代風神崇拜》所提出，書中認爲「四分時制即將一日按子、午、卯、酉分爲夜半、平旦、日中、日入或朝、晝、昏、夜，而十二時制乃是將四分日再三分，十六時制是四分日再四分」〔註194〕。上述觀念李零也曾提出，並認爲「四進制的記量單位，在古代往往與空間的劃分有關。……雖然古代的四進制發展到後來，往往被十進制所取代，唯獨在時間系統中，牠始終保持著原有的特點。這點基於一種很古老的理解，即追求時間的劃分對應於空間劃分，並與空間的劃分盡量保持形式上的一致」〔註195〕。故周家臺〈線圖〉體現了古人四方空間、時間結合的觀念。

再者，本批秦簡於〈線圖〉之後，進一步寫到「求斗術」，詳見簡243：

　　求斗術曰：以廷子爲平旦而左行，鼗（數）東方平旦以雜之，得其

　　時宿，即斗所乘也。

〔註192〕湖北省荊州市周梁玉橋遺址博物館編：《關沮秦漢簡牘》，頁109。

〔註193〕李零：〈「式」與中國古代的宇宙模式〉，《中國文化》第1期（1991年），頁10。

〔註194〕魏慈德：《中國古代風神崇拜》（臺北：臺灣古籍出版有限公司，2002年），頁78。

〔註195〕李零：〈「式」與中國古代的宇宙模式〉，頁14～15。

以上描述秦代人們來推算斗柄所指的星宿之紀錄〔註196〕，而彭勝華、劉國勝提出其與〈線圖〉的關係，即為「講解線圖操作的文字（也即是說明運式的方法）」。再對簡243內容加以解釋：首句屬於「運式的初勢」，第二句表示「運式的終勢」，末兩句「得其時宿，即鬥所乘也」則是運式之結果。並推測秦人操作方法：先將式盤中的天、地盤擺正，即把天盤上的第十二月將（子將）對準地盤上的子；設定完畢後，再轉動天盤，把天盤上的某一個月將（由所占月份定）對準地盤上的日時（由所占時辰定）。故簡243可理解成「從『子』位以『平旦』時稱開始，按順時針方向依28欄的順序數時稱，至『平旦，心』這一欄止，這樣就在『平旦，心』這一欄的干支位上推得另一欄時宿，即『廷食，翼』，『翼』就是所占求的斗柄所指星宿」〔註197〕。

　　依循上述學者之看法，釋讀周家臺簡 244「此正月平旦觳（繫）申者」，本簡是描述在正月清晨（平旦）時分斗柄指向之方位、相配地支「申」，至於「今此十二月子日皆為平，宿右行」則說明十二月星宿所處位置。同時，簡內也描述星宿從正月至十二月運行方向為「右」。值得注意的是，本簡末句出現「‧」符號，原考釋者主張其屬「表明此二字為簡 131 至本簡一段簡文的標題」，進而研判簡文內容應相當於《漢書‧藝文志》兵陰陽家所述「斗擊」相類〔註198〕。

〔註196〕關於「廿八星宿」與「式盤」、「北斗」的關係，李零〈「式」與中國古代的宇宙模式〉提到：「古人的紀時手段有兩類，一種主要是限於較小的時段劃分（日、月），是靠圭、表和漏刻；另一種則是靠較大的時段劃分（歲、月），是靠觀星和候氣。《淮南子‧大文》也提到兩類手段，其中，屬於觀星，廿八宿是主要參照系，這點在六壬式的天盤有明確的反映。但相對二十八宿的指示物（相當表盤指針）卻有三類，一類是日、月，一類是五星（歲星、熒惑、填星、太白、辰星，即木、火、土、金、水五星），一類是北斗。式所採用的主要是後兩類，而不是第一類」。頁 15。

〔註197〕彭勝華、劉國勝：〈沙市周家臺秦墓出土線圖初探〉，收錄於李學勤、謝桂華主編《簡帛研究二○○一》，頁 244～245。筆者案：針對周家臺簡 243～244 之內容，黃儒宣進一步推算秦代廿八星宿與干支相配之概況，進而描繪出模擬圖〔附表三〕，詳見《《日書》圖像研究》（臺北：臺灣大學中國文學研究所博士論文，2009年），頁 51。

〔註198〕湖北省荊州市周梁玉橋遺址博物館編：《關沮秦漢簡牘》，頁 117。

　　另外，周家臺秦簡除了〈線圖〉出現廿八時制以外，尚見五種紀日時稱並列，內容類似於睡虎地〈吏〉，下列採用表格的方式呈現此篇文字，即：

時稱 地支	朝	莫食	日中	日失時	日夕時	簡245
亥	有後言	不言	令復見之	怒言	請後見	簡246
子	告，聽之	告，不聽	有美言	復好見之	有美言	簡247
丑	有怒	有美言	遇怒	有告，聽	有惡言	簡248
〔寅〕	有得，怒	說（悅）	不得言	不得言	有告，聽	簡249
〔卯〕	有聽命，許	說（悅）	告，聽之	請謁，聽	有怒	簡250
辰	告，不聽	告，聽之	請命，許	有告，遇怒	請謁，許	簡251
〔巳〕	不說（悅）	告，聽之	告，不聽	有告，遇怒	後有言	簡252
〔午〕	許	百事不成	告，聽之	有造，惡	說（悅）	簡253
〔未〕	有美言	令復之	有惡言	說（悅）	不治	簡254
〔申〕	□怒	得語	不說（悅）	有後言	請謁，許	簡255
〔酉〕	☒	☒	☒	☒	遇惡	簡256
〔戌〕	☒	☒	說（悅）	有言，聽	有惡言	簡257

　　從表格清楚瞭解簡內採取「十二地支紀日」為經，「五種紀日時稱」為緯，交織每日五個時辰所遇到之狀況。同時，從睡虎地、放馬灘秦簡內容相互比較，得知本篇是當時提供官吏查閱之用，即「敘述每一日哪一段時裡面求見長官，提出請求會有什麼結果」；其中，簡內所述「見、告、請命」代表「求見長官、匯報、請示」〔註199〕。

　　再者，簡245記載一日「朝、莫食、日中、日失時、日夕時」五個時段，顯然與睡虎地簡157「朝、晏、晝、日虒、夕」、放馬灘簡54～65所載「旦、晝、夕」有別。但周家臺秦簡所記載五項詞皆已見戰國末年秦簡，譬如：「日失時」、「夕日時」能與放馬灘《日書》甲種簡43～53「日失」、「夕日」相對應，學者依循文獻所載，研判「失」讀為「昳」，所謂「日昳」指「太陽開始

〔註199〕劉樂賢：《睡虎地日書研究》「三十八、吏篇」疏證，頁201。筆者案：夏德安〈周家臺的數術簡〉述及簡245～257與睡虎地秦簡〈吏〉相類似，是文收錄武漢大學簡帛研究中心主辦：《簡帛》第二輯（上海：上海古籍出版社，2007年），頁405。

傾斜的一段時間」，其相當於睡虎地秦簡《日書》乙種〈入官〉簡 233 壹「清旦、食時、日則（昃）、莫（暮）、夕」〔註200〕。另外，是篇「十二支之順序」迥異於睡虎地、放馬灘秦簡，反倒以「亥」作爲「地支之起始」；此現象產生，考釋者提出「非編連順序的錯亂」，恐因「原簡抄寫時所用底本散亂致誤」〔註201〕。

　　總括此批秦簡，共見兩種時稱，即：（一）廿八時制：出現〈線圖〉，其用意在「通過時稱推算所值廿八星宿，供作擇吉的依據」，但上述時稱不具有等分一日的效果，因廿八星宿在空間上也不是等分的。故周家臺秦簡中廿八時制不能被視爲秦人對一日時間的紀時制度。同時，學者們也指出「這些紀時時稱在具體內容中具體指示一日裡的什麼時間，是很難考知」的〔註202〕。故〈線圖〉所記載的廿八種紀日時稱無法尋繹對應的確切時辰，圖內糅合陰陽五行學說和天文曆算知識〔註203〕，是秦代人們以廿八星宿加以研判「是日吉凶」，上述陰陽五行的概念繼承了戰國末年睡虎地秦簡思維，再增添吉凶禍福之事項，從而呈現出戰國末年至秦代人們將日常生活之事務結合數術觀念。

　　（二）十六時制：本類時稱爲秦代延續戰國末年的紀時觀念，透過放馬灘秦簡及傳世文獻《淮南子・天文篇》記載得知，人們將一日劃分成十六等分，以不同紀日時稱加以紀錄時間的變化。同時，本文再取周家臺秦簡與戰國末年睡虎地、放馬灘秦簡等文獻相互比較，進一步歸納成下表：

　　從表格可以清楚發現幾點現象：其一、周家臺與戰國末年睡虎地秦簡共見「日出、食時、莫食、日中、日失、餔時」六種紀時用語相同，其餘是周家臺秦簡新增的紀時用語，從而說明兩批秦簡在紀時用語上的異同。其二、周家臺與放馬灘秦簡相同紀日時稱有六種，即「平旦、日出、食時、莫食、日中、日入」。其三、取周家臺與《論衡・調時》、居延漢簡相互對應，發現相同者是「平旦、日出、食時、日中、日失時、餔時、日入」七種。結合上述三點內容，可知戰國末年至漢代人們在「紀日時稱」在名稱使用上的差異。

〔註200〕彭勝華、劉國勝：〈沙市周家臺秦墓出土線圖初探〉，頁 247。

〔註201〕湖北省荊州市周梁玉橋遺址博物館編：《關沮秦漢簡牘》，頁 118。

〔註202〕彭勝華、劉國勝：〈沙市周家臺秦墓出土線圖初探〉，頁 249。

〔註203〕劉國勝：〈楚地出土數術文獻與古宇宙結構理論〉，丁四新主編：《楚地簡帛思想研究》二（湖北：武漢教育出版社，2004 年），頁 241～244。

時　稱	出　　處	睡虎地十二時制	放馬灘十六時制	《論衡・調時》十六時制	居延漢簡十八時稱〔註204〕
平旦	簡367	×	◯	◯	◯
朝	簡245	×	×	×	×
日出	簡330、簡367	◯	◯	◯	◯
食時	簡367	◯	◯	◯	◯
莫食	簡245	◯	◯	×	×
日中	簡245	◯	◯	◯	◯
日失	簡245	◯	×	◯	◯
餔時	簡367	◯	×	◯	◯
夕市	簡367	×	×	×	×
日夕時／夕	簡245／簡364	×	×	×	×
日入	簡367	×	◯	◯	◯

　　再者，根據秦簡所記載的內容，可發現人們數術觀念之變遷，即：

〔註204〕陳夢家〈漢簡年曆表敘〉提出漢簡所見時分有「（1）夜半：包含『夜半、夜過半時』。（2）夜大半：包含『夜大半、夜大半三分、夜大半五分、夜半盡時』。（3）雞鳴：包含『雞前鳴時、雞中鳴、雞後鳴五分、雞鳴五分、雞鳴時』。（4）晨時：包含『晨時、大晨一分盡時、晨』。（5）平旦：包含『旦、正旦、平旦、平旦時、平旦一分、平旦七分、平旦入』。（6）日出：包含『日出、日出時、日出五分、日出七分、日出二干時、日出一□、日出入』。（7）蚤時：包含『蚤食、蚤食時、日蚤食時、蚤食盡、蚤食一分、蚤食五分、蚤食入』。（8）食時：包含『食時、食、日食時、日食時二分、日食麈五分、食時入、食麈入』。（9）東中：包含『日東中六分、日東中時』。（10）日中：包含『日中時、日中時分、中五分、中晝、日中入』。（11）西中：包含『日失中時、日失、日過中時、日西中時、日西中二分』。（12）餔時：包含『餔時、日餔時、餔時入、餔麈入』。（13）下餔：包含『下餔、下餔時、日下餔時、下餔二分、下餔四分、下餔五分、下餔七分、下餔八分、下餔入、日下餔入』。（14）日入：包含『日入時、日入三分、日入入』。（15）昏時：包含『昏時、夜昏時、黃昏時、黃昏四分時、莫』。（16）夜食：包含『夜食、夜食時、夜食七分、夜食入、〔夜〕食莫時、參餔時』。（17）人定：包含『人定時、夜人定時、人定二分』。（18）夜少半：包含『夜少半、莫夜未半、夜少半四分』」，收錄《漢簡綴述》，頁245～248。

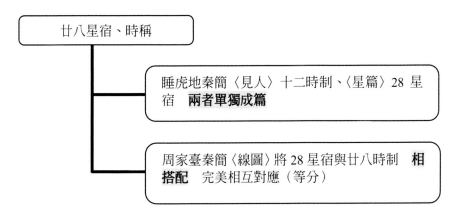

從上圖瞭解自戰國末年睡虎地秦簡單獨把「時稱、星宿」分類，至秦代周家臺〈線圖〉結合兩者、呈現等分之風貌。

　　另外，睡虎地秦簡〈星篇〉與周家臺簡 188～242「廿八星宿占辭」性質相類〔註 205〕，都以星宿爲核心描述當日吉凶概況。但兩批簡文關注事項有所差異，即：「睡虎地秦簡」偏重於「祭祀、娶妻、生子」，而「周家臺秦簡」則是以「訪客、獄訟、約結、逐盜、占病、占行、占來、占市旅、占物」爲核心。

六、里耶秦簡的紀日時稱

　　2002 年 5 月湘西里耶戰國古城一號井出土大批秦代簡牘，經學者考證是批秦簡的年代相當於「嬴政二十五年至秦二世二年」（B.C.222 年～B.C.208 年）〔註 206〕。簡文描述的內容相當廣泛，包含了通郵、軍備、算術、記事等史料，並涉及兩類計時的紀錄，分別是：

（一）水漏計時法

　　八月癸巳，水下四刻，走賢以來。J1（8）簡 133 正（第三行）

　　二月壬寅水十一刻＝（刻）下二，郵人得行。圂手。J1（8）簡 154 背

　　四月癸丑水一十刻＝（刻）下五，守府快行少內。J1（8）簡 156 正（第二行）

〔註 205〕所謂「廿八星宿占辭」爲周家臺〈線圖〉後緊接以廿八星宿爲題首的吉凶占驗辭，本文採用彭勝華、劉國勝之說法，將簡文暫時訂名爲此，見〈沙市周家臺秦墓出土線圖初探〉，頁 242。

〔註 206〕湖南省文物考古研究所：〈湖南龍山里耶戰國——秦代古城一號井發掘簡報〉，《文物》第 1 期（2003 年），頁 4～35。

八月壬辰水下八刻，隸妾以來。朝手。J1（9）簡984背□手。

丙辰水下四刻，隸臣尚行。J1（16）簡5背（第三行）

三月癸丑水下盡之，陽陵士五（伍）勾以來。邪手。J1（16）簡5背（第四行）

七月癸卯，水十一刻＝（刻）下九，求盜簪褒（裹）陽成辰以來。羽手。

如手。J1（16）簡5背（第五行）

庚戌水下□刻，走裙行尉。J1（16）簡6背（第二行、第三行）

甲辰水十一刻＝（刻）下者十刻，不更成里以來。豭手 J1（16）簡9背（第二行）

以上九處為里耶秦簡論及「漏刻紀時」之文例，昔日學界探討「漏刻制」多著墨於「漢代」〔註207〕；隨著里耶秦簡的公布，使得本類紀時制度能溯源自「秦代」。同時，針對里耶秦簡的漏刻法，學界提出不同看法，李學勤始指出：

在J1（16）6簡上，有「庚戌水下□刻」，下云「戊申夕」，可知所記漏刻皆指白晝。這是相當簡單的漏制，即將一晝分為十一刻，刻於漏壺箭上，視箭沈下幾刻。這種漏壺形制應與已發現的漢代漏壺相似，估計木質浮箭由下至上標有刻數，與漢代「晝夜百刻」的漏制比較，是很原始的，所以記漏刻的格式與漢代也不相同。〔註208〕

從上述引文可知，李學勤認為秦代與漢代雖漏壺外觀相似，但在紀時方面秦代應處「原始期」（一晝分十一刻），其與漢代漏刻紀時仍有差異。針對李氏所云「里耶簡漏刻紀時」的觀念，學界紛紛提出不同說法，譬如：（一）張春

〔註207〕黃琳《居延漢簡紀時研究》提到「目前所知時代最早、年代最為明確的漏壺，是1968年在河北滿城西漢中山靖王劉勝墓中出土，係漢武帝元鼎四年（前113年）以前之物」（上海：華東師範大學中國語言文學系碩士論文，2006年），頁33。另外，馬怡〈漢代的計時器及相關問題〉探討漢代的「土圭、表、日晷、沉箭漏、浮箭漏、簡易田漏」等紀時器。詳見《中國史研究》第3期（2006年），頁17～36。

〔註208〕李學勤：〈初讀里耶秦簡〉，《文物》第1期（2003年），頁75。

龍〈湘西里耶秦代簡牘選釋〉依據 J1（8）簡 154、J1（8）簡 156、J1（16）
簡 5 等內容，研判「秦時漏壺分爲十二刻，每刻再分爲十刻，則一刻相當於
現在的二小時，每小刻爲十二分鐘」；又依「夜水下四刻」之內容，認爲「如
果漏壺有畫夜之別，則當時紀時的最小單位相當於今天的六分鐘」，最後研判
「秦時漏壺設置可能更複雜，漢時分晝夜爲百度，一刻合今天十四分十五秒，
較里耶秦簡原始得多；漢哀帝建平二年改爲百二十度，與里耶簡相合。不知
何故，秦較精確的計時方式在西漢初年未得承繼」〔註209〕。

（二）胡平生延續張春龍對「夜水下四刻」之看法，尋繹敦煌懸泉置所出
土永初元年（107 年）東漢簡「十二月廿七日甲子，畫漏上水十五刻起」，認爲
「秦代滴漏大概是分白晝、夜晚分別計時的（白晝、夜晚共二十二刻）」；並推
算出「一刻約相當於今 1 小時零 5 分」，假設與現在時間的對應〔註210〕，即：

刻一	刻二	刻三	刻四	刻五	刻六
6:00-7:05	7:05-8:10	8:10-9:15	9:15-10:20	10:20-11:25	11:25-12:30
刻七	刻八	刻九	刻十	刻十一	（白天）
12:30-13:35	13:35-14:40	14:45-15:50	15:55-17:00	17:05-18:10	
刻一	刻二	刻三	刻四	刻五	刻六
18:10-19:15	19:15-20:20	20:20-21:25	21:25-22:30	22:30-23:35	23:35-0:40
刻七	刻八	刻九	刻十	刻十一	（夜晚）
0:40-1:45	1:45-2:50	2:50-3:55	3:55-5:00	5:00-6:00	

此外，胡平生綜合上述表格的內容，又將里耶秦簡與今日時辰加以對比，進一
步製作成下表，即〔註211〕：

里耶秦簡內容	今 日 時 辰
水十一刻刻下二	7:05-8:10
水下四刻	9:15-10:20

〔註209〕張春龍、龍京沙：〈湘西里耶秦代簡牘選釋〉，收入《中國歷史文物》第 1 期（2003
　　　　年），頁 10～11。

〔註210〕胡平生：〈讀里耶秦簡札記〉，簡帛研究網（2003 年 10 月 23 日）。筆者案：上述
　　　　內容也收錄在胡氏：《長江流域出土簡牘與研究》第四章第十節「湘西里耶秦簡」，
　　　　頁 310～3111。

〔註211〕胡平生：〈讀里耶秦簡札記〉，簡帛研究網（2003 年 10 月 23 日），該文又收錄於
　　　　胡氏：《長江流域出土簡牘與研究》第四章第十節「湘西里耶秦簡」，頁 310～311。

水十一刻刻下五	10:20-11:25
水十一刻刻下九	14:45-15:50
水下八刻	13:35-14:40
水十一刻刻下者十刻	15:55-17:00
水下盡	18:10

以上兩項表格看似有條不紊，但實際卻忽略關鍵內容：其一、里耶秦簡內容從未出現「夜水下四刻」，故「漏刻制度」區分白晝、夜晚，恐待商榷。其二、里耶秦簡內容迄今未被整理者完整的公布。因此，尚待整批簡文的全部公諸於世，才能有充分證據證明「秦代漏刻制分晝、夜」。

值得注意的是，簡文記載內容能分為「干支＋水十一刻＝下◎」或「水下◎刻」（其中「◎」代表數字）兩類句型，反倒是證明了李學勤說法較可信。故透過里耶秦簡記載九批「漏刻紀時」之內容，雖無法清楚比較秦、漢間漏刻制度之異同，但能指向秦代已具備「水漏紀時法」。

此外，除了漏刻制以外，里耶秦簡也繼承殷商以來的紀時用語，即：

（二）分段紀時法

1. 旦

正月丁酉旦食時，隸妾冉以來，欣發。壬手。J1（8）簡157背（第三行）

四月丙辰旦，守府快行旁。欣手。J1（8）簡158背

九月庚午旦，佐壬以來。扁發。壬手。J1（9）簡981背

己未旦，令史犯行。J1（16）簡6背（第四行）

上述四處為里耶秦簡述及「旦」的部分，內容皆為文書檔案，句末「人名＋發」象徵「拆閱文書者」（標誌開視者），類似文句在睡虎地秦簡、張家山漢簡、居延漢簡頗為常見，像是「人名＋手」 是指「某人經手辦理」〔註212〕。同時，句中「以來、行」表示「文書送來、送去」〔註213〕。故里耶秦簡編號J1（8）簡157、J1（9）簡981涉及文書傳遞者到達的時間，而J1（8）簡157與J1（16）簡6則是傳達本次郵件送走之時間。

〔註212〕汪桂海：《秦漢簡牘探研》「壹、從湘西里耶秦簡看秦官文書制度」（臺北：文津出版社，2009年），頁8。

〔註213〕王煥林：《里耶秦簡校詁》，頁16、35、45。

其次，引文前三簡同樣採取「月份＋干支日＋時辰」之形式，呈現秦代傳遞郵件的精準性；且人們鉅細靡遺地記載發文者、收件者的人名〔註214〕。譬如：J1（8）簡157背「隸妾冉以來，欣發。壬手」三句，說明本件文書由「隸妾冉」送來，為「欣」打開閱讀，交由「壬」來處理。

本批秦簡僅在關鍵處標誌「收件者、寄件者」，彰顯秦人文書傳遞時，對於「收信」、「發信」的重視。同時，秦人在郵件傳遞過程也具「時間限制」〔註215〕，透過戰國末年睡虎地秦簡〈秦律十八種〉簡184〈行書〉「行傳書、受書，必書其起及到日月凤莫（暮），以輒相報殹（也）」，呈現戰國末年以來秦人已講究郵件的精確時效性。

至於，簡內編號J1（8）簡157中「隸妾」指「刑徒」〔註216〕，該詞又見睡虎地秦簡《秦律十八種·倉律》簡51～52「隸臣、城旦高不盈六尺五寸，隸妾、舂高不盈六尺二寸，皆為小；高五尺二寸，皆作之」。而篇內 J1（8）簡158「守府快行」歷來有所爭議，主要見於：（1）胡平生、于振波皆理解為「守府以快件發出」，即「要求有較快的速度」〔註217〕。（2）邢義田則主張「守府快行」猶如郵人某行，而「快」是守府私名，從上讀〔註218〕。面對兩種分歧之看法，我們較傾向後說，因里耶秦簡常見「官階職稱＋私名」之句型，且「守府」應是一種吏職，又見於張家山漢簡〈二年律令〉編號II90DXT0214③：185「板檄一封，酒泉大守章，詣敦煌大守府。甘露五年正月戊申日出時，縣泉御顧順受魚離御虞臨」及編號II90DXT0114③：519「封書二（三），其

〔註214〕王春芳、吳紅松：〈從里耶秦簡看秦代文書和文書工作〉，《大學圖書情報學刊》第23卷第2期（2005年），頁91～93。

〔註215〕易桂花、劉俊男：〈從出土簡牘看秦漢時期的行書制度〉，《中國歷史文物》第4期（2009年），頁77。

〔註216〕（日）富谷至；柴生芳、朱恒曄譯：《秦漢刑罰制度研究》，（桂林：廣西師範大學出版社，2006年），頁22。

〔註217〕詳見（1）胡平生：《長江流域出土簡牘與研究》，頁312。（2）于振波：〈里耶秦簡中的「除郵人」簡〉，《湖南大學學報》（社會科學版）第17卷3期（2003年），頁11。

〔註218〕邢義田：〈湖南龍山里耶J1（8）157和J1（9）1-12號秦牘的文書構成、筆跡和原檔存放形式〉，武漢大學簡帛研究中心主辦：《簡帛》第一輯（上海：上海古籍出版社，2006年），頁280。

一封冥安長印，詣敦煌；一封大司農丞印，詣敦煌；一封弘農大守章，詣敦煌大守府。甘露五年正月甲午夜半時，縣泉御受魚離御虞臨」〔註219〕。同時，里耶秦簡「佐、令史」皆見於睡虎地秦簡，兩者指「官階」，即「低級官吏、令的屬官，職掌文書等事」〔註220〕。其中「佐」見《秦律十八種‧置吏律》「官嗇夫節（即）不存，令君子毋（無）害者若令史守官，毋令官佐、史守」；而「令使」則出現在〈編年記〉簡13貳「六年，四月，為安陸令史」、簡14貳「七年，正月甲寅，鄢令史」可作為里耶簡「守府」指「吏職」的旁證。

最後，本批簡文紀年一律書寫於正面，例如「卅二年正月戊寅朔甲午」J1（8）簡157、「四月丙午朔癸丑」J1（8）簡157。且歸納簡文內容，可知秦人紀錄時間之方式採取：先紀年、紀月、干支日，再詳載郵件之出發時間、送達時辰。並透過睡虎秦簡日書乙種〈十二支占卜篇〉的內言，研判里耶秦簡「旦」、「食時」分別指「寅時」與「辰時」。

2. 食　時

　　正月丁酉旦食時，隸妾冉以來，欣發。壬手。J1（8）簡157背（第三行）

本簡正面共三行，第一行詳載文書之年份、月份、日期、出發地（卅二年正月戊寅朔甲午，啟陵鄉夫敢言之：成里、啟陵），而第二行、第三行書寫傳遞公文的郵人（匄、成）、經辦人（尉）。背面則是第一行「正月戊寅朔丁酉，遷陵丞昌郤之啟陵」則是說明文書到達的時間，第二行載有經辦人員，第三行即上述引文可理解成：「（至）正月丁酉日的寅時（旦）、辰時（食時）左右，隸妾『冉』將文書送來，本郵件是『欣』拆開閱讀，再交付給『壬』去辦理」。

3. 日　中

　　正月戊戌日中，守府快行。J1（8）簡157背（第二行）

本簡同屬J1（8）簡157之內容，位於簡背第二行，其中「日中」為「時稱」，相當於「中午時分」（午時）；因此，J1（8）簡157說明本次文書傳遞概況，在「正月戊戌日中午，守府『快』所送來的公文」。

綜合J1（8）簡157之內容，可知本簡紀錄秦代「旦、食時、日中」三項

〔註219〕 王子今：〈秦漢時期湘江洞庭水路郵驛的初步考察——以里耶秦簡和張家山漢簡為視窗〉，《湖南社會科學》第5期（2004年），頁137。

〔註220〕 睡虎地秦墓竹簡整理小組編：《睡虎地秦墓竹簡》，頁10。

紀時用語。值得注意的是，竹簡不僅單純紀錄文書傳遞的時間，背後也蘊含了秦代社會概況〔註221〕，整體來說，從目前所公布簡文內容，可分為以下四類：第一、官吏督察，如J1（8）簡157。第二、追討貲贖，即J1（9）簡1～J1（9）簡12。第三、遷陵（里耶）的戰略地位，例如：J1（8）簡147。第四、洞庭郡文件下發程序，見於J1（16）簡5、見J1（16）簡6。〔註222〕因此，透過里耶秦簡的記載，能瞭解秦代的政事、戰略、郵驛、文書處理等諸多面向。

4. 夕

三月戊申夕，士五（伍）巫下里聞令以來。慶。如手。J1（16）簡6背

（第五行）

原簡文「三」已殘闕，王煥林、胡平生皆依同簡第四行月份加以增補之〔註223〕，而簡內「士五（伍）」指「士卒」，又見於睡虎地秦簡〈秦律十八種・內史〉簡190「除佐必當壯以上，毋除士五（伍）新傅」，睡虎地整理小組依《漢舊儀》「無爵為士伍」之載，研判「士五（伍）」指「沒有爵的成年男子」〔註224〕。至於「巫」字，〈湘西里耶秦代簡牘選釋〉將其釋為人名（頁22），恐非。此處應從王煥林之說，將「巫下里」釋為地名，因里耶秦簡內大量出現「地名＋里」之辭例，譬如：J1（8）簡157正面「成里」、J1（9）簡3正面「陽陵下里」、J1（9）簡11正面「陽陵溪里」等。故J1（16）簡6背（第五行）陳述在三月戊申日的傍晚，文書是從「巫下里」（地名）沒有爵位的男子所遞送而來。

〔註221〕筆者案：里耶秦簡僅公布38枚竹簡，學者多從下列文本加以研究，即：（1）湖南省文物考古研究所、湘西土家族苗族自治州文物處、龍山縣文物管理所：《湖南龍山里耶戰國——秦代古城一號井發掘簡報》，《文物》第1期（2003年），頁4～35。（2）張春龍、龍京沙：〈湘西里耶秦代簡牘選釋〉，頁8～25、89～96。（3）湖南省文物考古研究所（柴煥波）：〈湖南龍山縣里耶戰國秦漢城址及秦代簡牘〉，《考古》第7期（2003年），頁15～19。另外，王煥林2007年出版《里耶秦簡校詁》綜合各家之說法，試圖將里耶秦簡內容加以釋讀，書中第二章「簡牘注疏」，頁21～119。

〔註222〕詳見胡平生：〈讀里耶秦簡札記〉，甘肅文物考古研究所、西北師範大學文學院歷史系編：《簡牘學研究》第四輯（蘭州：甘肅人民出版社，2004年），頁7～20。

〔註223〕詳見（1）胡平生：〈讀里耶秦簡札記〉，頁17。（2）王煥林《里耶秦簡校詁》，頁114。

〔註224〕睡虎地秦墓竹簡整理小組編：《睡虎地秦墓竹簡》，頁62。

5. 夜

> 問之，船亡，審漚枭，廼甲寅夜水多，漚流包（浮）船，〔船〕鄩（系）絕，亡，求未得，此以未定。J1（9）簡981正（第二行至第三行）

> 谷、尉在所縣上書嘉、谷、尉。令人日夜端行，它如律令。J1（16）簡5正（第七行）、

本批簡文出現兩次「夜」字，前者藉助同簡紀年，研判本事件發生在秦始皇卅年九月二十八日（甲寅）。句中「廼甲寅夜水多，漚流包（浮）船」為因果關係，前句論及因晚上降雨甚多，導致「漚流包船」；同時，「包」字之理解〈選釋〉提到：「『包』疑讀爲『浮』；上古音包在幫母幽部，浮在並母幽部，二字可通」（頁20）。故「廼甲寅夜水多，漚流包（浮）船」能理解成：就是因爲甲寅日晚上洪水，船隻隨著水流漂浮。

另外，上述J1（16）簡5內容與J1（16）簡6相同，其中「端行」兩字，學界說法分歧，例如：李學勤認爲「端」應讀「牒」〔註225〕，而張春龍等人把「端」改讀作「遄」，釋爲「速」，理解成「派人日夜速行呈報文書」（〈選釋〉，頁22）。至於胡平生反對張春龍的說法，提出本處簡文所蘊含的概念應與睡虎地〈爲吏之道〉「正行修身，過（禍）去福存」及〈語書〉「聖王作法度，以矯端民心」、「故有公心，有（又）能自端也」相類；且認爲「秦人是講靠法律監察規範矯正行爲的，『端行』有可能是監督、監察、端正行爲的意思」，並徵引《荀子·子道篇》「故君子博學深謀，修身端行以俟其時」、《漢書·天文志》「夫曆，正行也」爲旁證，文末重申「與牘文『日夜端』最相像的是《漢書·淮南厲王劉長傳》『大王不思先帝之艱苦，日夜怵惕，修身正行……』，故『日夜端行』大概是先秦時代的熟語」〔註226〕。根據以上說法來分析，胡平生的論點看似有其道理，然回歸至里耶秦簡J1（16）簡5自身文意脈絡〔註227〕，則出現釋

〔註225〕李學勤：〈初讀里耶秦簡〉，頁77。

〔註226〕胡平生：〈讀里耶秦簡札記〉，頁18。

〔註227〕里耶秦簡J1（16）第5簡正面寫到：「廿七年二月丙子朔庚寅，洞庭守禮謂縣嗇夫、卒史嘉、叚（假）卒史穀、屬尉：令曰：「傳送委（第一行）輸，必先悉行城旦舂、隸臣妾、居貲贖責（債）。急事不可留，乃興繇（徭）。」今洞庭兵輸內史及巴（第二行）、南郡、蒼梧，輸甲兵當傳者多。節（即）傳之，必先悉行乘城卒、隸臣妾、城旦舂、鬼薪、白粲、居（第三行）貲贖責（債）、司寇、隱官、踐更縣者。田時

讀上的窒礙。因簡文描述秦始皇 27 年 2 月 25 日「運送委輸」之概況，明指傳送過程委任人員的身份，優先以「城旦舂、隸臣妾、居貲贖責（債）」，不得已的情況下才能勞役百姓，因正值農忙，官吏不得任意驅使百姓服勞役。

同時，簡文也描述洞庭郡輸入武器至「內史及巴、南郡、蒼梧」所任用的人，即「乘城卒、隸臣妾、城旦舂、鬼薪、白粲、居貲贖責（債）、司寇、隱官、踐更縣者」，並請「嘉、穀、尉」詳實地核對運送兵器人員的身份，欲避免過度擾民，若有失則，應予以檢舉、上報太守府進行審理。故 J1（16）簡 5 正（第七行）「令人日夜端行，它如律令」則是說明本次公文隸屬「急件」，應該迅速地傳遞至當地，囑咐收到官員必須謹守律令。

綜合以上內容，發現里耶秦簡詳細記載文書抵達的時間、送件者、經辦者、收受支人，證明了秦代已確立官文書的傳遞機制，充分反映當時郵驛系統設置的完備、運作效率。同時，學者認為簡內「行書效率」即「公文書上行下達的速度是國家管理效能的具體體現」〔註 228〕因此，藉助里耶秦簡之載，瞭解到秦人高度的講究效率，簡內多半於開頭處採用「年、月干支日」的形式以紀錄文書的日期〔註 229〕；再採用「漏刻紀時」、「分段紀時」詳載文書傳遞、收受的時間。最後，整理是批秦簡也發現到秦人郵驛傳送的時間，以「白天」的「旦、食時、日中」送件居多。

七、嶽麓書院藏秦簡的紀日時稱

2007 年 12 月湖南大學嶽麓書院從香港收購了一批珍貴的秦簡，當中比較完整竹簡有 1300 餘枚，並出現少量的木簡。值得注意的是，本批材料補充秦代社會之內容，尤其是對秦代的法律、數學以及秦代書體等方面的研究具有重要

殹（也），不欲興黔首。嘉、穀、尉各謹案所部縣卒、徒隸、居（第四行）貲贖責（債）、司寇、隱官、踐更縣者簿，有可令傳甲兵，縣弗令傳之而興黔首＝，〔興黔首〕可省（第五行）少弗省少而多興者，輒劾移縣＝，〔縣〕亟以律令具論，當坐者言名，夬泰（太）守府。嘉（第六行）、穀、尉在所縣上書嘉、穀、尉。令人日夜端行。它如律令（第七行）」。筆者案：以上標點、文字隸定皆依王煥林：《里耶秦簡校詁》，頁 112。

〔註 228〕張春龍、龍京沙：〈里耶秦簡三枚地名里程木牘略析〉，《簡帛》第一輯，頁 273。
〔註 229〕汪桂海：《秦漢簡牘探研》「壹、從湘西里耶秦簡看秦官文書制度」，頁 9～11。

的意義。而經由整理者初步分類後，將簡文內容區分爲〈質日〉、〈爲吏治官及
黔首〉、〈占夢書〉、〈數〉、〈奏讞書〉、〈秦律雜抄〉、〈秦令雜抄〉七大類，其中
前三篇簡文注釋由于振波、許道勝、陳松長負責，再交付復旦網學者們修訂，
至 2010 年由上海辭書出版社正式出版《嶽麓書院藏秦簡（壹）》〔註230〕。

關於《嶽麓書院藏秦簡（壹）》所收錄內容：〈質日〉共有 160 餘簡，篇內
涉及與《關沮秦漢墓簡牘》〈曆譜〉相同，皆是說明秦始皇 27、34、35 年的「記
事」。而〈爲吏治官及黔首〉共 80 餘枚，內容、簡文形制皆與睡虎地秦簡〈爲
吏之道〉雷同。至於〈占夢書〉共計 48 枚簡，則涉及秦代占夢，並與睡虎地秦
簡《日書》〈夢〉不同，篇內是對所夢對象占語式解讀、夢占的理論闡述。另外，
〈數書〉有 200 餘枚簡，內容上與張家山漢簡〈算數書〉大致相同，彼此能相
互對勘，至於〈奏讞書〉有 150 餘枚，主要是多份「上奏讞書」，爲江陵、州陵、
胡陽等地守丞對刑事案件的奏讞、審議、判決紀錄。最後，〈律令雜抄〉是關於
秦代律令之描述，抄錄的秦律有〈田律〉、〈倉律〉、〈金布律〉、〈關市律〉、〈賊
律〉、〈傜律〉、〈置律〉、〈行書律〉、〈雜律〉、〈內史雜律〉、〈尉卒律〉、〈戍律〉、
〈獄校律〉、〈奉敬律〉、〈興律〉、〈具律〉等十餘種，多數已見於雲夢睡虎地秦
簡，但〈奉敬律〉、〈興律〉、〈具律〉爲秦簡首次出現〔註231〕。

針對是批材料，學界多關注於：數書內容〔註232〕、地理位置〔註233〕、法律

〔註230〕朱漢民、陳松長主編：《嶽麓書院藏秦簡（壹）》「前言」（上海：上海辭書出版社，
2010 年）。

〔註231〕陳松長：〈嶽麓書院所藏秦簡綜述〉，《文物》第 3 期（2009 年），頁 75～88。

〔註232〕詳見（1）趙燦、朱漢民：〈嶽麓書院藏秦簡《數書》中的土地面積計算〉，主要討
論秦代計算矩形、箕形、圓形三種平面圖形土地面積的算題，涉及大廣術、啓從
（縱）術、里田術、少廣術、圓面積割補術等計算方法，大多數算題又見《九章
算術》和張家山漢簡《算數書》，僅有少數算題獨見於本批秦簡；像是「關于面積
的算題」反映秦代土地面積計算的水平。是文收錄《湖南大學學報》（社會科學版）
第 2 期（2009 年），頁 11～14。同時，上述兩位作者又陸續發表了一系列之內容，
例如：〈嶽麓書院藏秦簡《數》的主要內容及歷史價值〉，《中國史研究》第 3 期（2009
年），頁 39～50、178。〈從嶽麓書院藏秦簡《數》看周秦之際的幾何學成就〉，《中
國史研究》第 3 期（2009 年），頁 51～58。（2）許道勝、李薇：〈嶽麓書院所藏秦
簡《數》書釋文校補〉則對已公布的〈數書〉簡文重新進行校正，並對部分釋文
加以補充，《江漢考古》第 4 期（2010 年），頁 112～124、156～162。

〔註233〕詳見（1）陳松長：〈嶽麓書院藏秦簡中的郡名考略〉，《湖南大學學報》（社會科學

案件之探討〔註234〕，迄今尚無人分析簡文紀時，因此，本文從已出版《嶽麓書院藏秦簡（壹）》進行語料蒐集，將紀時語彙重現於讀者面前，分別有：

（一）晦

> 晦而夢，三年至；夜半夢者，二年而至；雞鳴夢者☐。簡5〈占夢書〉

開頭「晦」字，原考釋者認爲「日暮」，並以《周易‧隨卦》「君子以向晦入宴息」爲旁證〔註235〕。而有學者主張「晦」與「夜半」、「雞鳴」處相同位置，藉此研判其屬時稱，指「在此當指入夜後的最初一段時間」〔註236〕。而陳偉〈岳麓秦簡《占夢書》1525號等簡的編連問題〉也同意嶽麓簡作爲「時稱」〔註237〕。以上兩位學者分別從文例、句意將「晦」解讀「入夜後的最初一段時間」；故從本簡的內容推斷，當時人們把作夢的時段搭配夢境實踐時間。

（二）夜　半

> 晦而夢，三年至；夜半夢者，二年而至；雞鳴夢者☐。簡5〈占夢書〉

上述簡文第二句出現紀日時稱「夜半」，該詞彙已出現在放馬灘、周家臺秦簡。而本簡共見「晦」、「夜半」、「雞鳴」三種紀日時稱，彰顯秦代人們「占夢觀念」，認定「不同時辰」會影響到夢境的實踐與否。

版）第 2 期（2009 年），頁 5～10。（2）陳偉：〈「江胡」與「州陵」——嶽麓書院藏秦簡中的兩個地名初考〉，《中國歷史地理論叢》第 1 期（2010 年），頁 116～119。（3）王偉：〈嶽麓書院藏秦簡所見秦郡名稱補正〉，《考古與文物》第 5 期（2010 年），頁 97～101。（4）賈麗英：〈秦漢簡反映漢初趙國屬郡及南部邊界問題二則〉，《石家莊學院學報》第 1 期（2011 年），頁 11～15。

〔註234〕詳見（1）陳松長：〈嶽麓書院藏秦簡中的行書律令初論〉，《中國史研究》第 3 期（2009 年），頁 31～38、177。（2）趙永明：〈讀嶽麓書院藏秦簡《爲吏治官及黔首》札記〉，《中國史研究》第 3 期（2009 年），頁 59～68、179～180。（3）于振波：〈秦律中的甲盾比價及相關問題〉，《史學集刊》第 5 期（2010 年），頁 36～38。

〔註235〕朱漢民、陳松長主編：《嶽麓書院藏秦簡（壹）》（上海：上海辭書出版社，2010 年），頁 153。

〔註236〕王勇：〈五行與夢占——岳麓書院藏秦簡《占夢書》的占夢術〉，《史學集刊》第 4 期（2010 年 7 月），頁 30。

〔註237〕陳偉：〈岳麓秦簡《占夢書》1525 號等簡的編連問題〉，「簡帛網」（2011 年 4 月 9 日），網址：http://www.bsm.org.cn/show_article.php?id=1436。

（三）雞　鳴

> 晦而夢，三年至；夜半夢者，二年而至；雞鳴夢者☐。簡5〈占夢書〉
> （附圖卅四）

本處「雞鳴夢者」四字，說明在雞鳴時分作夢之概況，因簡文本身無論是「背面、下方」皆無文字，遂使後代讀者無法瞭解「雞鳴」與占夢的關係。

再者，是批材料也曾見「雞鳴」一詞，參見〈占夢書〉簡21「夢見雞鳴者，有蔿又塞」（附圖卅四），簡文描述了人們夢見「雞啼叫」，現實生活易發生之事情，故〈占夢書〉簡21「「雞鳴」不應被視為「紀日時稱」。

（四）晝

> 若晝夢巫發，不得其日，以來為日；不得其時，以來為時；醉飽而
> 夢、雨、變氣不占。簡1〈占夢書〉

> 晝言而莫（暮）夢之，有☐。簡1〈占夢書〉

以上兩處同樣源自〈占夢書〉，是篇運用「陰陽五行學說」對於夢占理論加以闡釋；並詳載各式各樣的夢象和占語。而「晝」字，原考釋者提出：「『晝夢』即『白日夢』。《周禮‧春官》：『占夢，掌其歲時，觀天地之會，辨陰陽之氣。以日月星辰，占六夢之吉凶。一曰正夢，二曰噩夢，三曰思夢，四曰寤夢，五曰喜夢，六曰懼夢』。其中『寤夢』與『晝夢』相類」〔註238〕。由上述內容可知，篇內「晝」指「白日」，意指「從日出至日落的時間」。因此，本簡的占夢內容雖已殘闕，從現存內容研判其大意：說明「白天所述之內容，若於夜晚夢見，則會……」。

（五）莫（暮）

> 晝言而莫（暮）夢之，有☐。簡1〈占夢書〉

本段簡文大意，已於上段加以說明，從語意研判「莫」為時稱，專指「夜晚」，而本處將「晝」與「莫」（暮）對舉，顯示秦地人們運用概念相反時稱來說明「一日」。另外，文獻也可尋繹「莫（暮）」解作「夜」之用法，即：（1）《楚辭‧九嘆‧離世》「斷鑣銜以馳騖兮，暮去次而敢止」，王逸注：「暮，夜也」。（2）《漢書‧郊祀志上》「帝太戊有桑穀生於廷，一暮大拱」。（3）《廣雅‧釋

〔註238〕朱漢民、陳松長主編：《嶽麓書院藏秦簡（壹）》，頁151。

詁四》「暮，夜也」。王念孫《疏證》：「凡日入以後，日出以前，通謂之夜……
夕、夜、莫三字同義」〔註239〕。

（六）夕

> 乙酉夕行。簡11〈二十七年質日〉

> 亓（其）類，毋失四時之所宜，五分日、三分日夕，吉兇（凶）有
> 節，善羕有故。簡3〈占夢書〉

第一段引文出自〈二十七年質日〉，所謂「質日」即「執日」，其名又見1988
年張家山漢墓M136（M336）出土《漢文帝前元七年曆譜》，簡文自題是〈七
年質日〉〔註240〕；隸屬人民曆日的實用曆本，具有「查閱當年具體月日干支、
作爲人們行事宜忌的指南、記事」三項功能〔註241〕。從內容來區分〈二十七
年質日〉屬於「記事」之功能，因簡內除了記載干支以外，也涉及不同干支
日就職、出行等事宜，例如：簡10「甲申視事」、簡12「丙戌宿沮陽」、簡13
「丁亥到介」等。上述引文記載「乙酉日晚上出行」。同時，也發現篇內的書
寫特徵，人們常在第四欄位描述干支日的行事（共19處），相較於本篇其他
欄位僅載干支日，顯然地當時的書寫者在文字行款、編排，有刻意安排。

　　第二段引文「三分日夕」，透過簡文「晦而夢，三年至；夜半夢者，二年
而至；雞鳴夢者☐」可知當時人們將夜間分爲三個時段，即「晦、夜半、雞
鳴」；至於「五分日」，原釋文引《隋書‧天文志》「晝有朝、有禺、有中、有
晡、有夕」爲證〔註242〕，但所引證材料（《隋書》）與秦代相距甚遠，故本文
認爲「五分日」應從陳偉之說，專指「天干而言」，即「甲乙、丙丁、戊己、
庚辛、壬癸的夢占」〔註243〕。

　　結合上述七批秦簡，可歸納出五點結論：

〔註239〕上述「暮」解作「夜」，源自《漢語大詞典》。

〔註240〕李零：〈視日、日書和葉書──三種簡帛文獻的區別和定名〉，《文物》第12期（2008
年），頁73～75。

〔註241〕趙從禮：〈秦漢簡牘「質日」考〉，復旦網（2011年3月8日）。

〔註242〕朱漢民、陳松長主編：《嶽麓書院藏秦簡（壹）》，頁152。

〔註243〕陳偉：〈岳麓秦簡《占夢書》1525號等簡的編連問題〉，「簡帛網」（2011年4月9
日），網址：http://www.bsm.org.cn/show_article.php?id=1436。

第一、秦簡內曾將一日劃分成 12、16、28 等分，大致內容見：

	時　稱	特　徵
睡虎地	十二時制	將一日時辰與十二地支相互結合
放馬灘	十六時制	可與秦簡、傳世文獻《淮南子‧天文訓》所載十六時制相互對應
周家臺	廿八時制	主要目的是「時稱與廿八星宿」相配，從放馬灘〈式圖〉中，明顯可見廿八時制無法與時稱有效對應，但至〈線圖〉則予以修正，反映人們有意識地將「天上星宿」與「時稱」搭配之概念。

上表所述的三項時制，眞正被落實的僅有「十二時制、十六時制」，也證明了昔日于豪亮說法之可信〔註244〕；因周家臺廿八時制，皆不被其他篇章加以應用，僅見於〈線圖〉（廿八時），從未見到以上時制的紀時語彙單獨的出現在秦簡。

　　第二、昔日于豪亮主張「十二時制」及「十六時制」源自使用對象之別〔註245〕，但伴隨秦簡資料陸續被公布，是說有待修正。因秦簡所見「紀日時稱」多半源自《日書》，篇內諸多內容皆涉及數術，根據考古挖掘、隨葬品等研判，墓主多半屬「小吏」，若單純地以「身份加以劃分時制」說法，存在著相當多的疑慮。因此，我們較傾向兩種時制並存於當時人們的觀念，遂因紀錄內容性質之別，採取不一樣時制，例如：放馬灘〈生子篇〉運用「十六時制」以蠡測嬰兒性別。

　　第三、分析六批秦簡、一批木牘，扣除專門紀時的睡虎地《日書》乙種〈十二支占卜篇〉「十二時制」、放馬灘《日書》甲、乙種〈生子〉「十六時制」及周家臺《日書》〈線圖〉「廿八時制」，眞正被人們實際活用於各篇章紀日時稱有：

編號	出　土　地	時　稱	數量
1	睡虎地	夙、旦、朝、棗（早）、食時、莫食、日中、莫（暮）、餔時、桼（日失）、市日、莫市、日入、夕、夜、雞鳴	16
2	江陵岳山木牘	夕	1
3	王家臺	旦、日出、日中、莫（暮）、黃昏、夕、雞鳴	7

〔註244〕于豪亮《雲夢秦簡研究》，頁 438。

〔註245〕于豪亮《雲夢秦簡研究》提出「秦漢民間普遍使用的是十六時制，十二時制只是曆法家等少數人使用」，頁 439。

4	放馬灘	（平）旦、安食、日中、日失、夕日、日入、晨、昏、中夜	9
5	周家臺	平旦、朝、日出、食時、莫食、日中、日失（昳）時、餔時、夕市、日夕時／夕、日入	11
6	里耶	旦、食時、日中、夕、夜	5
7	嶽麓書院	晦、夜半、雞鳴、夕、晝、莫（暮）	6

從表格中可發現幾點現象：（1）（平）旦、日中、夕：出現六批秦簡，其中「平旦」又能省稱作「旦」，譬如：放馬灘秦簡「旦、平旦」並見，可作爲主要證據。而「夕」亦稱爲「日夕時」或「夕日」，上述三項詞皆是秦人對於太陽、月亮觀察之結果。（2）食時：分別見於睡虎地、周家臺、里耶秦簡，是詞語又見放馬灘秦簡《日書》乙種〈納音五行〉簡184第5排「食時市日七」，卻不曾出現王家臺秦簡。（3）日入：曾見於睡虎地、放馬灘、周家臺秦簡，但於王家臺、里耶秦簡未見。（4）關於夜晚時稱之劃分，睡虎地秦簡並非完整呈現，至放馬灘秦簡十六時制始劃分作「夜暮、夜未中、夜中、夜過中」四類，而周家臺秦簡則區分更爲精細，綜合上述內容說明了秦簡隨著人們使用習慣分歧，致使紀日時稱出現差異。

　　第四、藉助秦代紀日時稱能看到秦人數術思想之延續，譬如：睡虎地秦簡〈禹須臾〉、〈盜者〉、〈吏〉，類似內容也重複出現於放馬灘、周家臺秦簡，彼此之異同爲：

相同處	數字與吉凶關連	動物習性與時稱	時稱見官吉凶
睡虎地	〈禹須臾〉「旦、日中、餔時、夕」與一日之吉凶	〈盜〉將十二地支、時稱與動物習性結合（時稱：旦、夕、夙、莫）	〈吏〉朝、晏、晝、日虒、夕
放馬灘	〈禹須臾行日〉旦、日中、昏、中夜」，描述卅日內的吉凶	〈音律貞卜〉三十六禽與納音、身體器官相合（時稱：平旦、日中、日入、大晨）	旦、安食、日中、日失、夕日
周家臺	×	×	朝、莫食、日中、日失時、日夕時

從上表也能發現秦簡彼此相異之處，同時像是：（1）睡虎地秦簡〈盜〉出現十二禽之描述，而放馬灘秦簡雖同樣見十二禽於〈亡盜〉，但卻不見對時稱之描述，反倒是在〈音律眞卜〉才見時稱與動物之結合。（2）同樣描述生子之概況，睡虎地秦簡以「六十干支」（紀日）作爲「嬰兒前途」之描述，而放馬灘秦簡以「十

六時制」（紀時）作為「生男、生女」之準則，皆反映秦人在觀念中細部差異，即便同樣隸屬秦地之竹簡，仍存在地域的分歧（北：放馬灘；南：睡虎地）。

第五、從戰國末年睡虎地秦簡已傳達出秦人對郵驛制度之重視，遂有〈行書〉「行傳書、受書，必書其起及到日月夙莫（暮），以輒相報殹（也）」，上述觀念於里耶秦簡公布後，已充分印證。故秦代里耶秦簡除了繼承過去戰國末年分段紀時制度，也見「水漏計時法」。

第五章　殷商至秦代紀日時稱二重證據之探討

　　「紀時制度」與古人文化、禮俗密切相關，象徵各時期人們生活所關注之課題。本章以傳世文獻爲探討核心，希望透過傳世文獻記載的紀日時稱，將其與第二至四章出土文獻的紀時方式相互參照，藉此瞭解殷商至秦的紀日時稱的全貌。整體來說，前述出土材料包括晚商至周初甲骨文、兩周銅器銘文、戰國至秦代簡帛，以下將取其時代相類的傳世文獻材料相互對應，進而釐清殷商、西周、東周、秦代人們對時間觀念。

　　首先，必須先說明「時刻、時分」的差異，所謂「時刻」即「漏刻」，漢代官制「晝夜百刻」；而「時分」也稱「時制」，其主要將一日完整劃分成若干等分〔註1〕。從出土文物研判「時刻」興起於秦代（里耶秦簡），明顯較「時分」使用年代晚。而先秦紀時制度，宋鎮豪曾統計「刻漏制（時刻）、分段紀時制度（時段）、十二辰制（時分）」，〔註2〕經過前幾章之論述，我們已建構殷商至秦代出土文獻之紀時法，即：

〔註1〕陳夢家：〈漢簡年曆表敍〉，《漢簡綴述》（北京：中華書局，2008 年重印），頁 255～256。

〔註2〕宋鎮豪：〈先秦時期是如何紀時的〉，《文史知識》第 6 期（1986 年），頁 80～84。

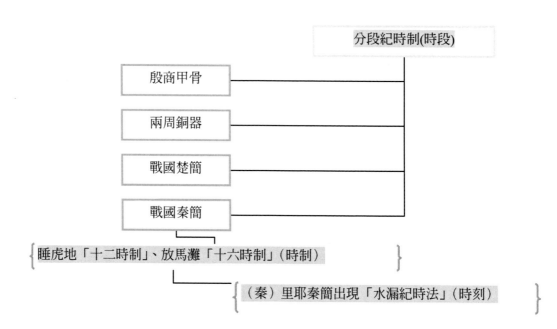

從上表可瞭解殷商至西周紀時系統屬於「分段紀時制」，是類紀時制度無法等分一日之時間，至戰國以後人們對時間概念開始精緻化，逐步將一日時辰等分成十二區塊或十六區塊，遂有「十二時制、十六時制」。同時，戰國末年人們爲了與陰陽五行觀念相搭配，相應而生的是「廿八時制」之產生，但廿八時制並未落實於人們生活；實際被運用紀日時稱以「十二、十六時制」爲主，但究竟戰國末年採用何種時制，也爲本章探討的核心議題之一。

第一節　傳世文獻所記先秦紀日時稱

　　依先前第二至四章研究成果可知：秦以前紀時法分「不等距紀時法」、「等距紀時法」兩類，前者爲古人根據日月變化、作息時間將一日大致分割成若干時段，主要「對於一日的具體時間沒有明確的劃分，只是大概地區分一下早晚以確定農作、休息的時間」〔註3〕，本類紀時運用於晚商卜辭、兩周金文，像是「旦、夕、昏、晨」等。至於，「等距紀時法」始見戰國末年秦簡，又被稱作「時稱紀時法」，像是戰國末年睡虎地秦簡「十二時制」、放馬灘秦簡「十六時制與廿八時制」及秦代周家臺秦簡「廿八時制」。

　　隨著時間的演進，人們對時間之概念逐步形成，從紀時語彙來看，由「模

─────────────

〔註3〕黃琳：《居延漢簡紀時研究》（上海：華東師範大學中國語言文學系，2006年），頁25。

糊」逐漸走向「清晰」。並在紀時制度有其延續性，例如：晚商甲骨至西周銅器反映人們使用分段紀時制，皆見「旦、朝、夕」等；而上述三類紀日時稱到戰國仍被人們運用。再者，戰國末年由於環境動盪不安、戰爭頻傳，各國之間始發展自身獨特性（如貨幣、度量衡等），此一時期「紀時制度」也深具地域之別，例如：秦簡強調精確性、陰陽五行的數術觀，把一日完整的劃分十二、十六、廿八等分，並搭配不同的紀日時稱，而楚簡仍沿用春秋金文的紀時制度。藉此瞭解戰國末年秦人對紀時制度的創造、變革。

　　本節以「寒泉資料庫」爲本〔註4〕，先搜尋傳世文獻中所使用紀日時稱，再運用二重證據法，瞭解殷商、西周、東周、秦的紀時內容，藉此作爲出土文物的旁證。下列以「專書」爲經，「紀日時稱」爲緯（〔附錄四〕），進而建構經緯交錯的紀時法，下列爲傳世文獻中的先秦紀時用語：

一、《周易》中的紀日時稱

　　藉助資料庫搜尋之結果，可知書中包含的紀日時稱，分別是：

名　　稱	朝	日中	晝	晨	夕	夜
數量（筆）	1	2	2	2	2	2

從上表可知《周易》共出現六種紀日時稱，多半以單詞的方式出現，唯獨「晝」字與概念相反「夜」相結合，用來象徵「一切事物的兩種相互對立、消長的力量，或陰陽兩個方面」，像是《易‧繫辭上》：「剛柔者，晝夜之象也」，高亨注「此云晝夜者，蓋以晝夜代表陰陽也」。

　　此外，《周易》「昧」不作爲紀時用語，如見於〈屯〉「雷雨之動滿盈，天造草昧，宜建侯而不寧。〔象傳〕」，其中「草昧」指「天地初開時的混沌狀態」，而「昧」具有「矇昧」之意。

二、《尚書》中的紀日時稱

　　根據資料庫搜尋之結果，發現書中的紀日時稱，共計有以下幾類：

〔註4〕資料皆根據國立臺北大學古典文獻學研究所「寒泉資料庫檢索系統」，網址：http://libnt.npm.gov.tw/s25/。筆者案：行文僅舉一例，剩餘文例，請參閱文末〔附錄四〕；且行文統計的筆數，以篇章爲單位。

名　稱	夙	昧爽	旦	朝	晨	日中
數量（筆）	6	3	2	7	1	2
名　稱	晝	昃	夕	夜	宵	✕
數量（筆）	1	1	3	7	1	

除了上述十一種紀日時稱以外，我們也發現到部分商周時期的紀時用語，在《尚書》不曾被使用，像是「明」（共出現 76 筆）、「昏」（出現 10 筆）兩字，皆不具備「時稱」之用法。其中「昏」有「昏庸、昏暗」兩種語意，前類用法見於〈商書・仲虺之誥〉「慎厥終，惟其始；殖有禮，覆昏暴。欽崇天道，永保天命」；後類「昏暗」之用法，則見〈周書・洪範〉「日月歲時既易，百穀用不成，乂用昏不明，俊民用微，家用不寧」。

至於，「暮」、「午」未作為時稱之用，其中「暮」先秦常見假借作「莫」字，也作為否定詞之用，例如：〈商書・仲虺之誥〉「能自得師者王，謂人莫己若者亡」；至於「午」字，都用作「干支紀日」，例如：〈周書・召誥〉「越若來三月，惟丙午朏，越三日戊申，太保朝至于洛……越翼日戊午，乃社于新邑，牛一、羊一、豕一」。

今文《尚書》現存〈牧誓〉、〈洪範〉、〈金縢〉、〈大誥〉、〈康誥〉、〈酒誥〉、〈梓材〉、〈大誥〉、〈康誥〉、〈酒誥〉、〈梓材〉、〈召誥〉、〈雒誥〉、〈多士〉、〈毋佚〉、〈君奭〉、〈多方〉、〈立政〉、〈顧命〉、〈費誓〉、〈呂刑〉、〈文侯之命〉、〈秦誓〉、〈堯典〉、〈皋陶謨〉、〈禹貢〉、〈甘誓〉、〈湯誓〉、〈盤庚〉、〈高宗肜日〉、〈西伯戡黎〉、〈微子〉〔註5〕，上述篇章雖成書的時間不一致，大抵屬西周至戰國的作品。值得注意的是，經實際統計之結果，發現在「紀日時稱」的部分，今文《尚書》共出現 9 次，古文《尚書》卻見 25 次，出現頻率明顯較今文《尚書》高出許多。

三、《詩經》中的紀日時稱

根據資料庫搜尋之結果，可知書內有以下幾種紀日時稱，即：

名　稱	夙	昧旦	旦	明	朝	晨
數量（筆）	21	1	3	2	8	1

〔註5〕劉起：《尚書學史》（北京：中華書局，1989 年），頁 68。

名　稱	蚤	晝	夕	夜	宵	雞鳴
數量（筆）	1	2	9	21	3	1

以上顯示《詩經》共出現十二種紀日時稱，而書中雖出現了 28 筆「明」字，但真正用來指涉「時稱」有 2 筆，當中〈小雅・小宛〉「明」能與康王時期〈小盂鼎〉「明，王各周 鞀（廟）」（《集成》2839）相對應，皆顯示從西周時期以來，「明」確實作為紀時用語。

同時，我們也發現《詩經》大量出現「複合時間詞」，像是「夙夜」、「夙夕」，上述現象也能在西周初期銅器尋找到紀日時稱增繁之軌跡；而《詩經》將「旦」細分「昧旦、旦」兩類，青銅器卻作「昧爽、旦」，又「雞鳴、宵」也僅見《詩經》，卻不見於兩周銅器，藉此瞭解到紀時語彙因書寫對象迥異遂有不同之風貌。值得注意的是，兩周金文、《詩經》雖出現紀日時稱差異，彼此仍存在高度的共通性，甚至有類似句型與概念，例如：

出處	詩　經	兩　周　銅　器
概念	三事大夫，莫肯夙夜；邦君諸侯，莫肯朝夕。〈小雅・雨無正〉	女（汝）母（毋）敢妄（荒）盦（寧），虔夙（夙）夕重（惠）我一人。（毛公鼎）
	我其夙夜，畏天之威，于時保之。〈周頌・我將〉	敏朝夕入讕（諫），亯（享）奔走，畏天畏（威）。（盂鼎）
	成王不敢康，夙夜基命宥密。〈周頌・昊天有成命〉	余亡康晝夜，巠（經）離先王，用配皇天。（㝬簋）

上述表格呈現出西周時期「王權崇高」、「畏天」、「憂患意識」三項觀念，其中《詩經・周頌》「夙夜」及（盂鼎）「朝夕」、（㝬簋）「晝夜」皆蘊含「為政者」勉勵自身能辛勤地處理政事，從早到晚不敢懈怠，因白周初以來人們認為「天命靡常」，惟有勤政愛民，才能永保周邦。

四、《周禮》中的紀日時稱

根據資料庫搜尋之結果，發現本書包含下列的紀日時稱，即：

名　稱	旦	朝	晨	晝	昃
數量（筆）	1	4	1	4	1
名　稱	夕	宵	夜		
數量（筆）	6	1	12		

顯示出《周禮》共出現八種紀日時稱；而銅器內常見的「夙、杳霽（昧爽）」未見於書中。值得注意的是，「日中」曾出現在〈匠人〉「匠人建國，水地以縣。置槷以縣，視以景。爲規，識日出之景，與日入之景。晝參諸日中之景，夜考之極星，以正朝夕」，文中詳載匠人如何觀察自然（太陽、月亮）之變化、日繞下之杆影，制訂時間之過程，篇內的「日中」、「日入」並非用來紀時，其單純指涉太陽移動概況。

同時，〈地官‧司徒〉也紀錄春秋時期人們對太陽的觀測，即：「以土圭之法測土深、正日景，以求地中。日南則景短多暑，日北則景長多寒，日東則景夕多風，日西則景朝多陰」，從以上內容，可知時人運用土圭，觀察日影長短變化與太陽遠近的關係〔註6〕。

五、《儀禮》中的紀日時稱

根據資料庫統計之結果，發現本書涵蓋下列的紀日時稱，即：

名　稱	夙	旦	明	朝	蚤
數量（筆）	5	2	1	5	2
名　稱	日中	晝	夕	宵	夜
數量（筆）	1	2	5	4	5

總括本書內容，發現共出現十類紀日時稱，常見典籍「昧爽、晨、昃」則未見於《儀禮》。而〈少勞饋食禮〉「旦明」一詞，恐隸屬兩項紀時用語，因〈士虞禮〉「將旦而祔，則薦」及〈既夕禮〉「質明，滅燭。徹者升自阼階，降自西階」，皆見個別出現之詞例，進而研判「旦明」應視爲「兩類相鄰」的紀時語彙。

此外，《儀禮》中紀時用語除了單獨使用外，也具「並列」結構，例如：「朝夕、晝夜、夙夜」。其中「朝夕、晝夜、夙夜」曾出現於兩周金文，但是金文中「夙夕」一詞，卻從未在《尚書》、《詩經》、《儀禮》等文獻出現過，此種現象間接透露紀日時稱變遷，像是：周初紀時語彙發展過程，「夙夕」曾

〔註6〕鄭司農云：「測土深，謂南北東西之深也。日南，謂立表處大南近日也。日北，謂立表處大北遠日也。景夕，謂日跌景乃中，立表處大東近日也。景朝，謂日未中而景中，立表處大西遠日也」。參見〔漢〕鄭玄注；〔唐〕賈公達疏；趙伯雄整理；李學勤主編《周禮注疏》〈地官‧司徒〉，頁296。

被鑄刻於青銅器上，而隨著時代推演，人們的書寫習慣逐漸以「夙夜」取代「夙夕」，遂使「夙夕」淡出紀時語彙之範疇。

六、《禮記》中的紀日時稱

根據資料庫搜尋之結果，歸納出本書涵蓋以下幾項紀日時稱，即：

名　　稱	夙	昧爽	旦	明	朝	晨	蚤
數量（筆）	5	1	3	3	10	1	3
名　　稱	日中	晝	昏	莫（暮）	夕	夜	
數量（筆）	4	2	1	6	13	15	

根據以上統計結果，顯示了《禮記》出現十三種紀日時稱，在〈間傳〉出現「朝一溢米，莫一溢米」，句中「莫」明顯作爲「紀時」的用法，是字爲「暮」的本字，指「日落時，傍晚」。

同時，書內除了單一紀日時稱「旦、夕、夜」外，也將相鄰或相反概念紀日時稱相結合，組成「並列結構」，像是「旦明、晝夜、朝夕」。其中「晝夜、朝夕」又曾載於春秋、戰國銅器，但「旦明」卻僅見於傳世文獻《儀禮》、《禮記》。以上現象也說明，以銅器銘文研判戰國紀日時稱仍無法瞭解全貌，因銘文所反映的是兩周貴族之紀錄，無法完整呈現兩周語彙的全貌，有鑑於此，必需蒐羅時代相近之經書來配合，才能完整地建構當時紀時語彙。

七、《左傳》中的紀日時稱

根據資料庫搜尋之結果，發現書內的紀日時稱，有：

名　　稱	夙	旦	朝	晨	早	日中	晝	日下昃
數量（筆）	3	4	4	5	1	7	4	1
名　　稱	日入	昏	莫(暮)	夕	宵	夜	夜半	雞鳴
數量（筆）	2	3	2	7	5	1	1	3

從上表可知《左傳》共出現十六種紀日時稱〔註7〕，其中「昃」字，人們爲了使

〔註7〕針對《左傳》紀日時稱，鄭路曾歸納爲「旦、朝、晨、晝、夙、莫、夕、昏、夜、宵、日中」11 種，參見〈《左傳》的時間系統〉，《東南大學學報》（哲學社會科學版）第 11 卷增刊（2009 年），頁 108～109。筆者案：經由實際翻閱書中內容，尚

文意更加明顯，增添「日下」兩字，構成「日下昃」一詞。值得注意的是，本詞（日下昃）能與放馬灘秦簡〈生子〉（乙種）簡142「日下則男」相互對比。至於，「夜半」已見〈哀公十六年〉「醉而送之，夜半而遣之」，該詞語能與放馬灘、周家臺秦簡相互參照。故從「日下昃」、「夜半」皆說明傳世文獻與秦簡在「紀日時稱使用上」的一致性。

其次，〈昭公五年〉「明夷，日也。日之數十，故有十時，亦當十位。自王已下，其二為公、其三為卿」，出現了紀日時稱與職官相對應之情況，顯示當時「十時制」與睡虎地秦簡「十二時制」及放馬灘「十六時制」有所不同。再針對《左傳》「十時制」名稱，歷來有多位學者提出不同的觀點，譬如（1）杜預對《左傳》注：「日中當王，食時當公，平旦為卿，雞鳴為士，夜半為皂，人定為輿，黃昏為隸，日入為僚，晡時為僕，日昳為台，隅中、日出，闕不在第，尊王公，曠其位」〔註8〕。（2）馬麗娟提出「雞鳴（亦曰夜向晨，雞初鳴）、昧爽（昧旦）、旦（日出、見日、質明）、大昕（晝日）、日中（日之方中）、日昃（日下昃）、夕、昏（日旰、日入）、宵（夜）、夜中（夜半）」〔註9〕。以上兩類說法，看似有理，但實際檢閱原書後，發現諸多疑點：第一、書中「食時、平旦、人定、黃昏、晡時、日昳」從未出現過，可知杜預之注解，因證據有所不足，恐待商榷。第二、「昧爽、大昕、夜中」亦不見書中，馬氏誤將「大昕」研判為「晝日」，經翻閱典籍後，發現「大昕」出現於《禮記·文王世子》「天子視學，大昕鼓徵，所以警眾也」〔註10〕。而鄭玄注：「早昧爽擊鼓以召眾也」，其應指「黎明」（其早於昧爽），絕非相當於「晝日」，因此，上述說法對於「十時制」之探討，皆有破綻，但根據《左傳》原文記載，依舊無法舉證完整「十時制」稱謂，僅能知道當時存在此種制度，主要目的是人們希冀將「官階與時稱」相互結合。

見「昃、日入、夜半、雞鳴」4種，故筆者的統計《左傳》紀日時稱共15種。

〔註8〕〔周〕左丘明傳；〔晉〕杜預注；〔唐〕孔穎達正義；李學勤主編；蒲衛忠等整理：《春秋左傳正義》卷四十三（臺北：臺灣古籍出版有限公司，2001年），頁1396。

〔註9〕馬麗娟：《《左傳》時間詞語初探》（長春：東北師範大學漢語言文字學碩士論文，2006年），頁3。

〔註10〕〔漢〕鄭玄注；〔唐〕孔穎達疏；李學勤編；龔抗雲整理《禮記正義》卷二十（臺北：臺灣古籍出版有限公司，2001年），頁758。

八、《呂氏春秋》中的紀日時稱

根據資料庫搜尋之結果，書中涵蓋下列紀日時稱，即：

名　稱	夙	旦	朝	晨	蚤／早	日中
數量（筆）	2	5	6	1	2	3
名　稱	晝	暮	昏	夕	夜	夜半
數量（筆）	10	3	3	5	23	1

顯示《呂氏春秋》共有十二種紀時稱謂，其中〈仲春紀〉、〈仲秋紀〉、〈士容論〉皆見「日夜分」，前兩篇涉及古人觀察自然景物制訂曆法之過程，即〈仲春紀〉「雷乃發聲，始電。蟄蟲咸動，開戶始出」、〈仲秋紀〉「雷乃始收聲。蟄蟲俯戶。殺氣浸盛，陽氣日衰。水始涸」，說明當時有專人觀察自然物候，進而通知百姓進行灌溉等農事（奮鐸以令于兆民）。

其次，在〈季秋紀〉「是舍之上舍，令長子御，朝暮進食」，將「朝、暮」並列，是句主要描述古人飲食之作息，而書中也將其他對立概念的紀日時稱加以並列，組成紀時複合詞，例如：「朝夕」、「晝夜」、「夙夜」。再者，〈恃君覽〉出現「夜半」一詞，即「解衣與弟子，夜半而死，弟子遂活」，該詞也見周家臺〈線圖〉，從而說明《呂氏春秋》「夜半」作紀日時稱的可能性相當大。

九、《公羊傳》中的紀日時稱

根據資料庫搜尋之結果，發現書內的紀日時稱，有：

名　稱	旦	日中	日下昃	夜
數量（筆）	1	1	1	3

書中出現「旦、日中、日下昃、夜」四種紀日時稱，其中「日下昃」見於〈定公〉「（經十五・十二）丁巳，葬我君定公，雨不克葬；戊午，日下昃，乃克葬。辛巳，葬定姒」可與放馬灘秦簡《日書》甲種簡 17〈生子〉「日下昃男」相對應。

值得注意的是：《公羊傳》出現 52 筆「朝」，是字皆不作為紀日時稱之用，卻多用在政治方面，指下位者面見上位者，具有「朝覲」之意，像是〈僖公〉「（經五・二）杞伯姬來朝其子。（傳）其言來朝其子何？內辭也，與其子俱來朝也」及〈桓公〉「（經七・二）夏，穀伯綏來朝。鄧侯吾離來朝。（傳）皆何以

名？失地之君也。其稱侯朝何？貴者無後，待之以初也」。而「莫」雖有 12 筆，但作爲「否定詞」，譬如〈僖公〉「（經二‧四）秋，九月，齊侯、宋公、江人、黃人盟于貫澤。（傳）江人、黃人者何？遠國之辭也。遠國至矣，則中國曷爲獨言齊、宋至爾？大國言齊、宋，遠國言江、黃，則以其餘爲莫敢不至也。」及〈成公〉「（經一‧六）秋，王師敗績于貿戎。（傳）孰敗之？蓋晉敗之，或曰貿戎敗之。然則曷爲不言晉敗之？王者無敵，莫敢當也。」

十、《穀梁傳》中的紀日時稱

根據資料庫搜尋之結果，發現書內的紀日時稱，有：

名　稱	旦	朝	早	日中	日入	宵	夜	夜中
數量（筆）	1	1	1	1	7	1	3	1

經我們統計之後，可知全書共有「旦、朝、早、日中、日入、宵、夜、夜中」八種紀日時稱。值得注意的是：《穀梁傳》曾見「朝」53 筆，僅有 1 筆作爲紀日時稱，即〈桓公〉「魯朝宿之邑也」。此外，書中雖出現 2 筆「昏」字，即〈僖公〉（經十‧五）「（傳）吾君已老矣，已昏矣。吾若此而入自明，則麗姬必死。」與〈僖公〉（經十九‧八）「（傳）自亡也。湎於酒，淫於色，心昏，耳目塞；上無正長之治，大臣背叛，民爲寇盜」，以上兩篇「昏」分別指「神智、內心的狀態」，非用來「紀時」。

十一、《論語》中的紀日時稱

根據資料庫搜尋之結果，發現書內的紀日時稱，有：

名　稱	朝	晝	夕	夜
數量（筆）	3	2	1	3

全書共出現四種紀日時稱，呈現「朝夕」、「晝夜」相對的概念，像是〈里仁〉「朝聞道，夕死可矣」、〈子罕〉「逝者如斯夫！不舍晝夜」。

另外，書中雖見「晨」、「莫」兩字，前者出現在〈憲問〉「子路宿於石門。晨門曰：『奚自？』」，上述「晨門」指「掌管城門開閉的人」。後者（莫）除了作否定詞以外，也具有「晚」之意，如〈先進〉「莫春者，春服既成；冠者五六人，童子六七人，浴乎沂，風乎舞雩，詠而歸」，句中「莫春」指陰曆三

月，春季的末期，也非紀日時稱。

十二、《孟子》中的紀日時稱

根據資料庫搜尋之結果，發現書內的紀日時稱，有：

名　稱	平旦	旦	朝	蚤	晝	昏
數量（筆）	1	2	2	1	3	1
名　稱	暮	夕	宵	夜	雞鳴	✕
數量（筆）	2	1	1	3	1	

從表格中可知全書共十一種紀日時稱，較爲特殊的是「晝」，過去多與概念相對的時稱相互結合，譬如「晝夜」；但〈告子上〉「其日夜之所息，平旦之氣，其好惡與人相近也者幾希，則其旦晝之所爲，有梏亡之矣」卻出現「晝」與意義相近的時稱搭配，形成「旦晝」一詞（指「白天」之意）。

另外，書中「暮」指「日落之時」，過去傳世文獻《禮記》、《左傳》、《呂覽》多單獨出現或與概念相對的時稱並列（「蚤暮」、「朝暮」），但《孟子》新見是字與概念相近的「昏」相互結合，即〈盡心上〉「民非水火不生活，昏暮叩人之門戶，求水火，無弗與者，至足矣」。

十三、《老子》中的紀日時稱

根據資料庫搜尋之結果，發現書內的紀日時稱，有：

名　稱	朝
數量（筆）	2

從表格可知全書僅見「朝」作爲紀時之用，像是：第二十三章「故飄風不終朝，驟雨不終日」，句中「終朝」指「早晨」，該詞彙又見《詩・小雅・采綠》「終朝采綠，不盈一匊。」毛傳：「自旦及食時爲終朝」。

另外，《老子》雖出現三筆「昏」、十一筆「明」，前字在第十八章「大道廢，有仁義；智慧出，有大僞；六親不和，有孝慈；國家昏亂，有忠臣」、第二十章「沌沌兮，俗人昭昭，我獨昏昏；俗人察察，我獨悶悶」與第五十七章「天下多忌諱，而民彌貧；民多利器，國家滋昏；人多伎巧，奇物滋起；法令滋彰，盜賊多有」。而「明」則是在第十章「明白四達，能無爲乎？生之、

畜之，生而不有，爲而不恃，長而不宰，是謂玄德」、第十六章「歸根曰靜，是謂復命；復命曰常，知常曰明」、第二十四章「企者不立，跨者不行；自見者不明，自是者不彰；自伐者無功，自矜者不長。其在道也，曰：餘食贅行」及第三十三章「知人者智，自知者明」等，藉助上下文義的理解可知書中「昏」、「明」皆不作紀日時稱之用。

十四、《莊子》中的紀日時稱

根據資料庫搜尋之結果，發現書內的紀日時稱，有：

名　稱	旦	蚤	朝	日中	晝	暮	夕	夜	夜半
數量（筆）	9	1	5	3	9	6	2	21	5

書中共出現九種紀日時稱，又以「夜」出現頻率最高。另外，書中尚見「雞鳴」及「日出、日入」，但上述詞彙並非用來「紀時」，僅單純地描繪動物的狀態、人們在自然界時序，譬如〈則陽〉「雞鳴狗吠，是人之所知；雖有大知，不能以言讀其所自化，又不能以意其所將爲」與〈讓王〉「余立於宇宙之中，冬日衣皮毛，夏日衣葛絺；春耕種，形足以勞動；秋收斂，身足以休食；日出而作，日入而息，逍遙於天地之間而心意自得。吾何以天下爲哉！悲夫，子之不知余也！」

結合以上十四種傳世文獻，我們發現書中的紀時制度皆呈現「不等間距紀時法」，從書中無法知悉古人一日的時制，僅能間接窺見時間之先後順序，因爲當時人們對時間尚未具備精準的概念，僅能以實用性角度出發〔註11〕。綜合本節內容，整理出傳世文獻紀日時稱，分別是：

時間＼文獻	周易	尚書	詩經	周禮	儀禮	禮記	左傳	呂覽	公羊傳	穀梁傳	論語	孟子	老子	莊子
紀日時稱	×	昧爽	昧旦	×	×	昧爽	×	×	×	×	×	×	×	×
	×	旦	旦	旦	旦	旦	旦	旦	旦	旦	×	平旦旦	×	旦
	×	明	×	明	明	×	×	×	×	×	×	×	×	×
	朝	朝	朝	朝	朝	朝	朝	朝	×	朝	朝	朝	朝	朝

<hr>

〔註11〕黃琳：《居延漢簡紀時研究》，頁32～33。

	×	×	蚤	×	蚤	蚤	早	蚤、早	×	早	×	蚤	×	蚤
	×	晨	晨	晨	×	晨	晨	晨	×	×	×	×	×	×
	日中	日中	×	×	日中	日中	日中	日中	日中	日中	×	×	×	日中
	晝	晝	晝	晝	晝	晝	晝	晝	×	×	晝	晝	×	晝
	昃	昃	×	昃	×	×	日下昃	×	日下昃	×	×	×	×	×
	×	×	×	×	×	×	日入	×	日入	×	×	×	×	×
	×	夙	夙	×	夙	夙	夙	夙	×	×	×	×	×	×
	×	×	×	×	×	莫(暮)	莫(暮)	暮	×	×	×	暮	×	暮
	×	×	×	×	×	昏	昏	昏	×	×	×	昏	×	×
	夕	夕	夕	夕	夕	夕	夕	夕	×	×	夕	夕	×	夕
	×	宵	宵	宵	宵	×	宵	×	×	宵	×	宵	×	×
	×	×	×	×	×	×	夜半	夜半	×	夜	×	×	×	夜半
	×	×	雞鳴	×	×	×	雞鳴	×	×	×	×	×	×	雞鳴
筆	6	11	12	8	10	13	16	12	4	8	4	11	1	9

根據上表可知，先秦傳世文獻中紀時語彙的多樣性，可歸納以下幾點現象：（一）朝、晝、夕、夜：遍見前八種文獻，其象徵紀日時稱之傳承，且以上四類詞常與其他紀日時稱連用，構成「時間成分＋時間成分」詞組，例如「朝夕」、「晝夜」，語意從原本的單純字面意義，擴及到「泛指」，進而修飾句中主語，譬如：《禮記·喪服禮》「居倚廬，寢苫枕塊，哭晝夜無時，歠粥，朝一溢米、夕一溢米，寢不說絰帶」，描述居父母喪的禮節，句中「晝夜」從單純指涉「白日、黑夜」，演變具有「終日」之意，用來修飾子女對父母過世之悲痛情緒。（二）莫：出現於《禮記》、《左傳》、《呂氏春秋》、《孟子》，前兩者寫作「莫」，至秦代「增日」偏旁（寫作「暮」），顯示文字部件偏旁繁化，人們企圖藉此傳遞「太陽落到草叢」。（三）宵：作為紀日時稱，自《詩經》延續迄今，但是詞卻未曾出現在殷商至秦代的出土文物，彰顯「二重證據法」之重要性，藉此能彌補出土文獻的不足。（四）不同文獻所使用紀日時稱有別，例如《詩經》「昧旦」，是詞未見其他七類文獻，顯示同一時稱伴隨著人們的語用習慣，各自表述。（五）傳世文獻與出土文物的雷同紀日時稱，像是「平旦」分別見於《孟子》及上博簡〈三德〉簡1，而「夕」從殷商至秦代出土文獻大量地被人們用來紀時，上述十一種傳世文獻亦見其蹤跡（除了《公羊傳》、

《穀梁傳》、《老子》)。

整體言之,從文獻所描述的紀日時稱,可知人們採用以下紀時方式〔註12〕:

（一）以天色的陰暗命名:昧爽、明、昏。

（二）以太陽的位置或日影的正斜命名:(平)旦、日中、日入、(日下)
　　　昃、莫(暮)。

（三）月亮的運行規律命名:夙、夕。

（四）動物的活動規律命名:雞鳴。

從上述四項類別,能瞭解到中國的紀時文化自西周到秦代,傳世文獻皆以「觀
象授時」為主,人們對「時間之概念」是採用「分段紀時制」。同時,人們多半
將日間時段細分,而夜間則以「夜、雞鳴」等模糊的詞加以紀錄之,此種現象
也反映出「日出而作,日落而息」生活習慣。同時,在《禮記·月令》更證明
東周以後人類活動仍順應自然,觀察物候。因此,從整理文獻所載紀日時稱,
能體現人們將紀時運用於人事的文化傳統。

另外,本文也發現秦代漏刻制度,無法在《呂氏春秋》尋繹蹤跡,恐怕是
受書中題材的限制,因此不能全面地展開秦代紀日時稱的實際情況,僅保留部
分零星的紀時材料。根據里耶秦簡的內容,可知中國漏刻制度能溯源至秦代,
雖未有相關文物佐證,但從「水下＋數字＋刻」詞例,象徵了「漏刻制」確實
已存在於秦代〔註13〕。因此,純粹用傳世文獻探討紀時制度仍嫌不足,必須輔
以出土文獻,才能完整地呈現人們對於紀日時稱的實際使用狀況。

〔註12〕王海棻曾經統計古人有 13 種紀時方式,分別是:(1)以天氣的陰暗記述時間。(2)
　　　以太陽的位置會日影的正斜記述時間。(3)以星、月的運行規律及月亮的形變記
　　　述時間。(4)以風、霜、雪、雨、露記述時間。(5)以農時、農作物或其他植物
　　　的盛衰記述時間。(6)以動物的活動規律記述時間。(7)以人群的活動規律記述
　　　時間。(8)以某種社會習俗記述時間。(9)用兩個數詞相連來記述時間。(10)
　　　以文獻資料記述時間。(11)以更鼓記述時間。(12)以晷漏記述時間。(13)以
　　　年齡記述時間。詳見《古漢語時間範疇辭典》(合肥:安徽教育出版社,2004年),
　　　頁 1~48。筆者案:根據王書之內容,發現殷商至秦僅具備部分紀時方式。

〔註13〕詳見(1)李學勤:〈初讀里耶秦簡〉,《文物》第 1 期(2003 年),頁 75。(2)張
　　　春龍、龍京沙:〈湘西里耶秦代簡牘選釋〉,《中國歷史文物》第 1 期(2003 年),
　　　頁 10~11。

第二節　殷商至秦代紀日時稱的文化特徵

根據出土材料、傳世文獻等資料，可知殷商至秦紀日時稱具多樣性，且時稱並不侷限於單一文物、典籍，以往大部分學者將時制從單批材料、書籍抽離，進行單一性質的研究，研究成果難免有所局限。因此，本文考慮運用二重證據法，統整殷商至秦的時稱名，以釐清不同時代的紀日時稱制度。

本節以時代為主軸，說明不同時期的紀時特徵，分別敘述如下：

一、晚商具分段紀時的雛形

「紀時」是人們先對時間有所體察，再運用文字加以紀錄，而人類經由不斷的探索，逐漸闡發自身的紀時文化。距今三千多年的殷墟甲骨文已反映當時的人們具備觀察自然萬物，進而制訂「紀日時稱」，故殷商時期為「中國紀時文化」的開端。

從甲骨文所見紀時文化，發現不同時期使用紀日時稱也有所不同，且各有關注的焦點，分別敘述如下：

第一、𠂤組卜辭出現紀日時稱，即「旦、明－大采－大食－中日－昃、闌昃－小食－小采－枫－夗－夕－寐－**殊**」，是類詞語常在氣象卜辭中尋覓到其蹤跡〔註14〕，並出現於固辭，直接反映各時辰降雨方位、雲的走向、雷擊概況，也透露人們的氣象之知識（雲致雨）。同時，本時期亦出現「命辭」詢問降雨與否，說明當時無法精確掌握天氣，遂以占卜方式，達成殷王內心的期盼（祭祀、田獵活動時，不要降雨）。

第二、花東卜辭出現五種紀日時稱，即「叉－昃－莫（暮）－枫－夕」，較為特殊的是：「昃」出現在前辭，用以說明祭祀的時間。而「莫」字，昔日

〔註14〕筆者案：提出「氣象卜辭」名稱為〔日〕末次信行，書中先描述卜辭「雨」、「申」、「日」、「風」之詞例，再透過（月份）時間為主軸，歸納卜辭、驗辭內「氣象紀錄」；最後列舉天象「祈年」、「受禾」、「受年」（年）等農業關係，然引用卜辭多屬武丁時期。詳見《殷代氣象卜辭の研究》（京都：玄文社，1991 年）。此後，陳柏全除對氣象卜辭詞例加以分析，增添「帝五介臣」、「四方風名」及「殷人的氣象崇拜」等議題，並累積「氣象諺語」。詳見陳氏《甲骨文氣象卜辭研究》（臺北：政治大學中國文學系碩士論文，2004 年）。

學者紛紛將「莫」出現日期定位於武丁以後〔註15〕，但自花東甲骨出版後，證明殷商武丁早期已見「莫」之用法，且從文字異構，說明出組卜辭（《合集》23148）、康丁卜辭（《屯南》2383）「蟇」（𦰩，增隹偏旁），其來有自。

　　第三、賓組卜辭所出現的紀日時稱，爲「朡－旦－明－早、大采－大食、食日－中日、日中－昃－柄－夕－夙」，除了「大食」稱作「食日」以外，其餘詞皆已見𠂤組卜辭。透過紀日時稱蒐羅，透露武丁時期「王卜辭」（𠂤組、賓組）、「非王卜辭」（花東）在語用上的不同。

　　第四、出組卜辭出現六種紀日時稱，即「龔（晨）－朝、早－莫（蟇）－柄－夕」，其中「龔」、「朝」爲本時期新創紀時語彙，前者透過甲骨文例比對後，研判屬於「晨」之假借，僅見於本期，日後殷商甲骨不復見；而「朝」繼續被人們用來紀錄時間，又見於何組、無名組及歷組卜辭。

　　第五、何組卜辭共有以下幾種紀日時稱，即「旦－朝－大食、食日－督、中日－莫、昏－柄－夕」，其中「旦」繼承武丁時期之用法，「朝」則延續出組卜辭之紀時稱謂，而本期新創「督、昏」兩字。關於「督」字，歷來被學者誤釋爲「祭名」〔註16〕，直到宋鎮豪藉助卜辭文例對勘，重新釐清該字之語意，提出「本義指立槷度日以定方位，又因立槷度日多行於日中，後來成爲日中時分的專字」〔註17〕。因此「督」的時間點與「日中」相當，是字欲強調「置槷以縣，眡以景之」，反映了武丁晚期至廩辛時期人們於「正午時分」觀測太陽之結果。

　　第六、無名組出現時稱，即：「旦－朝－大食、食日、食－中日、日中、督－昃－暈兮、暈－莫、昏－柄－住－夕－夙－盥」，其中「暈兮、住」爲本期新出現紀日時稱，前者象徵殷商人們觀測太陽之紀錄，而「住」寫作「𠃉」，宋鎮豪、黃天樹依甲骨文例研判，其屬「夜間人定息止之時」〔註18〕。同時，本

〔註15〕參見（1）常玉芝：《殷商曆法研究》（長春：吉林文史出版社，1998年），頁178。
　　　　（2）宋鎮豪：〈論殷代的紀時制度〉，《全國商史學術討論會論文集》（《殷都學刊》增刊，1985年），頁333。

〔註16〕歷來學者對「督」之說法，詳見于省吾主編：《甲骨文字詁林》第二冊（北京：中華書局，1996年），頁1109。

〔註17〕宋鎮豪：〈釋督畫〉，《甲骨文與殷商史》第三輯（上海：上海古籍出版社，1991年），頁34～35、39。

〔註18〕詳見（1）宋鎮豪：〈試論殷代的紀時制度〉，頁308、333。（2）黃天樹：〈殷墟甲

時期甲骨文所記載的時稱數量爲各組之冠，並具備「時稱①＋至＋時稱②」之句型，其中「時稱①」所代表的時間點位於「時稱②」之前，由此瞭解殷商人們已具備了「時間先後」的觀念。

第七、小屯南地甲骨共有八類紀日時稱，即「旦－食日－中日－昃－𦥑兮－莫（𦰩）－柎－夕」，值得注意的是，這批甲骨昔日被林澐納入「無名類」〔註19〕，但經原材料之蒐羅、整理後，浮現《屯南》自身特性，像是：無名組「朝、督、住、夙」未曾被使用於本批甲骨，且「𦰩」之寫法，也爲本期之特徵；因此，本文把是批甲骨獨立於無名組之外，單獨探討其特殊性。

第八、歷組卜辭共見六種紀日時稱，分別是「旦－朝－昃－莫－柎－夕」，其中「朝」始見於出組卜辭，藉助紀時卜辭之分析，指向「歷組卜辭」與乙丁卜辭相爲類似，卻與賓組卜辭相距甚遠。

第九、黃組卜辭所見紀日時稱，惟有「妹、夕、中彔」三種，且在尋找晚商金文紀日時稱，卻毫無收穫。同時，從出土甲骨文也證明本時期的人們少見紀日時稱，凸顯了商末之際的黃組卜辭，人們的用字習慣。

統整上述內容，可知殷商甲骨運用的紀時法，屬於「分段紀時制」，歷來學界探究殷商時期的史實時，有感於「文獻不足徵」，常憑藉《史記》、《尚書》所保留之內容探索殷商史事，卻又發現諸多事蹟有所差異，然卜辭恰好可彌補文獻之不足。故經由甲骨文的研究、分析，能瞭解中國紀時文化的根源。

其次，由甲骨文的內容能瞭解「盤庚遷殷後」273 年間紀日時稱的演變，與人們的語用密切相關。上述紀日時稱常見於「氣象、祭祀、田獵」三類卜辭，反映出殷商貴族所關心事類，會擔心不同時間內「降雨與否」、「祭祀凶咎」與「收穫好壞」。

再者，殷商甲骨所使用紀日時稱皆單一出現，從未出現複合結構詞組，

骨文所見夜間時稱考〉，《黃天樹古文字論集》（北京：學苑出版社，2006 年），頁184～185。

〔註19〕林澐〈小屯南地發掘與殷墟甲骨斷代〉已提出「無名組與黃組字體上有直接聯繫」及「從字體上看，𠂤組→𠂤歷間組→歷組一類→歷組二類→無名組→無名晚期（無名黃間組）→黃組是一個逐步過渡的連續序列，從字體以外的其他方面可以找出不少證據，證明排成這樣一個序列是完全合理的」，遂將該批材料定位於「無名類」甲骨，詳見《古文字研究》第九輯（北京：中華書局，1984 年），頁 134～136。

並銜接不同紀時語彙時，採取「自、至、于、至于」四類介詞，加以構成「介詞＋紀時用語」之句型，從而體現「起時、止時」的功能性，譬如：《合集》29272、《合集》29781（2）「旦至于昏不雨」及《屯南》42（2）「自旦至食日不雨」、《屯南》42（3）（4）「食日至中日不雨？中日至昃不雨？」、《合集》28566（2）「于旦王廼田，亡戈」。

綜合上述，可將殷商甲骨文所記載的紀日時稱用語，條列如下：

（一）以天色的陰暗命名：妹（昧爽）、明、昏。

（二）以太陽的位置或日影正斜命名：旦、朝、中日、督、昃（闌昃）、韋兮（韋）、莫（蕓）。

（三）月亮的運行規律命名：夘、夕。

（四）雲彩變化命名：大采、小采。

（五）人群活動規律命名：大食（食日、食）、小食、枊、住、寐。

從上述五種分類能清楚瞭解晚商紀時文化，蘊含當時人們對時間之概念，其中也顯示語言隨著時間被淘汰與演變之軌跡，例如：「大采、小采、明」僅出現在武丁卜辭，隨後即消失在殷商人們使用之語彙中；而「朝」則是出現在出組之後的甲骨文。故從紀日時稱的異同，反映出不同時期詞的傳承與變遷。

再者，在「花東、歷組、黃組」卜辭所運用紀日時稱較少，顯然無法涵蓋一日各種時辰。同時，依循殷商紀日時稱，體現當時人們把白天區分較為細緻，夜晚劃分則較為粗略，僅有「枊」（掌燈時分）、「住」（夜間人定息止之時）、「夕」、「寐」（下半夜至天明之間的時段）四種，此種現象反映了殷商時期「日落而息」的生活習慣。因此，人們也無須詳細劃分夜晚的「時間」。

另外，藉助甲骨文中紀日時稱分析，可知殷商人們對時間的概念已是「一義多詞」，即「同一個時間概念，由兩個或多個紀時詞語去表達」〔註20〕。譬如：

（1）夜半時分 {
　　　　　　殊（自小字）

　　　　　　中彔（黃組）
}

〔註20〕王海棻：《古漢語時間範疇辭典》（合肥：安徽教育出版社，2004年），頁20～21。

（2）中午時分 ｛ 日中（賓組、無名組）、中日（𠂤小字、典賓組）
督（何組）

針對上述「一義多詞」的部分，我們藉助馮時《百年來甲骨天文曆法研究》「殷曆十二時」的概念〔註21〕，進而整理商紀日時稱，得知甲骨文語義相近的詞彙，即：

十二時	殷曆十二時
雞鳴	×
平旦	朠
日出	盟、旦、明
＊早晨	大采、叉（早）、𧄼
食時	大食（大食日、食日、食）
隅中	×
日中	日中、中日、督
日昳	昃、𦣞昃
餔時	小食
日入	小采、𩏂兮（𩏂）、莫（暮）
黃昏	昏、枛
＊夜晚	夗、夕
人定	住、寐
夜半	中彔、𣧾
＊凌晨	夙

透過表格內容，可知語義概念相近的甲骨時稱，但馮文部分概念恐待商榷：（1）雞鳴：殷商紀日時稱未見此稱謂，文中輕易地把「雞鳴」相當於「晨、叉、寤人」，然「晨、叉」爲「早晨時分」，而「雞鳴」所代表「天剛亮之時」，彼此在時稱概念上截然不同。（2）食時：指吃飯時間，若把本類詞彙相當於「大采」，而「大食、食日」卻納入「隅中」，恐怕無法令人信服；因先秦「食時」、「大食」屬人們運用生活作息所制訂時稱，將以上兩類時稱截然歸併在

〔註21〕馮時：《百年來甲骨天文曆法研究》（北京：中國社會科學出版社，2011年），頁186～187。

不同時段，易致後人誤解殷商於「將午之時」進食。故本文依殷商時段概念，進一步重新調整馮時書中的說法；並新增「早晨時分」：大采、叉（早）、𦦻。「夜晚時分」：㚏、夕。「凌晨時分」：夙。

此外，殷商形成「一義多詞」之原因：殷商人們依據體察到天文景象，像是：天色昏暗（昏、莫）、日月變化（日中、昃、㚏）、日影正斜（督）、自身生活規律（大食、小食、人定）等方式來記錄時間；而無論人們用何種方式來紀時方式，時稱背後皆醞含了當時的日常作息、文化內涵。

二、西周、春秋時期爲分段紀時的繼承

歷來學者對於銅器紀時制度並未曾深入探討，例如：宋鎮豪〈先秦時期是如何紀時的〉僅用「西周時代大概承用殷人的紀時制，西周典籍和金文中出現的時稱與甲骨文大致相同」簡略地帶過〔註 22〕。啓人疑竇的是銘文有多少紀時語彙？是否與殷商甲骨一樣兼具時間差異？其與傳世文獻之間的對應如何？

面對以上的疑惑，迄今無人實際加以探討，然在《詩經》、《左傳》等傳世文獻中，確實已見甚多紀日時稱，例如：〈雨無正〉「三事大夫，莫肯夙夜；邦君諸侯，莫肯朝夕」、〈襄公廿六年〉「夙興夜寐，朝夕臨政，此以知其恤民也」，本文已於第三章加以討論，結論直指兩周銅器上所書寫的紀時語彙延續著殷商「分段紀時制」；但不同時期仍能窺見時間用語之變遷，無論是西周（早／中／晚）抑或東周（春秋／戰國），無不顯示彼此的特殊性，分別說明如下：

第一、西周早期出現五種紀日時稱，分別是「杳𥈠、殂（夙）、明、朝、夕」，其中「杳𥈠」在晚商黃組卜辭寫作「妹」，傳世文獻稱爲「昧爽」。值得注意的是，西周早期開始對紀日時稱予以變革，由「單音詞」演變至「複合詞」，進而組成「紀日時稱＋紀日時稱」之詞組，譬如：朝夕、殂（夙）夕等。以上象徵人們語言使用上的漸趨豐富，同時，本時期採用相反時間詞語連用，語用從原本「早到晚」，更蘊含「臣下對君王之效忠」及「期勉勤勞地輔佐朝政」等觀念，上述觀念常見於兩周銅器及傳世文獻，像是《詩經》〈小雅・北山〉「偕偕士子，朝夕從事」。

第二、西周中期共出現六種紀日時稱，即「杳𥈠、殂（夙）、旦、朝、夕、

〔註 22〕 宋鎮豪：〈先秦時期是如何紀時的〉，《文史知識》第 6 期（1986 年），頁 81～82。

夜」，其中「夜」始見於本期，且在《周易》、《尚書》、《詩經》、《周禮》、《儀禮》、《禮記》、《左傳》、《呂覽》皆能尋繹其蹤跡，從而彰顯歷來紀日時稱在語用上的傳承意義（自西周中期～迄今）。再者，「旦」為西周中期延續殷商的紀時稱謂，昔日馬承源將其與「明」合稱（即「旦明」）〔註23〕，在《儀禮》〈少牢饋食禮〉「旦明行事」雖見本詞，但實際查閱兩周傳世文獻後，卻發現《詩經》、《儀禮》、《禮記》「旦」、「明」截然有別，彼此常各自出現在不同篇章，有鑑於此，我們將兩周時期「旦、明」視作不同之紀日時稱（彼此為相鄰的時段）。另外，本時期也延續西周早期採用複合紀日時稱，即「朝夕、姃（夙）夕、姃（夙）夜」三類，再取文獻與銘文加以對比，可發現「姃（夙）夕」為銅器專屬用語，本詞語從未被傳抄於兩周的傳世典籍。

第三、西周晚期共出現的紀日時稱，即「旦、朝、屖（晨）、姃（夙）、夕、夜」六種紀日時稱。其中「旦、屖（晨）」單獨使用，其他四者多以複合詞之形式，像是「朝夕」、「姃（夙）夜」、「姃（夙）夕」、「晝夜」被鑄刻於青銅器，當中「朝夕、姃（夙）夕」能溯源於西周早期，「夙夜」則是源自西周中期，上述皆呈現紀時語彙的歷時意義。值得注意的是，「晝夜」是西周晚期新出現語彙，彰顯紀時語彙隨時間變遷，有所變異。再者，隨著西周王室衰微，本期銘文頻繁地載有戰事紀錄，王室更將紀日時稱使用於戰爭銘文，例如：宣王時期〈多友鼎〉「屖（晨）」與〈師寰簋〉「姃（夙）夜」，前器運用「干支日＋時辰」（癸未至甲申之屖）之句型，彰顯鑄器者（多友）於戰場上之驍勇善戰，遂能在短時間內擊潰敵軍，獲得勝利。而〈師寰簋〉則透過「姃（夙）夜」傳遞器主（師寰）對於征討淮夷之態度，導致戰役大獲全勝。

第四、春秋時期出現「昧嬰、姃（夙）、夕、夜」四種紀日時稱，當中「昧嬰」於西周晚期不見其蹤跡，至本期則又再次出現。另外，「姃（夙）」也與其他紀日時稱構成「姃（夙）夕、姃（夙）夜」，用以象徵對於國家政務之辛勤，顯示齊地採取「姃（夙）夜」（〈叔尸鎛〉），而秦地則是使用「姃（夙）夕」（〈秦公簋〉、〈秦公鎛〉），直接反映本時期的紀時用語，具有「地域之別」的特性。

綜合論之，西周早年至春秋時期的紀時皆繼承自殷商，採取「分段紀時

〔註23〕馬承源：《商周青銅器銘文選》卷三〈小盂鼎〉曾提出：「明」字，指「昧爽以後東方已明，也就是旦明」，頁42。

制」，但在紀時語彙的數量上明顯減少。同時，也發現到西周典章制度、紀時語彙漸趨完備，下列將分四項要點來說明：

（一）從銅器銘文能發現冊命時間逐漸的定型：至西周中、晚期銘文句首常見的「曆法（年、月、月相）＋旦，王各大室」句型，彰顯出西周中、晚期以後，王室習慣在「旦時」舉行冊命儀式。

（二）語言繁化：紀時語彙從「單音字」轉變成「複合詞」，例如「朝夕、夙（夙）夕」，也傳達了兩周人們在語言進步之軌跡，在語用部分從原本的「早到晚」欲宣示「臣下對君王之效忠」（或「為政者仿效先祖勤政愛民」），例如：康王時期〈大盂鼎〉延續到西周中期〈獄簋〉、晚期〈師袁簋〉，甚至春秋時期〈叔尸鎛〉皆蘊含「勤於政」之觀念，其能與《尚書》〈虞書・皋陶謨〉、〈周書・周官〉及《詩經・大雅》〈烝民〉、〈韓奕〉及《禮記・祭統》等文獻相呼應。

（三）書寫動機：西周至春秋銅器銘文基於鑄器彰功，且使用者多為貴族，銘文所載時間也深受其影響，無法反映一日的完整時稱，例如：西周早年紀日時稱「旦」幾乎與「冊命有關」；而西周中、晚期隨著冊命制度的完備，銘文逐漸發展「嘏辭」〔註24〕，銅器的紀日時稱除了延續西周早期「旦時」冊命習慣，也出現銘內刻有「時間副詞（夙夕）＋亯（享）＋于＋地點」、「用＋時間副詞（夙夕／夙夜）＋事」之句型，以上採用時間狀語予以修飾「祭祀」、「政事」，蘊含「鑄器者對於祖先之敬畏」、「受賞賜者對於王室恭敬、期勉勤於職務」之意圖。而時代相近文獻能尋繹與上述銘文概念，例如：《周書》〈洛誥〉、〈周官〉及《詩經》〈大雅・烝民〉皆是。其中，文獻紀日時稱數量明顯較青銅器多出許多，其與描繪對象有關，像是《詩經》〈國風〉充分反映百姓日常生活等情貌、《周禮》、《儀禮》、《禮記》更描繪了各種階層應有的禮儀與規範，逐使文字記載倍增，在語言運用上也更加靈活，出現青銅器未見「日中」、「日入」、「昏」、「雞鳴」等紀日時稱。

（四）語用之別：本文藉助時代為經，出土（傳世）文獻為緯，釐清了西周早期至春秋銅器銘文在紀日時稱之差異，並在春秋時期各地闡發獨特紀日時

〔註24〕針對銘文各時期常見格式之變化，參閱（1）張振林〈論銅器銘文形式上的時代標記〉，《古文字研究》第五輯（北京：中華書局，1981 年），頁 49～88。（2）〔日〕林巳奈夫：〈殷——春秋前期金文の書式と常用語句の時代的變遷〉，《東方學報》55 冊（1983 年）55 冊，頁 1～101。

稱（齊地「夙夜」：秦地「夙夕」）。同時，本章運用二重證據法，瞭解到傳世文獻與古文字材料在紀日時稱相同處，像是「旦、朝」等；但彼此也有各自特性，譬如：西周中、晚期銘文出現「夙夕」未曾出現於傳世文獻，而金文常見「杳霽」被書寫在文獻則稱「昧爽」，種種現象說明語言會因時代（西周、春秋、戰國）、使用區域（齊國、楚國）與人們的使用，發展出各自的特色。

三、戰國至秦代是分段紀時的繼用、開創時制與漏刻制

戰國時期的學術百家爭鳴，在語言、詞彙上呈現出多樣風貌，當時人們將文字刻寫於青銅器或簡帛上，又隨著文字載體不同，紀時方式、語言形式也有所差異。然因紀時制度屬於傳統文化的一部分，文化不同於政治、軍事、法律制度，其制訂與執行之間存在著時空之影響；在時間方面，戰國末年始創發新的紀時制度，其與舊有「分段紀時制」共存，而空間方面，紀時制度在秦、楚各地也存在一定的差異。

首先，討論戰國「分段紀時制」，主要被刻寫於青銅器，使用語彙有「夘（夙）、莫（暮）、夜」，上述三者也與其他詞語構成複合結構，像是：「日夜、夘（夙）夜、夘（夙）莫（暮）」。本期涉及紀時語彙的銘文共計：越國〈越王者旨於賜鐘〉、中山國〈中山王𰜇鼎〉、〈中山王𰜇方壺〉、〈妋蚉壺〉及燕國〈燕侯載器〉五件器，又以中山國出土的「平山三器」使用頻率高居其他地區，曾見「日夜」、「夘（夙）夜」（時間狀語）予以修飾「否定詞＋動詞」（日炙（夜）不忘／婪（夙）夜不解（懈）／婪（夙）夜篚（匪）解（懈））之詞組，銘文大意係歌頌「先王」之愛民、勸勉「時臣」戮力輔佐君王，銘文傳遞的語意皆能在西周、春秋尋繹相似之概念、文句。此外，本時期紀時語彙也因地域而有所不同，譬如：北方（中山、燕）運用紀日時稱之頻率，明顯較南方（越）高，並存在文字異構與音近假借之情況，前者為「夜」（夕、爽），後者是燕國（思－夙），顯示不同國別紀時語彙之特色。

其次，戰國末年出土文獻《日書》反映紀時制度的不同樣貌，此時人們把一天均勻的劃分成「十二、十六、廿八」等分，顯現當時人們對紀時觀念的進化，同時，也混合了數術思維。自戰國末期以後，紀時文化摻雜進民俗、陰陽五行之成分，體現於人們語用方面，於是興起新的紀時語彙。值得注意的是，

上述幾種紀時方式其來有自，伴隨著人們日常生活之使用，使紀時語彙的主流漸趨明朗，被日後的傳世文獻所流傳，但並不影響其他種類紀時方式的客觀存在。

整體來說，戰國末年秦簡存在「十二時制、十六時制」，下列分別加以探討：

（一）十二時制

受戰國末年數術興起的滲透，人們將「六十干支」結合與吉凶禍福相互對應，針對此種時制的記載，見於睡虎地秦簡《日書》〈十二支占卜篇〉，文中將「十二地支與時辰」相互搭配，而此種紀時概念延續至漢代「十二辰」〔註25〕。值得注意的是，漢人「十二辰」是將「地平方位，等分地平圈為十二分，以十二地支命名」，源自人們觀察太陽之紀錄，即「用于日出入方位授時和太陽方位計時」，運用「日出某辰表示太陽正好交于地平圈的方位，用以劃分一年之內的節氣；日加某辰表示任一高度太陽垂直對應于地平圈上的方位，用以劃分一日之內的時辰」。此種紀時方式，載於《周髀算經》「日加酉之時」、「日加卯之時」用來表示太陽在某時刻加于某辰位，或者去掉「日加」字樣，省稱為「酉時、卯時」等，導致「十二時」與「十二辰」逐漸無別，最終被人們合稱「十二時辰」，遂使漢代之後分段紀日時稱「平旦、日出、夜半、雞鳴」等實際意義也被太陽方位（十二支）所取代〔註26〕。

（二）十六時制

此類紀時方式出現在雲夢秦簡《日書》甲種簡 793～796、乙種簡 913～924 及放馬灘秦簡《日書》乙種簡 78～86，簡內描述各月份「日夕比率」（日夕分：白天、夜晚消長變化），整體來說，「日和夕二數之和始終保持在十六」。

〔註25〕陳雅雯《《說文解字》數術思想研究》第五章第一節「《說文》天文觀念」提到：「十二是天文學一個重要的數字，《左傳·襄公七年》：『周之王也，制禮上物，不過十二，以為天之大數也。』十二支應用於天空區劃，即為十二辰。以正北為子，向東、南、西依次為丑、寅、卯、辰、巳、午、未、申、酉、戌、亥。從正北到正南經過天頂的一線稱為子午線。漢代以後，又把十二辰用於計時，分一晝夜為十二時辰，以太陽所在方位計時，如日出為卯時，日正當中為午時，日沒為酉時」。（臺南：國立成功大學中國文學系博士論文，2009 年），頁 285。

〔註26〕武家璧：〈論秦簡「日夕分」為地平方位元數據〉，刊載「簡帛網」（2010 年 9 月 3 日）。

針對以上簡文內容，學者指出與陰陽有關，即「古人把日（太陽）和月（月亮）看成陰陽，晝夜也存在陰陽的兩種勢力，故有彼此消長的現象」，提出秦簡中五月乃夏至，而「日修而夜短」，反觀十一月乃冬至，呈現出「日短而夜修」；進而認定秦簡「日夕分」象徵了當時人們已具備「節氣」之觀念（二至二分）〔註27〕。延續上述觀點，可知秦簡「十六時制」（日夕分）已與「陰陽觀念」作連結，研判戰國末年人們已能分辨節氣，遂把日夜劃分成十六等分，隨著逐月增減（繁）。而此種「陰陽消長」概念，延續至漢代文獻《淮南子‧天文訓》「晝者陽之分，夜者陰之分，是以陽氣勝則日修而夜短，陰氣勝則日短而夜修」。然而，秦簡中「十六時制」除了蘊含陰陽概念以外，也與數術思想有關，譬如：放馬灘秦簡《日書》〈生子篇〉將一日劃分成十六時辰，將其與性別作對應，傳達不同時辰對於小孩性別之影響，反映戰國末年人們的「生產觀」。

綜觀秦簡的「十六時制」，反映戰國末年人們「陰陽、性別」觀念；至漢代以後，人們探尋「十六時制」興起原因，始從「天文學」角度加以切入，見《論衡‧說日》〔註28〕：

> 日晝行十六分，人常見之，不復出入焉。儒者或曰：「日月有九道，故曰日行有近遠，晝夜有長短也。」夫復五月之時，晝十一分，夜五分；六月，晝十分，夜六分；從六月往至十一月，月減一分：此則日行月從一分道也，歲日行天十六道也，豈徒九道？

上述文獻呼應了秦簡《日書》內容，詳載「五月」（夏至）屬於晝長夜短，再逐月「晝」減「夜」增，直到十一月（冬至）止，始又「夜減晝增」；而句末「十六道」，能從《淮南子‧天文訓》「日出於暘谷，浴于咸池，拂於扶桑，是謂晨明。登於扶桑，爰始將行，是謂朏明。至於曲阿，是謂旦明。至於曾泉，是謂蚤食。至於桑野，是謂晏食。至於衡陽，是謂隅中。至於昆吾，是謂正中。至於鳥次，是謂小還。至於悲穀，是謂餔時。至於女紀，是謂大還。至於淵虞，是謂高舂。至於連石，是謂下舂。至於悲泉，爰止其女，爰息其馬，是謂縣車。至於虞淵，是謂黃昏。至於蒙谷，是謂定昏。日入于虞淵之

〔註27〕曾憲通：《曾憲通學術文集》（汕頭：汕頭大學出版社，2002年），頁225～227。

〔註28〕〔漢〕王充：《論衡》卷十一（臺北：商務印書館，1975年），頁106。

汜，曙于蒙谷之浦。行九州七舍，有五億萬七千三百九里，禹以爲朝晝昏夜」〔註29〕，透過以上記載能瞭解到漢代人們「把天穹劃分成十六等分」，並將「十六時辰」（從「日出」至「日入」）與太陽行經「位置」（自「暘谷」到「蒙谷」）相對應，其在數字上絕非任意，其屬「十二辰」（地支）加上「四維」（巽、乾、坤、艮）〔註30〕。呈現出漢代人們觀念中「天圓地方，而地又侷限中國九州，故日出日入皆在九州七舍十六所之內，且有具體的數據」〔註31〕，總之，從傳世文獻反映漢代天文學家對日出日入觀測後所建立的理論；而《淮南子·天文訓》的紀時觀念能溯源自秦簡「十六時制」。

　　整體來說，戰國末年將一日時辰劃分成「十二」、「十六」等分，可見不同的時制。且兩種紀時方式皆出現於秦簡《日書》，傳達出秦地人們紀時觀念的差別。在本文第四章曾有論述，關於戰國末年楚地使用紀日時稱仍延續晚商以來的「分段紀時制」，未曾出現一日完整之時稱；反觀秦地因數術的興起，人們欲建構「天文觀、音律觀」，進而闡發特有的時制。同時，秦地「十二」、「十六」時制，也能在《周髀算經》、《淮南子》、《史記》等後代文獻中尋覓到蹤跡。最後，透過實際查閱秦簡《日書》，也清楚認知到十二時制未落實在日常生活，當時眞正被人們所使用的爲「十六時制」。此外，戰國無論出土簡文抑或傳世文獻，仍承襲著晚商以來的分段紀時制度，皆存在著「朝、夙、夕、莫（暮）」等紀日時稱。

　　至於，秦代出土竹簡有關紀時的部分，能區分兩大類：（一）廿八時制：此沿用戰國末年（秦地）對於一日之等分概念，搭配廿八星宿，見周家臺秦簡〈線圖〉（原圖，參見第四章第三節）。（二）漏刻制：其計時原理是將「水勻速地從漏壺中滴出，計算單位時間水位高低的變化以確定時刻」〔註32〕，昔日學者將本項紀時溯源於漢代〔註33〕，然根據里耶秦簡內容，研判中國施行漏

〔註29〕〔漢〕劉安：《淮南子》卷三（臺北：臺灣商務印書館，1976年），頁34。

〔註30〕詳見宋會群、李振宏：〈秦漢時制研究〉，《歷史研究》第6期（1993年），頁3～15。

〔註31〕曾憲通：《曾憲通學術文集》，頁230。

〔註32〕陳雅雯：《《說文解字》數術思想研究》第五章第三節「《說文》時令物候說」，頁321。

〔註33〕詳見（1）黃琳：《居延漢簡紀時研究》（上海：華東師範大學中國語言文學系碩士論文，2006年），頁33。（2）馬怡：〈漢代的計時器及相關問題〉，《中國史研究》

刻紀時能上溯至秦代，此類紀時方式又見於《周禮・夏官》「挈壺氏懸壺以水守之，分爲日夜」。

其中，關於「廿八時制」部分，主要見於荊州關沮周家臺秦〈線圖〉，裡頭出現「夔旦、平旦、日出、日出時、蚤食、食時、晏食、廷食、日未中、日中、日過中、日昳、餔時、下餔、夕時、日夔〔入〕、日入、黃昏、定昏、夕食、人鄭、夜三分之一、夜未半、夜半、夜過半、雞未鳴、前鳴、雞後鳴」廿八項紀日時稱，透過簡文的內容理解到秦代曾將一日劃分作廿八等分。其中，周家臺秦簡「廿八時制」不被人們使用在日常生活，因實際統計後，發現本批（周家臺）簡文共出現以下十一類紀日時稱，即「平旦、朝、日出、食時、莫食、日中、日失（昳）時、餔時、夕市、日夕時／夕、日入」。

再者，根據〈線圖〉結構來分析，其自身是由兩個同心圓所組成，「內圈」出現「卝」圖形，以北向十二地支中的「子」（夜半）爲起點，而「外圈」順時間方向依次記有「廿八個時稱」相對應「星宿名」，而從外觀能深刻體察到秦代「圜道意識」，即：《呂氏春秋》所載「日夜一周，圜道也。月躔二十八宿，軫與角屬，圜道也。精行四時，一上一下，各與遇，圜道也。物動則萌，萌而生，生而長，長而大，大而成，成乃衰，衰乃殺，殺乃藏，圜道也」[註34]。值得注意的是，此種意識反映秦人對自然、天文的觀念，即「在日、月、星的旋轉運行上，自然氣候因而有了陰陽消長，晝夜寒暑，盈缺朔望的周期循環，時間的早晚晨昏；於物道上則出現萌、長、枯、死的周轉；於人道則有了生長壯老死的輪迴歷程。萬事萬物以圓的形式相互聯系著、發展著」[註35]。故〈線圖〉本身糅合陰陽五行學說和天文曆算知識[註36]，其目的在說明「二十八宿值時的式占法」，藉此能看出秦代延續著戰國末年數術思維[註37]，把數術學與

第 3 期（2006 年），頁 17～36。

〔註34〕（秦）呂不韋：《呂氏春秋・季春紀》（北京：中華書局，1991 年），頁 172。

〔註35〕陳雅雯：《《說文解字》數術思想研究》第五章第一節「《說文》天文觀念」，頁 278。

〔註36〕劉國勝：〈楚地出土數術文獻與古宇宙結構理論〉，收入丁四新主編：《楚地簡帛思想研究》二（湖北：武漢教育出版社，2004 年），頁 241～244。

〔註37〕劉道超提出：「以廿八宿判斷吉凶，由來甚久，至晚在戰國時期已形成體系。根據睡虎地秦簡《日書》所載，其中已有兩套不同的廿八宿吉凶系統：一是廿八宿相對固定的吉凶宜忌體系，二是廿八宿隨十二月而變化的吉凶體系」。詳見《擇吉與

天文相結合之觀念，其利用二十八宿座標，測量日月五星等天體的運行，以考察天象的吉凶休咎，作爲日常生活吉凶的參考。

另外，周家臺秦簡廿八時制與秦、漢時制之比較，可歸納作下表：

	《呂氏春秋》	漢　簡	《史記》	《淮南子·天文》	《漢書》
雞旦	×	×	×	×	×
平旦	○（旦）	○	○（旦）	○（旦明）	○（旦、旦明）
日出	×	○	○	×	×
日出時	×	○	×	×	○
蚤食	×	○	○（蚤食時）	○	○（日蚤食時）
食時	×	○	×	×	○（日食時）
晏食	×	×	×	○	×
廷食	×	×	×	×	×
日未中	×	×	×	×	×
日中	○	○	○	×	○（日中時、正中時）
日過中	×	×	×	×	×
日昳	×	×	○	×	×
餔時	×	○	○（日晡時）	○	○（日餔時）
下餔	×	○	○	×	○（日下餔時）
夕時	×	×	×	×	×
日雞〔入〕	×	×	×	×	×
日入	×	○（日入時）	○	×	×
黃昏	○（昏）	○（昏時）	○（昏）	○	○（昏）
定昏	×	×	×	○	×
夕食	×	×	×	×	×
人鄭	×	○（人定時）	○	×	×
夜三分之一	×	×	×	×	×
夜未半	×	○（莫夜未半）	×	×	×
夜半	○	○	○	×	×
夜過半	×	○	×	×	○
雞未鳴	×	×	×	×	×
前鳴	×	○（雞前鳴時）	×	×	×

中國文化》（北京：人民出版社，2004 年），頁 172。

雞後鳴	×	○（雞後鳴五分）	×	×	×
相同處	4	16	12	6	9

從上述表格內容可知：（一）周家臺秦簡「廿八時制」與同時期《呂氏春秋》有「旦、日中、昏、夜半」4 類相同，而秦簡明顯將白天、夜間時段細緻化，像是「平旦」至「黃昏」（白天）細分以下 14 類，即「日出、日出時、蚤食、食時、晏食、廷食、日未中、日過中、日昳、餔時、下餔、夕時、日毚〔入〕、日入」，而夜晚時段「夜、雞鳴」也分「夜三分之一、夜未半、夜半、夜過半」及「雞未鳴、前鳴、雞後鳴」，從以上現象瞭解到同時期紀時名稱，會因關注焦點的差異（《日書》vs 文獻），造成分歧。（二）不同時期簡文紀日時稱密切關係，從數量上說明，漢簡與秦簡相同的高達 16 種，反映漢簡中紀日時稱多半源自秦簡，再加以變革，譬如：夜間時段「前鳴、雞後鳴」，至漢簡分別作「雞前鳴時、雞中鳴、雞後鳴五分、雞鳴五分、雞鳴時」〔註38〕。（三）漢代文獻對夜間刻畫，不如秦簡、漢簡，像是《史記》、《漢書》、《淮南子》紀日時稱，多半關注在白天，至「（黃）昏」以後，幾乎甚少著墨，從而反映人們主要觀測太陽移動方位以紀錄一日的時稱，最明顯的例子，莫過於《淮南子・天文訓》。

　　值得注意是：「漏刻計時法」之溯源，可依里耶秦簡「水下＋數字＋刻」辭例加以證實，秦代確實運用漏壺來紀時，但迄今出土文物的漏壺皆為漢代之文物，即「1958 年出土於陝西的興平銅漏、1968 年出土於河北諸城西漢中山靖王劉勝墓中的滿城銅漏、1976 年於內蒙古伊克昭盟發現的千章銅漏、1977年出土於山東巨野紅土山西漢墓的巨野銅漏」〔註39〕，其中漢代與秦代「漏刻紀時」的差異，目前學界未有定論，例如：李學勤主張「秦代與漢代雖漏壺外觀相似，但在紀時方面秦代應處『原始期』（一晝分十一刻），其與漢代漏刻紀時仍有差異」〔註40〕。而張春龍則認為「秦時漏壺設置可能更複雜，漢時分晝夜為百度，一刻合今天十四分十五秒，較里耶秦簡原始得多；漢哀帝建

〔註38〕陳夢家：《漢簡綴述》〈漢簡年曆表敘〉，頁 245。

〔註39〕李約瑟；陳立夫譯：《中國之科學與文明》第五冊（臺北：商務印書館，1980 年），頁 232。

〔註40〕李學勤：〈初讀里耶秦簡〉，《文物》第 1 期（2003 年），頁 75。

平二年改爲百二十度，與里耶簡相合。不知何故，秦較精確的計時方式在西漢初年未得承繼」〔註41〕。面對以上分歧之說，我們認爲尚待秦代實物（漏壺）被挖掘，才能加以評斷。而依據簡文內容研判，本類紀時制度之興起與郵驛制度有關，從而證明了秦代已確立了官文書的傳遞機制，並反映秦代「行書效率」即「公文書上行下達的速度是國家管理效能的具體體現」〔註42〕。因此，從「漏刻制度」能窺見秦人講究效率、務實的一面，且幾乎是在「白天」（旦、食時、日中）傳遞文書居多。

綜合以上內容，秦代出土文獻顯示當時採用「廿八時制」及「水漏計時法」，但本時期仍繼承著殷商晚期分段紀日時稱，例如：周家臺秦簡「朝」、里耶秦簡「夕、夜」、嶽麓書院「夕、晝、莫（暮）」。因此，本時期紀時方式較過去多元化，兼具傳承（分段紀時制、等分時制）、變革（漏刻制）。同時，從《呂氏春秋》紀時語彙來看，呼應了秦人仍承襲著分段紀時之概念，遂見11類紀日時稱，其對時間的概念是較爲模糊的；反觀秦簡的部分，因深受：（1）數術觀念，遂發展出「廿八時制」。（2）日常生活：專指文書傳遞的部分，人們爲了講究時效，進而有了精準的時間觀念，發展新的紀時方法（漏刻制），故明顯較傳世文獻紀日時稱精準。

總之，戰國末年至秦代伴隨著簡文出土，進而瞭解當時人們在時稱使用上的豐富、語言形式上的多樣化，當時將一日劃分成十二、十六、廿八等分，針對不同時制紀日時稱，參見下表：

十二時制	雞鳴、平旦，日出、食時、莫（暮）食、日中、杲、下市、舂日、牛羊入、黃昏，人定。
十六時制	平旦、日出、夙食、莫食、日中、日過中、日則、日下則、日未入、日入、昏（昬）、夜莫、夜未中、夜中、夜過中、雞鳴。
廿八時制	毚旦、平旦、日出、日出時、蚤食、食時、晏食、廷食、日未中、日中、日過中、日昳、餔時、下餔、夕時、日毚〔入〕、日入、黃昏、定昏、夕食、人鄭、夜三分之一、夜未半、夜半、夜過半、雞未鳴、前鳴、雞後鳴。

整體來說，戰國末年至秦代簡文所採取的紀時依據，可歸納爲：

〔註41〕 張春龍、龍京沙：〈湘西里耶秦代簡牘選釋〉，《中國歷史文物》第1期（2003年），頁10～11。

〔註42〕 張春龍、龍京沙：〈里耶秦簡三枚地名里程木牘略析〉，《簡帛》第一輯，頁273。

（一）以天色的陰暗命名：黃昏（昏）、定昏。

（二）以太陽的位置或日影正斜命名：平旦、日出、日中、日過中、日則、
　　　日下則、日未入、日入、東中、西中、日失、昏市……等。

（三）以星、月的運行規律及月亮形變命名：從原始殷商至春秋原本單純
　　　「夜」之概念，戰國末年人們對夜晚更增添了人爲因素，欲詳細刻
　　　畫，即：夜莫、夜未中、夜中、夜過中……等。

（四）動物活動規律命名：雞鳴（中鳴、後鳴）、牛羊入等。

（五）人群的活動規律命名：大晨、食時、莫（暮）食、夙食、蚤食、食
　　　時、安食、廷食、下市、人定（人奠）等。

（六）儀器紀時命名：專指里耶秦簡水漏計時法，本批簡文常見「水下＋
　　　數字＋刻」句型。

由上述內容能清楚瞭解到戰國末年至秦代人們對時間之概念，本時期以豐富
的詞和多樣的紀時方法呈現，尤其是秦簡《日書》部分，當中除了延續前代
紀時傳統（分段紀時制），更體現出不同以往的紀時方式，像是「十二、十六、
廿八時制」皆與天文觀念密切相關，即：「十二辰」、「太陽運行之軌跡」、「廿
八星宿」，從漢代傳世文獻皆能尋繹相關之記載；同時，秦簡十六、廿八時制
皆蘊含著數術觀，透過時辰、音律、星宿來觀測吉凶，可彰顯出中國紀時觀
念至戰國末年以後受陰陽五行思維的影響。

　　其次，過去學界探討漢簡時制，大部分學者僅溯源自秦代〔註 43〕，伴隨著
簡文大量發掘、集結成冊；可知秦簡「廿八時制」有六成紀時語彙出現在戰國
末年的放馬灘秦簡，故漢簡紀時不單純僅是與秦代簡文有關，諸多觀念、語彙
皆能溯源至戰國末年的秦簡。

　　最後，秦代里耶簡出現新的紀時方式（漏刻制），其體現了秦代，作爲古代
曆法成熟發展的重要時期，其紀時制度逐漸走向精確化、實用化發展的趨勢。
總之，秦簡在紀時制度佔有極重要的位置，具有承先啓後之作用，其反映了戰
國末年至秦代歷史時期紀時制度發展和演變的關鍵地位。

〔註43〕詳見（1）李均明：〈漢簡所見一日十八時、一日十分紀時制〉，《文史》第 22 輯（北
　　　京：中華書局，1984 年），頁 23～27。（2）黃琳：《居延漢簡紀時研究》第一章第
　　　一節「古代常見紀時法與居延漢簡紀時法列表」，頁 5～10。

第六章　殷商至秦代紀日時稱的語法結構與文字現象

第一節　紀日時稱的語法結構類型

　　本章第一部份先綜合第二至第五章的內容，進一步作語法分析，本處所謂「語法分析」欲分清結構、語意、表達三個不同的平面〔註1〕，其中「語意、表達」已在前文加以詳述，此處主要分析「語法結構」的部分。

　　透過語法結構來分析紀日時稱，發現西周銅器銘文常見「時間名詞」連用，構成新的紀時詞語，例如：「朝夕、夙夜、夙夕」，上述三種詞採以「反義」連用，採取「表示早晨的詞和表示晚上的詞連用所構成紀時詞語」，象徵「從早到晚」、「整日」、「終日」之意〔註2〕。至戰國末年紀日時稱也加上「時稱＋方位名詞」來表示某一段時間的先後順序，像是放馬灘秦簡「夜中」，從上述例子可知不同時期人們在紀時語彙的使用上有分別，並於語法結構上存在著差異性。因此，以下各節分析殷商甲骨至秦代出土文獻「時稱」的語法結構，進而釐清不同時期「時稱」的構成成分。

〔註1〕呂叔湘等著：《語法研究入門》（北京：商務印書館，1999 年），頁 53。

〔註2〕王海棻：《記時詞典》「古代記時與社會文化」（合肥：安徽教育出版社，1999 年），頁 7。

另外，上述所述的「時稱」專指紀錄一日的「紀日時稱」，人們自有文字以來紛紛紀錄不同時期的紀時概念，且創造多樣的紀時方式。本論文蒐集了殷商至秦代出土文獻的時稱，發現中國紀時制度自戰國末年以後出現重大變革，一改昔日分段紀時制度，將一日時間劃分等分的概念，進而創發十二、十六、廿八時制的制度。

本節分析殷商至秦代出土文獻的紀日時稱的語法結構類型，發現殷商卜辭共出現 22 個紀日時稱，兩周金文則見 15 種紀日時稱，到了戰國末年楚簡依舊維持 15 種，部分名稱與金文相同，但已陸續新增「宵、夜中、夜迦中」等語彙。戰國末年至秦代竹簡《日書》大量使用「紀日時稱」，其中除了繼承昔日「旦、朝、夕、夜」等分段紀時制度外，人們更發展出一套新的紀時思維，將一日完整劃分成十二、十六、廿八等三種，而本時期共計 67 種紀日時稱。

以上紀日時稱經歸納整理後，發現殷商至秦代紀日時稱共計 96 種紀日時稱（詳見〔附錄五〕），當中「朝、夕、旦」從殷商甲骨被人們所使用，歷經西周時期、戰國秦簡、楚簡，深具「歷時」之特色。同時，前兩項紀日時稱至西周以後更發展成複合詞，頻繁的出現在銅器銘文。因此，根據目前所見的出土文獻「紀時用語」能劃分成兩大類：

一、單純詞

所謂「詞」由「語素」構成，是最小的能夠自由運用的單位，構成句子、短語，都是將其作為實際使用的基本單位；同時，「詞」又能細分「單純詞」、「複合詞」兩類，前者專指「由一個語素構成」，而後者則是「由兩個或兩個以上的語素構成」〔註3〕。下列採用「單純詞」、「複合詞」以劃分殷商至秦代紀日時稱，分別是：

（一）殷商甲骨紀日時稱

本文發現晚商 273 年使用單一紀日時稱，歷經學者分期、斷代之研究，以下為甲骨文所見單純詞在各時期出現的情況，即：

〔註3〕左松超：《文言語法綱要》第二章「語素與詞」（臺北：五南圖書出版公司，2003年），頁10。

時稱＼時期	自組	花東	賓組	出組	何組	無名組	屯南	歷組	黃組
膡	✗	✗	✓	✗	✗	✗	✗	✗	✗
妹	✗	✗	✗	✗	✗	✗	✗	✗	✓
旦	✓	✗	✓	✗	✓	✓	✓	✓	✗
明	✓	✗	✓	✗	✗	✗	✗	✗	✗
鼄（晨）	✗	✗	✗	✓	✗	✗	✗	✗	✗
叉	✗	✓	✗	✗	✗	✗	✗	✗	✗
早	✗	✗	✓	✓	✗	✗	✗	✗	✗
朝	✗	✗	✗	✓	✓	✓	✗	✓	✗
食	✗	✗	✗	✗	✗	✓	✗	✗	✗
督	✗	✗	✗	✗	✓	✓	✗	✗	✗
昃	✓	✗	✗	✗	✗	✗	✗	✗	✗
㫑	✗	✗	✗	✗	✗	✗	✓	✗	✗
莫（暮）	✗	✓	✗	✓	✓	✓	✓	✓	✗
昏	✗	✗	✗	✗	✓	✗	✗	✗	✗
枫	✓	✓	✓	✓	✓	✓	✓	✓	✗
住	✗	✗	✗	✗	✗	✓	✗	✗	✗
夗	✓	✗	✗	✗	✗	✗	✗	✗	✗
夕	✓	✓	✓	✓	✓	✓	✓	✓	✓
寐	✓	✗	✗	✗	✗	✗	✗	✗	✗
夙	✗	✗	✗	✗	✗	✓	✗	✗	✗
盥	✗	✗	✗	✗	✗	✓	✗	✗	✗
總計	7	5	7	6	7	13	5	6	2

　　從表格能瞭解各時期單一紀日時稱出現次數，以「無名組」頻率最高，而「黃組」卜辭出現最低。同時，可歸納出以下幾點現象：第一、無名組卜辭「章、食」兩字，藉助甲骨文例研判，隸屬「章兮、食日」省稱，上述兩種詞語僅被本時期的人們所使用。

　　第二、「鼄（晨）、妹、寐、夙、住、夗、盥」在專門特定時期，人們用來紀錄時間的詞，顯示殷商不同時期，使用紀時詞彙的差異。

　　第三、卜辭「枫」，經唐蘭分析後，其相當於「天黑掌燈之時」，該詞歷經「自組、花東、賓組、出組、何組、無名組、屯南、歷組」，直到黃組卜辭才不被人們所使用；同時，依第二章所云甲骨常見「王賓＋紀日時稱＋祭祀動詞，亡国」的句型，研判是字屬紀日時稱。第四、歷組卜辭紀日時稱相較於小屯南

地甲骨，僅新增「朝」字，其餘「旦、戾、莫、枫、夕」使用上是一致的，印證「歷組卜辭不是武丁、祖庚卜辭，而是武乙、文丁卜辭」之說法〔註4〕。第五、殷商卜辭「夕」字，從武丁早期自組至帝辛黃組皆見是字作為紀時之用；但用法上具有「一般性的泛稱」、「專指特殊時段」兩類。像是：自組卜辭《合集》20913「己卯卜，今夕雨？」及《合集》21016「癸亥卜，貞：旬？二月。乙丑夕雨。丁卯明雨。戊小采日雨止，〔風〕。己明啟」，前版「夕」作泛稱，指「整個夜晚」；而《合集》21016出現夕、明、小采三種紀日時稱，顯然版內「夕」指「特定時間」。

（二）兩周金文紀日時稱

依兩周金文紀日時稱分析，可知在「紀時使用上」皆延續殷商，並新創「夜」字，以下是紀日時稱所分布的時間，詳見下表：

時期＼時稱	西周早期	西周中期	西周晚期	春秋時期	戰國時期
夙	✓	✓	✓	✓	✓
明	✓	✕	✕	✕	✕
旦	✕	✓	✓	✕	✕
屖（晨）	✕	✕	✓	✕	✕
朝	✓	✓	✓	✕	✕
莫（暮）	✕	✕	✕	✕	✓
夕	✓	✓	✓	✓	✕
夜	✕	✓	✓	✓	✓
總計	4	5	6	3	3

〔註4〕學界研判「歷組卜辭為武乙、文丁卜辭」，詳見（1）蕭楠：〈論武乙、文丁卜辭〉，《古文字研究》第三輯（北京：中華書局，1982年），頁49。（2）張永山、羅琨：〈論歷組卜辭的年代〉，《古文字研究》第三輯，頁89～90（3）蕭楠：〈再論武乙、文丁卜辭〉，《古文字研究》第九輯〔北京：中華書局，1984年〕，頁155～188。（4）謝濟：〈甲骨斷代研究與康丁文丁卜辭〉，《甲骨文與殷商史》第三輯（上海：上海古籍出版社，1991年），頁113。（5）吳俊德：《殷墟第三、四期甲骨斷代研究》（臺北：藝文印書館，1999年），頁234及《殷墟第四期祭祀卜辭研究》（臺北：臺灣大學中國文學研究所博士論文，2005年），頁35～344。（6）姚志豪：〈從武乙、文丁卜辭字體談甲骨斷代〉，收入東吳大學中國文學系、中國文字總會主編：《第二十一屆中國文字學國際學術研討會論文集》（臺北：東吳大學，2010年），頁199～218。

從表格中能歸納下列幾點現象：第一、「夙、明、旦、屫（晨）、朝、莫（暮）、夕」皆爲兩周銘文繼承殷商甲骨的紀時語彙，藉此顯示中國紀時文化的傳承；其中西周晚期銅器〈多友鼎〉「屫」（晨），在文字構形上迥異殷商甲骨「𣦵」，但彼此皆用來指涉「早晨」。第二、「夙」除了武王時期〈利簋〉作爲「單音詞」以外，日後銅器上幾乎與紀日時稱「夜、夕、莫（暮）」組成複合詞。第三、「屫（晨）、莫（暮）」屬於特殊時期紀時用詞，分別見於西周晚期〈多友鼎〉及戰國早期〈越王者旨於睗鐘〉，後件銅器上出現「夗（夙）莫（暮）不貣（忒）」四字，顯然將「夗（夙）」與「莫（暮）」相結合，傳達了語用上「早晚」的概念。第四、銘文中「夕」字，出現在西周早期至春秋時期，但戰國銅器未見，恐與鑄器動機密切相關，本時期銘文多見「物勒工名」的形式，僅載有「監制者、工匠名」，對於紀日時稱幾乎少有論及（僅載「某年某月某日」爲止）。第五、關於「夜」的出現，西周中期銘文始見，一直被人們使用迄今，是字在西周中期以來已出現複合詞的形式，譬如：西周中期〈啓卣〉「夗（夙）夜」，至西周晚期〈𧽊簋〉「晝夜」、春秋時期〈叔尸鎛〉及戰國〈中山王𰯌鼎〉皆見「夜」字與其他詞語相結合。

（三）戰國末年至秦代出土文獻的紀日時稱

本處的出土文獻依出土地劃分成秦、楚兩地，其中「楚帛書」涉及紀時皆爲單音詞，即「宵、朝、晝、夕」四類，至於「簡牘」的紀日時稱，參見下表：

出處＼時稱	旦	明	朝	夙	早	唇（晨）	莫（暮）	晝	昏	夕	夜	彔	宵	晦
九店（楚）	✕	✕	✓	✕	✕	✕	✕	✕	✕	✓	✕	✕	✕	✕
天星觀（楚）	✕	✕	✕	✕	✕	✕	✕	✕	✕	✓	✕	✕	✕	✕
磚瓦場（楚）	✕	✕	✕	✕	✕	✕	✕	✕	✕	✓	✕	✕	✕	✕
秦家嘴（楚）	✕	✕	✕	✕	✕	✕	✕	✕	✕	✓	✕	✕	✕	✕
包山（楚）	✕	✕	✕	✕	✓	✕	✓	✕	✕	✕	✕	✕	✕	✕
葛陵（楚）	✕	✕	✕	✕	✕	✕	✕	✕	✓	✓	✕	✕	✕	✕
上博簡（楚）	✓	✓	✓	✕	✕	✕	✕	✕	✕	✕	✕	✕	✕	✕
清華簡（楚）	✕	✕	✕	✕	✕	✕	✕	✓	✕	✕	✕	✕	✕	✕
帛書（楚）	✕	✕	✕	✕	✕	✕	✕	✓	✕	✕	✕	✕	✕	✕
睡虎地（秦）	✓	✕	✓	✓	✓	✕	✓	✕	✕	✓	✓	✕	✕	✕
岳山木牘（秦）	✕	✕	✕	✕	✕	✕	✕	✕	✕	✓	✕	✕	✕	✕

王家臺（秦）	✓	×	×	×	×	×	✓	×	×	✓	×	×	×
放馬灘（秦）	✓	×	×	×	×	×	×	✓	×	✓	×	×	×
周家臺（秦）	×	×	✓	×	×	×	×	×	×	✓	×	×	×
里耶（秦）	✓	×	×	×	×	×	×	×	×	✓	✓	×	×
嶽麓（秦）	×	×	×	×	×	×	✓	×	×	✓	×	×	✓
總計	4	1	4	2	3	1	4	2	2	12	4	1	1	1

根據表格內容能歸納以下幾點：第一、秦簡、楚簡所出現的單一紀日時稱共11類，其中戰國中期的天星觀楚簡無單一紀時，僅出現「夜中」、「夜迲分」（複合詞）兩項紀時用語。第二、數量上來說，16批出土文獻中「夕」字出現在14批（佔87.5%），像是磚瓦場（楚）、秦家嘴（楚）、岳山木牘（秦）唯獨出現本類紀時用語，是字在用法上作爲泛稱，在江陵秦家嘴、新蔡葛陵簡皆見楚人習慣於「夕」進行祭祀、禱告〔註5〕。第三、關於「昏（晨）」、「宵」分別出現在新蔡葛陵簡「己酉昏（晨）禱之☒」及楚帛書「思（使）又（有）宵又（有）朝，又（有）畫（有）夕」，其中「昏（晨）」繼承殷商、西周以來的用法，表示「早晨」之意，而帛書「宵」指「夜」，相同用法曾見《詩・豳風・七月》「畫爾于茅，宵爾索綯」，毛傳：「宵，夜」。第四、楚地出土材料出現最多單一紀日時稱，莫過於上博簡，共見「夙、旦、早、朝、夕、夜」6種，當中「早」爲楚簡新增的詞語，其餘5種大抵繼承西周銅器銘文。第五、秦地出土竹簡除了有將一日劃分成12、16、28等分，也繼承殷商、西周紀日時稱，但過去研究皆探討「時制」〔註6〕，甚少對於秦簡其他紀日時稱加以歸納，而本文蒐集睡虎地、王家臺、放馬灘、周家臺、里耶、嶽麓六批秦簡、一批木牘，發現秦地以「夕」字高居單一紀日時稱之冠。第六、關於秦簡「畫」僅出現在嶽麓簡〈占夢書〉「若畫夢亟發，不得其日」、「畫言而莫（暮）夢之」，兩句「畫」字，朱漢民、陳松長提出：「『畫夢』即『白日夢』。《周禮・春官》：『占夢，掌其歲時，觀天地之會，辨陰陽之氣。以日月星辰，占六夢

〔註5〕楊華：〈新蔡簡所見楚地祭禱禮儀二則〉，收錄於丁四新主編：《楚地簡帛思想研究》（二）（武漢：湖北教育出版社，2005年），頁263。

〔註6〕詳見（1）于豪亮：〈秦簡《日書》紀時紀月諸問題〉，《雲夢秦簡研究》（北京：中華書局，1981年），頁436～439。（2）宋會群、李振宏〈秦漢時制研究〉認爲：「秦漢時期並行十二時制、十六時制是沒有疑問的」，《歷史研究》第6期（1993年），頁3～15。

之吉凶。一曰正夢，二曰噩夢，三曰思夢，四曰寤夢，五曰喜夢，六曰懼夢』。其中『寤夢』與『晝夢』相類」〔註7〕。因此篇內「晝」指「從日出至日落」的時間。

綜合以上殷商至秦代的單一紀日時稱，皆屬「時段」之概念，其與「時點」彼此具不同的內涵，故邢福義、李向農、儲澤祥〈時間方所〉提出：「時間鏈上的任何一個點，都是時點；時間鏈上的任何一個段，都是時段」及「從本位點段看，在時間鏈上，時點具有定位性，時段具有歷程性。就是說，時點表示在時間序位中所佔據的特定的點，時段表示在時間歷程中所佔據的特定的段」〔註8〕。而殷商人們無法將一日時間確切加以「定位」，在紀日時稱上多反映「相對」的概念，因此本時期單一紀日時稱皆表示「時段」，意指「天即將亮」（昧）、「太陽剛出來」（旦）、「天亮」（明）、「早晨」（晨、朝）、「中午」（暮、食）、「日西斜」（昃、章）、「傍晚」（莫、昏）、「掌燈時分」（杘）、「夜間人定息止之時」（住），其中「夕、寐、夙」屬於「較長的時段」，專指「整個夜晚（夕）、下半夜至天明之間（寐、夙）」。其中「夙、旦、明、朝、晨、夕」等時段概念，在周代銅器上仍可見其蹤跡，並於西周中期、晚期分別新增「夜」及「晝」兩字，用來表示「夜晚」、「白天」。同時，人們更進一步將時段概念相互結合，構成複合詞，像「夙夜」、「夙夕」、「朝夕」用來指「從早到晚」，蘊含「終日、一整天」之意。

再者，一日紀日時稱「時點」至戰國末年以後才出現，簡文始出現十二、十六、廿八時制，其將一日各時間點運用不同複合詞加以表達。同時，簡文仍見「時段」紀口時稱，譬如：睡虎地秦簡「旦、朝、夙、莫（暮）、夕、夜、昲」與王家臺「旦、莫（暮）、夕」等。值得注意的是，睡虎地秦簡〈十二支占卜篇〉把十二地支與「十二項時點名稱」相互搭配，其中僅見「昲」（未時）為單純詞，剩餘11項紀日時稱皆屬複合詞。

最後，本文第二章至第五章所論及的時間詞包含「時點、時段」之概念，彼此各具差異，無法單純以時代作區隔；從「時段」的角度切入單一紀日時稱，能反映中國紀時文化自殷商到秦代，不同出土文獻傳承（詳見下圖所示）。

〔註7〕 朱漢民、陳松長主編：《嶽麓書院藏秦簡（壹）》，頁151。

〔註8〕 上述說法，收入呂叔湘等著：《語法研究入門》，頁472。

載 體	時 稱
甲骨	風、膿、妹、旦、明、蕺（假借晨）、朝、食、督、昃、䂞、莫（暮）、昏、夕、枫、住、寐、早
金文	冽（夙）、旦、明、屡（晨）、朝、畫、莫（暮）、夕、夜
竹簡	夙、旦、明、朝、早、昏（晨）、莫（暮）、畫、昏、夕、夜、晦、彔
帛書	朝、畫、夕、宵

從表格也能看見殷商至秦代人們在單一紀日時稱的延續性，像是「旦、夕、朝」，但也發現幾點現象：（1）兩周金文相較於殷商甲骨增添紀日時稱「夜」、「畫」。（2）戰國至秦代竹簡則新出現「晦」、「彔」兩種時稱，用來描述「入夜後的最初一段時間」及「夜半時分」。（3）楚帛書「宵」，在昔日出土文獻的紀日時稱，不見該字之蹤跡。

二、複合詞

下列以書寫材質作爲依據，將出土先秦文獻分爲三類，即：

（一）殷商甲骨紀日時稱

本時期複合詞的構成方式，主要有以下幾類，分別是：

編號	複合詞	結構複合法〔註9〕	詞 性	分 類 法
1.	大采		形容詞＋名詞	雲彩變化
2.	小采		形容詞＋名詞	雲彩變化
3.	大食		形容詞＋名詞	人類活動規律
4.	小食	偏正：前一語素修飾、限制後一語素，以後一語素的意義爲主。	形容詞＋名詞	人類活動規律
5.	闌昃		形容詞＋名詞	太陽位置
6.	䂞兮		形容詞＋名詞	太陽位置
7.	中日		形容詞＋名詞	太陽位置
8.	中彔		形容詞＋名詞	人們制訂規律〔註10〕
9.	食日		形容詞＋名詞	人類活動規律

〔註9〕複合法的定義，詳見張志公、劉蘭英、孫全洲：《語法與修辭》（臺北：新學識文教出版中心，1998年第三版），頁29～30。未避免註解的重複贅述，表格「結構複合法」皆源自是書。

〔註10〕甲骨文「中彔」一詞，馮時認爲：「夜漏正中而稱」，《百年來甲骨文天文曆法研究》，頁167。

透過上表可知殷商的複合詞，幾乎以「偏正結構」爲常見的構詞形式，其中「大采、小采」僅出現在武丁卜辭〔註11〕，日後不復見，反映當時人們觀察雲彩變化之後所制定紀日時稱。同時，殷商複合詞採用「人類活動規律、太陽位置、日影正斜」作爲劃分時段的依據，上述八項詞皆用來指「白天」，反映出殷商人們對於「白天」觀察較「夜晚」細膩。

關於「龏兮」出現於無名組、小屯南地甲骨，透過文例比對，可知該詞原屬「主謂結構」，且省略仍保有「龏」字，此種「紀日時稱省略的現象」爲無名組卜辭特色，其將原本複合詞省略成單純詞，像是「食日」、「大食」省略成「食」。然至武乙、文丁時期的小屯南地甲骨，人們又將紀日時稱，回歸完整的複合詞，像是「食日」、「龏兮」。

（二）兩周銅器紀日時稱

本時期的複合詞構成方式，有以下幾類，分別是：

編號	複合詞	結構複合法	詞　　性	分　類　法
1.	杳䵼	偏正	形容詞＋形容詞	太陽位置
2.	朝夕	並列：由意義相同、相近或相反、相對的實語素並列融合而成	名詞＋名詞	×（名詞詞組）
3.	夙暮		名詞＋名詞	
4.	夙夕		名詞＋名詞	
5.	夙夜		名詞＋名詞	
6.	晝夜		名詞＋名詞	
7.	日夜		名詞＋名詞	

針對上述七種複合詞，惟有「杳䵼」專指「黎明時分」，其在西周早期、中期及春秋時期銅器皆曾出現過，該詞語陳夢家已指出其相當傳世文獻「昧爽」，並依〈免簋〉之內容，研判「杳䵼」早於「且、明」，其中「䵼（爽）」是「爽明」，

〔註11〕　筆者案：語言中詞與詞之間存在著各種各樣的語義關係，其中「上下義關係」（Generic-specific）是比較常見的。而所謂「上義詞」通常是表示類別的詞，含義廣泛，包含兩個或更多有具體含義的下義詞；「下義詞」是指除了上義詞的類別屬性外，還包含其他具體的意義。例如：「大采」、「小采」等都可以用「采」來概括，上列二詞屬「采」的下義詞。而本論文雖無法探討全部紀日時稱的「上下義位關係」，但經由「上下義關係」分析，能瞭解不同層次上的義位元含有特定的包含關係：類與種之間的關係，一般與個別的關係。

而「昧」又訓「闇」，故「昧爽」乃是「將明之謂」〔註12〕。透過上述陳氏之說法，可知本詞以「爽」（明亮）語素意義為主，在構詞分類上屬於「偏正」結構。

其次，「朝夕、夙夕、夙夜」由兩項意義相反紀日時稱構成「複合名詞」，當中「朝、夙」指「早」，而「夕、夜」指「晚」，此類複合詞始見西周早期，可視為西周紀日時稱新創，譬如：《集成》2837 康王器〈大盂鼎〉「朝夕、妞（夙）夕」兩類複合時間詞，前句運用時間狀語「朝夕」來修飾「入讕」，代表鑄器者「盂」能從早到晚（長期地）向周王進獻直言。後句則以「王曰」為開頭，象徵康王對「盂」期勉之詞，並運用「妞（夙）夕」作為時間狀語來修飾動詞「𧨏（召）」〔註13〕，受事賓語則是「我一人」，象徵著康王期勉盂「從早到晚」（辛勤）輔佐國政。再者，「夙暮」僅出現在戰國早期《集成》144〈越王者旨於睗鐘〉。

至於，戰國時期複合紀日時稱有「日夜、夙夜、夙暮」三種，皆用來修飾「否定詞＋動詞」，像是：〈姧蚉壺〉「日炅（夜）不忘」、〈越王者旨於睗鐘〉「夙莫（暮）不貣（忒）」、〈中山王嚳鼎〉「嫛（夙）夜不解（懈）、〈中山王嚳壺〉「嫛（夙）夜篚（匪）解（懈）」，上述鑄器者皆在銘文開頭處先歌頌「先王」的愛民，再期勉「自身」能辛勤於政。

最後，歸納、整理兩周銅器所見複合詞出現的時間，參見下表：

時　期	複　合　詞　分　布　概　況					
西周早期	朝夕	夙夕	×	×	×	×
西周中期	朝夕	夙夕	夙夜	×	×	×
西周晚期	朝夕	夙夕	夙夜	晝夜	×	×
春秋時期	×	夙夕	夙夜	×	×	×
戰國時期	×	×	夙夜	×	夙暮	日夜

透過表格方式，說明以下幾點現象：第一、「朝夕」出現在西周時期，到春秋、戰國銅器則不復見，此現象與「嘏辭發展」有密切相關。第二、「夙夕」為專屬「銅器」所使用紀日時稱，在傳世文獻未曾使用，而「夙夜」無論銅器、傳世

〔註12〕陳夢家：《西周銅器斷代》（北京：中華書局，2004 年），頁 106。

〔註13〕自清末劉心源以來，王國維、于省吾、楊樹達、陳夢家、馬承源、唐蘭、劉翔等將〈大盂鼎〉「𧨏」理解成「輔佐」之意，上述說法皆收錄在周寶宏：《西周青銅重器銘文集釋》，頁 301～314。

文獻皆見，反映兩周出土文物獨特的複合紀時用語。

　　第三、「晝夜」僅見厲王器〈𫘝簋〉銘內運用「晝夜」複合詞，彰顯厲王勉勵自身能辛勤地處理政事，從早到晚皆不敢懈怠。第四、「日夜」僅見戰國時期中山國的〈舒盗壺〉，日後的傳世文獻、出土文物仍見其蹤跡，像是《左傳・定公四年》「立，依於庭牆而哭，日夜不絕聲，勺飲不入口七日」、里耶秦簡 J1（16）簡 5 正（第七行）「令人日夜端行，它如律令」即是。

（三）戰國末年至秦簡帛、木牘紀日時稱

　　本時期所使用的複合詞構成方式，總共 55 種，分別是：

編號	複合詞	出　　處	結構複合法	分類法
1.	昧㬚	上博四〈內豊〉簡 8、清華〈保訓〉簡 1～2	偏正	天色的明暗
2.	龏（才）旦	周家臺《日書》簡 170～171	偏正	太陽的位置
3.	平旦	放馬灘《日書》甲簡 16、周家臺《日書》簡 169	偏正	太陽的位置
4.	大辰（晨）	放馬灘《日書》乙簡 179	偏正	天色的明暗
5.	食時	睡虎地《日書》乙簡 156、放馬灘《日書》乙簡 184、周家臺《日書》簡 163～164	偏正	人類活動規律
6.	晏食	周家臺《日書》簡 162～163	偏正	
7.	蚤食	放馬灘《日書》乙簡 181、周家臺《日書》簡 164～165	偏正	
8.	莫食	睡虎地《日書》乙簡 156、放馬灘《日書》甲簡 16、周家臺《日書》簡 245	偏正	
9.	夙食	放馬灘《日書》甲簡 16	偏正	
10.	安食	放馬灘《日書》乙簡 188	偏正	
11.	廷食	周家臺《日書》簡 162～163	偏正	
12.	餔時	睡虎地《日書》簡甲 135 正、周家臺《日書》簡 163～164	偏正	
13.	下餔	周家臺《日書》簡 164～165	偏正	
14.	日出	睡虎地《日書》乙簡 156、放馬灘《日書》甲簡 16、周家臺《日書》簡 168	偏正	太陽的位置
15.	日出時	周家臺《日書》簡 164～166	主謂	

16.	日中	睡虎地《日書》甲簡 98 背放馬灘《日書》乙簡 142、周家臺《日書》簡 245、簡 161〜162	主謂	
17.	日入	放馬灘《日書》甲簡 17、周家臺《日書》簡 168	主謂	太陽的位置
18.	日下則	放馬灘《日書》甲簡 17	主謂	
19.	日夕時	周家臺《日書》簡 245	偏正	
20.	日失	放馬灘《日書》乙簡 183、周家臺《日書》簡 162〜163、睡虎地《日書》乙種簡 156	主謂	
21.	日未中	周家臺《日書》簡 160〜162	主謂	
22.	西中	放馬灘《日書》乙簡 185	偏正	
23.	東中	放馬灘《日書》乙簡 183	偏正	太陽的位置
24.	日則	放馬灘《日書》乙簡 142	主謂	
25.	日過中	放馬灘《日書》乙簡 142、周家臺《日書》簡 161〜163	主謂	
26.	日毚〔入〕	周家臺《日書》簡 167	主謂	
27.	牛羊入	睡虎地《日書》乙簡 156	主謂	動物活動規律
28.	市日	睡虎地《日書》甲簡 99 背、放馬灘《日書》乙簡 184	主謂	人類活動規律
29.	莫市	睡虎地《日書》甲簡 97 背	偏正	
30.	下市	睡虎地《日書》乙簡 156	偏正	
31.	春日	睡虎地《日書》乙簡 156	主謂	
32.	黃昏（昏）	睡虎地《日書》乙簡 156、周家臺《日書》簡 169〜170	偏正	
33.	定昏	周家臺《日書》簡 170〜171	偏正	
34.	昏市	放馬灘《日書》乙簡 186	主謂	
35.	昏時	放馬灘《日書》乙簡 191	主謂	
36.	夕時	放馬灘《日書》乙簡 185、周家臺《日書》簡 166、周家臺《日書》簡 171〜172	主謂	
37.	日夕時	周家臺《日書》簡 245	主謂	
38.	夜三分之一	周家臺《日書》簡 173〜175	主謂	人們運用數字之概念來區分夜間時段
39.	夜中	放馬灘《日書》簡甲 19、天星觀一簡 40	主謂	
40.	中夜	放馬灘《日書》乙簡 46	偏正	
41.	夜迡分	天星觀一簡 40	主謂	

42.	夜半	放馬灘《日書》乙簡 182、嶽麓〈占夢書〉簡 5 正、周家臺《日書》簡 174 ～175	主謂	
43.	夜未中	放馬灘《日書》簡甲 17、19	主謂	
44.	夜未半	周家臺《日書》簡 173～175	主謂	
45.	夜莫	放馬灘《日書》簡甲 17	主謂	
46.	過中	放馬灘《日書》簡 185	動賓	
47.	夜過中	放馬灘《日書》簡甲 19	主謂	
48.	夜過半	周家臺《日書》簡 173 ～75	主謂	
49.	雞未鳴	周家臺《日書》簡 173～175	主謂	動物活動規律
50.	雞後鳴	周家臺《日書》簡 171～172	主謂	
51.	雞鳴	睡虎地〈編〉簡 45、放馬灘《日書》甲簡 19、嶽麓〈占夢書〉簡 5 正	主謂	
52.	前鳴	周家臺《日書》簡 172 ～173	偏正	
53.	中鳴	放馬灘《日書》乙簡 181	偏正	
54.	後鳴	放馬灘《日書》乙簡 182	偏正	
55.	人定 人奠（定）人鄭（定）	睡虎地《日書》乙簡 156 放馬灘《日書》乙簡 181 周家臺《日書》簡 172～ 173	主謂	人類活動規律

透過表格內容，可知以下幾點現象：

第一、「昧霜」部分：見於清華簡〈保訓〉，原考釋者依文意增補之，簡文內容能與《書·牧誓》、《逸周書·酆保》相對照，本詞屬於楚簡繼承兩周銅器的紀時複合詞。

第二、「夋（才）旦」部分：本項紀日時稱將副詞用於時間名詞前，構成「偏正」結構的紀時詞語，表示「剛剛接近」某個時段；針對以上現象，王海棻曾提出：「時間名詞與一般名詞不受副詞修飾不同，不少可用副詞修飾」〔註14〕。

第三、出土竹簡曾出現「一義多詞」的現象：即相同概念，由兩個或多個紀時詞語去表達，例如：「人定」（十六時制）、「人鄭」（廿八時制），其中「定、奠、鄭」三字，古音皆屬「定母耕部」〔註15〕。

第四、省略現象：藉助紀日時稱相互比對，發現有此種現象，像是：周家

〔註14〕王海棻：《古漢語時間範疇辭典》（合肥：安徽教育出版社，2004年），頁 14。

〔註15〕郭錫良：《漢字古音手冊》（北京：北京大學出版社，1986年），頁 209、266、278。

臺廿八時制「雞後鳴」在放馬灘秦簡又寫作「後鳴」。

第五、秦簡在不同時稱曾使用相同術語，像是「十二時制與十六時制」相同者為「日中、日出、平旦、莫食、雞鳴」四類，而放馬灘秦簡與「十二、十六時制」出現雷同稱呼的則是「日中、日出、平旦、食時、莫食」五類，至於「廿八時制與睡虎地、放馬灘三類時稱彼此共見：「日入、日中、日出、日失、日過中、平旦、廷食、夜半、食時、蚤食、黃昏」，藉此能發現秦地人們在紀日時稱共通性、繼承性。

第六、增添動物活動規律以紀錄時間：此種現象為戰國末年秦地始見，象徵人們與動物的親密依存性，藉著觀察牛羊、雞的特性，取之作為紀日時稱，譬如：「牛羊入」、「雞鳴」等；同時，藉助「雞未鳴、雞後鳴」及「前鳴、中鳴、後鳴」，反映當時已詳細觀察雞鳴的不同時辰，並取「前、中、後」（方位名詞）來修飾「雞鳴」（時間名詞），表示「雞鳴之前」或「雞鳴之後」的時段，藉此作為刻畫夜晚時間之依據。

第七、細緻的刻畫夜間時稱：從殷商甲骨採用「夕」來指稱「整個夜晚」，到西周中期出現「夜」字以後，人們逐漸對「夜晚」紀時概念更加完善，出現了「夜三分之一、夜未中、夜中（中夜）、夜迣中、夜半、夜未半、夜莫、過中、夜過中、夜過半」等複合詞。總之，本節綜合殷商至秦代紀日時稱，發現單一紀日時稱的詞深具傳承性，並對時間概念偏向「時段」的功能；而紀日時稱的複合詞則出現「時間概念」繁化，即：

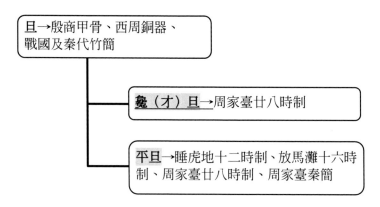

以上是單一紀日時稱「旦」演變，自殷商至秦代出土文獻皆出現之，甲骨寫作「🌅」像太陽剛出地面，用來表達「天剛亮的時段」。而該詞語至周家臺秦簡從原本單一紀日時稱「旦」細分「甕（才）旦」、「平旦」，透過〈線圖〉位

置可知，「龏（才）旦」處於「正旦」之前，皆運用狀態副詞「龏、正」來修飾「旦」（時間名詞），形成「偏正結構」紀時用詞，以表示「剛才、正當」進入「旦時」的狀態、程度。故「時間詞與時間詞不能隨意複合，能夠複合的也常有特殊的意義」〔註16〕。總之，「紀日時稱」的發展與漢語詞彙的豐富是同步的，在秦簡裡反映出人們將一日時稱「等分化」，使得紀日時稱逐漸繁複嚴密。

第二節　紀日時稱的語法功能

上一節針對殷商至秦代紀日時稱構成要素加以分析，而本處以紀日時稱所見句子作剖析，進一步釐清語法，推知紀日時稱具有以下功能：

一、用作主語

所謂「主語」為句子的主要成分，為謂語陳述的對象，而「時間名詞」（包含以時間名詞為中心的偏正詞組）常充當句子的主語〔註17〕。針對紀時詞彙當主語，何亮提出：「當時間詞語（含時點結構）位於句首，作為陳述的對象或者指明事件或狀態發生的時間，且動詞或謂語成分沒有其他名詞時，該時點詞語應該看作主語」〔註18〕。針對此種現象在出土文獻也出現相同之情況，譬如：

《合集》28514（5）

　　　于旦，亡戈？　　　　　　　　　　　　　　　　　　何一

《合集》29775

　　　于旦，王受出（祐）？　　　　　　　　　　　　　　無名

上述兩版卜辭皆見紀時詞彙作為句子主語，其中《合集》28514、《合集》29775

〔註16〕趙元任著：丁邦新譯：《中國話的文法》（香港：中文大學出版社，1980 年），頁 278。

〔註17〕張志公、劉蘭英、孫全洲：《語法與修辭》，頁 123～125。筆者案：針對本節中「主語」、「謂語」、「賓語」、「補語」、「定語」、「狀語」之定義說明，源自《漢語大辭典》（光碟版）。

〔註18〕何亮：《中古漢語時點時段表達研究》，頁 91～92。

「于旦」屬「介賓詞組」，版內「旦」爲史官欲詢問事件之特定時段，兩版的句意能理解「於天剛亮時，應該沒有災禍吧」及「於天剛亮時，商王能會得保佑吧」。同時，甲骨文涉及卜雨內容，命辭常將紀時詞彙作爲「主語」，像是：

> 《合集》29272
>
> 　　旦至于昏不雨？大吉。　　　　　　　　　　　　無名
>
> 《合集》29787
>
> 　　（3）中日雨？　　　　　　　　　　　　　　　　無名

以上兩例隸屬無名組卜辭，兩版命辭內容與卜雨有關，其中《合集》29272 運用介詞「至于」連接「旦、昏」兩類紀時詞彙，作爲詢問降雨發生的時間，本版詢問「『天剛亮至黃昏』這一段時間，降雨與否」，並藉助否定詞「不」來傳遞史官內心之意圖。

西周銘文仍見「紀時詞彙」作爲主語之例子，像是：

> 〈七年趞曹鼎〉旦，王各大室。（《集成》2783，西周中期）
>
> 〈多友鼎〉甲申之脣（晨），轉于郴。（《集成》2835，屬王）

前器〈七年趞曹鼎〉中紀時詞彙「旦」表明本次冊命周王抵達大室的時間，類似句型常見於西周中、晚期冊命銘文，像是《集成》10170〈走馬休盤〉「旦，王各大室」、《集成》4287〈伊簋〉「旦，王各穆大室」及《集成》4321〈訇簋〉「旦，王各，益公入右（佑）訇」等。至春秋戰國銅器所見紀時詞彙以「夙夜」、「日夜」、「晝夜」等複合詞居多，銘內未見紀時詞彙作爲主語之用法。

其次，〈多友鼎〉「甲申之脣（晨）」作爲主語，銘內紀時詞彙「晨」串連「癸未、甲申」，用來彰顯器主（多友）於戰場上的驍勇善戰，本次戰役在第二天清晨在郴地擊潰敵軍，獲取勝利。

再者，戰國末年竹簡又以紀時詞彙作爲主語，例如：放馬灘秦簡《日書》甲種〈生子〉簡 16「平旦生女，日出生男，夙食女，莫食男，日中女，日過中男」及王家臺秦簡《日書》〈病〉簡 360「雞鳴有疾，死」，前簡反映戰國末年百姓觀念中「不同時辰對於嬰兒性別」之關連，而王家臺秦簡則陳述「若在雞鳴時分」罹患疾病，容易死亡，呈現秦地人們對疾病之擔憂。

秦代里耶秦簡同樣出現「旦、食時、日中、夕」作主語之例，譬如：

正月丁酉旦、食時，隸妾冉以來，欣發。壬手。J1（8）簡 157 背（第

三行）

正月戊戌日中，守府快行。J1（8）簡 157 背（第二行）

三月戊申夕，士五（伍）巫下里聞令以來。慶。如手。J1（16）簡 6 背

（第五行）

上述三簡首句皆見「月份＋干支日＋時辰」之句型，說明本件文書的抵達的切確時間，且簡內詳載送件者、經辦者、收受支人，呈現了秦代已確立官文書的傳遞機制，充分反映是時郵驛系統設置的完備、運作效率。

藉助以上殷商至秦代的出土材料，得知紀時詞彙在不同時代的句法功能趨向一致，皆作為「主語」之用。同時，在西周銅器的紀時詞彙也具備了「主題之功能」[註19]，其串連了上下文意，像是〈七年趞曹鼎〉「旦，王各大室」聯繫了上句「隹（唯）七年十月既生霸，王才（在）周般宮」，指出本次冊命的年份、月相、地點，從「旦，王各大室」兩句描述冊命時辰及周王的所在地，銘文再接著記載冊命典禮的過程、參與人員、賞賜等內容。而厲王時期〈多友鼎〉「甲申之脣（晨）」更將本次發生的時間作為主題，詳細描述戰爭過程，使武公及多友抵禦「嚴（玁）狁（狁）」之役，得以貫串起來。

二、用作謂語

所謂「謂語」是對主語加以陳述，說明主語怎樣或者是什麼的句子成分，而學者曾根據謂語的性質，將其劃分成「動詞性謂語、形容詞性謂語、名詞性謂語、主謂謂語」四類[註20]，而出土文獻中紀日時稱作為謂語時，一律屬於「名詞性謂語」，例如：

《合集》34071

（1）于南門，旦？　　　　　　　　　　　　　　歷一

〔註19〕曹逢甫《主題在漢語中的功能研究》指出：「主題有時給人的感覺是為後面的敘述設定一個範圍」、「主題範圍內的句子形成一個主題串，具有這種功能的主題起的就是串連作用。」（北京：語文出版社，1995 年），頁 50、97。

〔註20〕張志公、劉蘭英、孫全洲：《語法與修辭》，頁 127～135。

《合集》41662

（5）歲其<u>朝</u>？　　　　　　　　　　　　　　　　無名

以上兩版「旦、朝」置於句末，命辭內容皆與祭祀有關，其中《合集》34071「于南門」屬介賓短語，說明本次祭祀的場所，句中主語、祭祀動詞已省略，句意：（商王）詢問是否要在「天剛亮時」在南門舉行祭祀。至於《合集》41662「歲」爲祭祀動詞，語助詞「其」字，深具「猶豫不定的含意」〔註21〕，此版是史官卜問歲祭是否在「早晨」舉行；因此，上述所舉卜辭將時間詞用作「名詞謂語」，主要以表達史官詢問祭祀的確切時段。

西周銅器曾出現「朝、昧爽」兩項紀日時稱作爲「名詞謂語」之例子，即：

〈利簋〉珷（武王）征商，佳（唯）甲子<u>朝</u>。（《集成》4131，武王）

〈羪簋〉佳（唯）正月初吉丁丑<u>昚（昧）霠（爽）</u>，王才（在）宗周，各（格）大室。（西周中期）

〈利簋〉「朝」來說明武王伐紂的時段，而「甲子」爲日辰，而〈羪簋〉「昚（昧）霠（爽）」則陳述了周王冊命「羪」之時間，兩句皆以紀日時稱作爲「名詞謂語」。同時，〈羪簋〉所見「干支日＋紀日時稱」之形式，馬慶株曾提出「無順序義的時間詞不能作謂語。因爲無順序的時間詞和有順序義的絕對時間詞如果同時出現在主謂結構裡，無順序義的時間詞必須出現在絕對時間詞之前」〔註22〕，以上無順序的「干支日」皆在「朝」、「昚（昧）霠（爽）」之前，以完整地描述事件本身發生的日期、時間。

針對銅器採用「紀日時稱」作爲「名詞謂語」之語法，至春秋晚期〈蓮子受鎛鐘〉「佳（唯）十又四年參月，佳（唯）戊申亡伐昧霠（爽）」仍被人們所使用，銘首說明鑄造本器的年份、月份，再描述「日期、時辰」（戊申、昧霠）。而本器開頭兩句與西周銅器常見「王年＋月份＋干支日＋月相」句型有別，並將「月份」、「干支日」以發語詞「佳（唯）」加以區隔，增添了紀時用語「昧霠（爽）」，企圖強調事情發生的時段。

到了戰國時期，出土古文字材料除了銅器以外，又見竹簡、帛書，而本時

〔註21〕朱歧祥師：《殷墟卜辭句法論稿》（臺北：臺灣學生書局，1990年），頁87。

〔註22〕馬慶株：〈順序義對體詞語法功能的影響〉，《中國語言學報》第4期（1991年），頁59～83。

期銅器以「物勒工名」或「頌揚先祖」內容居多，故較少出現紀日時稱；且銅器上的「紀日時稱」也不作「謂語」之用。直到戰國末年竹簡又再度將紀日時稱用作「謂語」，像是楚地出土江陵磚瓦廠簡 2「夏屎之月庚子之<u>夕</u>」、江陵秦家嘴簡 1「甲申之<u>夕</u>」、葛陵簡乙四 5「夻=（八月）己未亥（之<u>夕</u>）」，彼此皆將「夕」字用來作爲名詞謂語，上述簡文同樣出現了「干支日＋之夕」句型，用來表達在事件發生的夜晚。

三、用作賓語

所謂「賓語」受動詞支配的成分，表示動作涉及的人或事物。在語法結構中「賓語」的經常是名詞或代詞〔註 23〕。而出土材料中紀日時稱，在句法結構中作爲賓語之用，先舉甲骨文爲例：

《合集》40513

　　　貞：尞于旦十〔牛〕？　　　　　　　　　　　　　　賓一

《英國》1182

　　　貞：尞于旦十〔牛〕？　　　　　　　　　　　　　　賓一

上述兩版命辭內容一致，其中動詞「尞」依《說文》「紫祭天也」之解〔註 24〕，屬於殷商常舉行的祭祀之一；而「于旦」可分析成「介賓」結構，用來描述本次商王舉行尞祭的時間，版內紀日時稱「旦」作爲賓語。

另外，兩周銅器紀日時稱皆不作爲賓語之用，而戰國竹簡延續過去的用法出現「介賓短語」，即《上海博物館藏戰國楚竹書（六）》〈用日〉簡 15「宦于軺（朝）<u>夕</u>」。

四、用作補語

所謂「補語」，其位於謂語之後，對謂語起修飾作用，並說明動作行爲的結果、趨向、程度以及其他有關情況〔註 25〕。而殷商出土材料已出現紀日時稱作

〔註 23〕張志公、劉蘭英、孫全洲：《語法與修辭》，頁 143～144。

〔註 24〕〔漢〕許慎：〔清〕段玉裁注：《說文解字注》十篇上，頁 485。

〔註 25〕楊伯峻、何樂士提到：「補語按其與謂語的語意關係可以分結果補語、趨向補語、程度補語、狀態補語、處所補語、時間補語、數量補語、人事補語、原因補語九類」，

爲補語，以表示動作持續時間，即：

《合集》23419

　　己酉卜，即貞：告于母辛，**叀蔑**？十一月。　　　　　　出二

《合集》13613

　　（1）旬**虫希**？王疾首，中日羽。　　　　　　典賓

在《合集》23419 命辭「蔑」爲「早晨時分」，其中「告」爲祭祀動詞，屬於殷商王室每每在出巡狩獵、選將出征、敵國侵擾和災禍降臨施以此類祭祀；也屬一種攘災除禍的「由辟」之祭，有告必有請，告以災禍則請除袪之〔註26〕。同時，版內句末「**叀蔑**」兩字作「告于母辛」之補充，命辭是史官「即」詢問：商王是否要在早晨時分向先妣「辛」舉行「祰祭」。至於《合集》13613 驗辭「王疾首」描述商王頭部罹患疾病，而「中日羽」則是補充說明本次疾病的治療時間。

　　兩周銘文中紀日時稱不作爲補語之用，至戰國末年竹簡再度將紀日時稱作爲補語，像是：睡虎地秦簡《秦律十八種》〈行書〉簡 184「行傳書、受書，必書其起及到日月夙莫」，句中「夙莫」爲補充說明謂語中心「書」，簡文反映秦地人們於傳送、接收文書時，必須詳載發文、收文之月份、日期、時辰。

　　此外，清華簡〈耆夜〉簡 12「日月亓（其）**穛**（邁），從**朝迡**（及）**夕**」，當中運用紀日時稱「朝、夕」以補充謂語中心「穛」（勉勵），說明主語「武王」辛勤於政。同時，簡內又出現介詞「從、及」來連接兩項紀日時稱，形成介詞詞組，有學者更指出「介詞結構經常作補語，很少作賓語」〔註27〕。

五、用作定語

　　所謂「定語」是指名詞或名詞性短語的修飾語，被修飾語叫中心語〔註28〕，一般來說名詞、代詞、形容詞、數量詞等都可以做定語。出土材料內紀日時稱

《古漢語語法及其發展》（修訂本）上（北京：語文出版社，2008 年），頁 48、620。

〔註26〕林小安：〈殷武丁臣屬征伐與行祭考〉，收入胡厚宣主編：《甲骨文與殷商史》第二輯（上海：上海古籍出版社，1986 年），頁 288～289。

〔註27〕張志公、劉蘭英、孫全洲：《語法與修辭》，頁 158。

〔註28〕楊伯峻、何樂士：《古漢語語法及其發展》（修訂本）上，頁 48。

隸屬「名詞」作爲定語，用來表示事件發生的時間，譬如：

《合集》29092

　　（1）丙寅卜，狄貞：盂田，其遷楸，朝又（有）雨？ 無名

《合集》29910

　　王其省田，昃不雨？　　　　　　　　　　　　　　無名

上述兩版皆是無名組田獵卜辭，其中《合集》29092「遷楸」能理解爲「艾殺草木」，而「盂田」說明本次進行艾殺草木的場所，至於紀日時稱「朝」則是表示艾殺草木的時辰，故命辭是史官「狄」貞問：商王到盂地農田進行艾殺草木，於「早晨時分」會遇見降雨吧！同時，《合集》29910「昃」是商王省視農田的時間，而「不雨」兩字，反映殷商人們在視察土地時，擔心遇到降雨情況。

　　西周銅器單一紀日時稱仍作爲定語，像是西周早期〈矢令方彝〉「隹（唯）十月月吉癸未，明公朝至于成周」，句中「朝」置於短語「至于成周」之前，用來表示明公到達成周的時間。同時，銅器上也曾出現複合紀日時稱爲「定語」之用法，例如：康王時期〈麥盉〉「用從井（邢）侯征事，用䢵（旋）徒（走）夙夕，鬲（獻）御事」。

　　至戰國末年紀日時稱作爲定語，較常見於竹簡，譬如：

〈病〉簡 399

　　子有病，不五日乃七日有瘳。雞鳴病，死。

〈盜者〉簡 78 背

　　酉，水也。盜者鬲而黃色，疵在面，臧（藏）於園中草下，
　　旦啓夕閉。夙得莫不得。

上述兩例同屬秦地出土竹簡（分別屬王家臺、睡虎地，皆屬《日書》之內容，反映秦地人們治療疾病、捕捉盜匪的態度，簡內紀日時稱雞鳴、夙、莫表示時間特徵。前者描述在「子日」如果生病，之後的五到七天若疾病無法獲得痊癒，則容易在「天明之前」（雞鳴時分）死亡；後者「夙得莫不得」五字，用來說明「酉日」適合捕捉盜者的時間。

六、用作狀語

　　所謂「狀語」是指句子內用來描寫、限制謂語中心，在動詞、形容詞前邊

的表示狀態、程度、時間、處所等等的修飾成分，其中「形容詞、副詞、表示時間或處所的名詞」都可以作狀語。而出土材料的「紀日時稱」一般是對謂語中心加以描述居多，以殷商甲骨文爲例：

《合集》22721

（1）甲戌卜，尹貞：王賓枳禳，亡𡆥？ 出二

《合集》24348

丙寅卜，行貞：翌丁卯父丁莫歲：宰？ 出二

上述兩版內容同屬「出組二類」祭祀甲骨，又見「紀日時稱＋祭祀動詞」之辭例，用來表示本次祭祀的時間。其中《合集》22721 祭祀動詞「禳」（謂語）字，羅振玉認爲是字具有「持酉以祭」之意〔註29〕，而「枳禳」描述本次商王於「掌燈時分舉行持酉以祭」，類似上述辭例也出現在何組一類《合集》27042正「辛酉卜，宁貞：王賓夕禳，亡尤」。

此外，針對《合集》24348 祭祀動詞「歲」乃是殷人一年之中每月都舉行祭祀祖先的常祭，此祭祀之目的「求雨豐年」和「求王福佑」〔註30〕，版中記載祭祀時間（日期「翌丁卯」與時辰「莫」）、受祭對象（父丁）、祭牲（宰），但主語已省略。

兩周銅器上常見紀日時稱作爲狀語，像是西周早期：

〈大盂鼎〉盂，廼詔（紹）夾死嗣（司）戎，敏諫（速）罰訟，夙（凤）夕詔（詔）我一人烝（烝）四方，寧我其遹省先王受民受疆（疆）土。

（《集成》2837，康王）

銘內「夙（凤）夕」作爲「狀語」以修飾中心語「詔（召）」字，而「詔（召）」具有「輔佐」之意〔註31〕，而賓語爲「我一人」隸屬同位語，上述是康王對器主「盂」勸勉的內容，期盼其能「從早至晚」輔佐君王。

同時，藉助〈大盂鼎〉所記載內容，可知西周早期已將單音詞相互結合，

〔註29〕羅振玉：《殷虛書契考釋》卷中，頁 17 上。

〔註30〕朱歧祥師：《甲骨文讀本》（臺北：里仁書局，1999 年），頁 123～124。

〔註31〕自清末劉心源以來，王國維、于省吾、楊樹達、陳夢家、馬承源、唐蘭、劉翔等紛紛將〈大盂鼎〉「詔」理解成「輔佐」之意，上述說法皆收錄周寶宏：《西周青銅重器銘文集釋》，頁 301～314。

構成複合詞，到西周中晚期、春秋時期銘文則常見「夙（夙）夕」、「夙（夙）夜」複合紀日時稱以修飾祭祀類內容，以彰顯器主從早到晚（勤奮）地進行祭祀，譬如：〈獄鼎〉「其日朝夕用鶉祀于乎（厥）百申（神）」（西周中期）、〈膳夫克盨〉「克其用朝夕亯（享）于皇且（祖）考」（西周晚期）、〈秦公鐘〉「余夙（夙）夕虔敬朕（朕）祀」（春秋早期），上述三例皆採用「朝夕」、「夙（夙）夕」兩項表示時間的狀語以修飾「鶉祀」、「亯（享）」、「朕（朕）祀」（中心語），語意從單純地「早晚、日夜」轉化爲「勤勉」，傳達器主自身勤奮地祭祀百神、祖先。

其次，東周銅器上紀日時稱「語序」較爲多樣化，像是春秋時期〈叔尸鎛〉「女（汝）不彖（墜）夙（夙）夜，宦蓺（執）而政事」（《集成》285）、戰國時期〈中山王𧊟鼎〉「臣宔（主）之宜（義），蓺（夙）夜不解（懈），㠯（以）譯道（導）𡊁（寡）人」（《集成》2840），兩器同樣採取「夙（夙）夜」作爲「狀語」，前者「夙（夙）夜」位於中心謂語「不彖（墜）」之後，彰顯叔尸對齊靈公之輔政態度；後者時間狀語位於謂語「不解（懈）」之前，目的在勉勵自身辛勤於政事。

再者，戰國末年至秦代竹簡仍保存紀日時稱作狀語的語法特色，像是放馬灘秦簡《日書》記載：

> 〈禹須臾所以見人日〉簡 29 辰，旦，凶。安食，吉。日失，凶。夕日，吉。（乙種）

> 〈禹須臾行日〉簡 44（上半）入月二日：旦西吉，日中北吉，昏東吉，中夜南吉。（甲種）

以上兩句的紀日時稱「旦、安食、日中、日失、昏、中夜」則屬限制性狀語，對謂語中心詞「吉、凶」從時間方面加以限制，用來說明在「辰日、入月二日」特殊時段的吉凶概況。

此外，秦簡常見與上述放馬灘秦簡相類語法，譬如：戰國末年睡虎地秦簡《日書》甲種〈吏篇〉簡 157～166 及秦代周家臺秦簡《日書》簡 245～257內容同樣採取「十二地支」爲主語，紀日時稱「朝、莫食、日中、日失時、日夕時」、「朝、晏、晝、日虒、夕」作限制性狀語，以敘述「某日」（子至亥，共 12 天）的「特殊時段」（朝、莫食、日中、日失時、日夕時、晏、晝、日

虎、夕）裡面求見長官會遇到「有後言、不言、令復見之、怒言、請後見」等狀況。

　　總之，經本節內容的分析，可將出土材料中紀日時稱句法功能，歸納爲「主語、謂語、賓語、補語、定語、狀語」六項。

第三節　紀日時稱的文字現象

　　本節針對殷商至秦代出土材料中紀日時稱加以分析，進一步釐清不同時期的文字現象，以下歸納爲「單一紀日時稱」、「複合紀日時稱」。以下依據書寫載體的差異，區分甲骨、銅器、秦簡、楚簡、帛書四大類，且因竹簡具有地域特徵，文中將其分作兩欄以顯示之，以下表格羅列各類文字構形，參見：

　　一、旦：《說文》「明也。从日見一上」〔註32〕，上述《說文》對於本義、構形解釋皆與後代理解有所不同；是字自殷商至秦代出土文物皆見，其指「太陽剛出來的時候」〔註33〕。而學者皆依文字構形，提出不同見解，例如：于省吾依甲骨文之寫法「昌」，提出該字「从日丁聲，丁旦雙聲，並端母字」〔註34〕。容庚解釋成「像日初出，未離于土也」〔註35〕。面對上述說法，季旭昇認爲皆有其理，因戰國以後兩說各有繼承〔註36〕。本文透過字表也能證明《說文新證》之是，即：

詞彙	甲骨	銅器	秦簡	楚簡	帛書
旦	《合集》28514	《集成》2829〈頌鼎〉	〔註37〕睡虎地〈法〉33	包山88	×

〔註32〕〔漢〕許慎著；〔清〕段玉裁注：《說文解字注》七篇上（臺北：漢京文化事業公司，1983年），頁311。

〔註33〕季旭昇師：《說文新證》上冊・卷七上（臺北：藝文印書館，2002年），頁540。

〔註34〕于省吾：〈釋昌〉，《殷契駢枝全編》（臺北：藝文印書館，1975年），頁10～12。

〔註35〕容庚：《金文編》卷七（北京：中華書局，1985年），頁459。

〔註36〕季旭昇師：《說文新證》上冊・卷七上，頁540。

〔註37〕文中「睡虎地秦簡」字形、出處編號引自張守中：《睡虎地秦簡文字編》（北京：文物出版社，1994年）。

《集成》10170〈休盤〉	里耶 J1（8）158背 1.4　〔註38〕	包山 135	
《集成》4294〈揚簋〉	放馬灘《日書》甲 59	上博五〈姑〉1	
		上博五〈三〉1	

綜合上述說法，學者將「且」文字構形解釋成：（一）殷商甲骨寫作「日」（从日丁聲），是類寫法見西周銘文〈頌鼎〉「 」及戰國楚簡包山「 」、上博「 」；並於西周晚期〈揚簋〉「 」曾出現文字結體「上下顛倒」的情況。

（二）西周中期〈休盤〉將文字下方的「地形」簡省成「一」，是類寫法出現在戰國末年睡虎地、放馬灘秦簡，或秦代的里耶秦簡皆從銘文中「 」演化而來，進一步將「日、一」偏旁相連，形成「 、 、 」。

二、明：《說文》「照也，从月囧」〔註39〕，上述說法非其本義，因該字從殷商甲骨、西周銅器皆被人們作為「時稱」，指「天明之時」〔註40〕，至戰國以後竹簡、帛書卻不作「時稱」之用，文字寫法參見下表：

詞彙	甲骨	銅器	秦簡	楚簡	帛書
明	《合集》19607	《集成》2839〈小盂鼎〉	×	×	×

藉助表內文字構形，可知：殷商「 」寫作「从日从月」，至西周早期〈小盂鼎〉「 」承襲甲骨文「 」（从囧从月）的寫法，又新增「聖明」、「光明」等語意，譬如：西周早期《新收》1367〈克盉〉「隹（唯）乃明乃心」、西周中期《集成》248〈癲鐘〉「癲不敢弗帥且（祖）考，秉明德」、西周晚期《新

〔註38〕文中「里耶秦簡」字形、出處編號源自田忠進：《里耶秦簡隸校詮譯與詞語匯釋》〔附錄一〕（湖南：湖南師範大學漢語言文字學碩士學位論文，2010 年），頁 297、315、319、334。

〔註39〕〔漢〕許慎著；〔清〕段玉裁注：《說文解字注》七篇上，頁 317。

〔註40〕季旭昇師：《說文新證》上冊・卷七上，頁 552。

收》1556〈乍冊封扃〉「乍（作）冊封異井秉明德」、春秋中期《集成》4315〈秦公簋〉「穆穆帥秉明德」、戰國晚期《集成》9735〈中山王𗱅壺〉「以明闢（辟）光」。

三、朝：《說文》「旦也，从倝舟聲」[註41]，依上說「旦、朝」皆指「太陽剛出來的時候」。該字自殷商至秦代被作爲「時稱」，而不同時期的寫法，詳見下表：

詞彙	甲骨	銅器	秦簡	楚簡	帛書
明	《合集》23148	《集成》2837〈大盂鼎〉	睡虎地《日書》甲159	包山145	帛甲8
	《合集》33130	《集成》9901〈媿令方彝〉	里耶 J1（9）984背1.2	九店71	
			周家臺《日書》245	上博六〈用〉15	
				清華一〈耆〉12	

從上表可知，殷商甲骨「朝」寫作「𗱅、𗱅」二形，而學者解釋爲「日已出莽中而月猶在天」[註42]，並以「𗱅」寫法較爲常見，故「𗱅」可視爲「𗱅」的繁化。

西周早期銘文「朝」之寫法與殷商甲骨有別，其將甲骨文（𗱅）「从夕偏旁」改作「川、川、川」諸形，何琳儀《戰國古文字典：戰國文字聲系》曾分析銅器之構形「从川、从日，艸聲，爲『潮』之初文」[註43]。至於，晚周銅器〈仲殷父簋〉寫作「𗱅」，左側偏旁訛化成「從車之形」；而季旭昇《說文新證》根據古文字「朝」的形體，探討小篆「朝」（从倝舟聲）由來，即「𗱅（春戰石鼓）：石鼓文進一步加『倝』，右旁聲化從『舟』」[註44]。

[註41] 〔漢〕許慎著；〔清〕段玉裁注：《說文解字注》七篇上，頁311。

[註42] 商承祚：《殷虛文字類編》卷七（北京：北京圖書館出版社，2000年），頁3。

[註43] 何琳儀：《戰國古文字典：戰國文字聲系》（北京：中華書局，1998年），頁187。

[註44] 季旭昇師：《說文新證》下冊（臺北：藝文印書館，2004年），頁298～299。

　　戰國晚期秦地睡虎地與周家臺《日書》「朝」寫作「朝、朝」，而楚地出
土竹簡也見類似之形，像是九店楚簡「朝」。但同屬戰國晚期的出土楚簡、帛
書更出現了「朝」字右側偏旁「从川」之寫法，分別在清華簡「朝」、包山簡
「朝」、楚帛書「朝」。其中，有學者已指出楚帛書的寫法與西周早期〈盂鼎〉
相同〔註45〕。因此，藉助簡帛「朝」之寫法，反映出戰國末年文字相互影響，
故在秦、楚呈現相同的文字構形。

　　四、夙（夙）：《說文》「早敬也。从丮，持事；雖夕不休：早敬者也」
〔註46〕，而有學者試圖以文字構形來補充《說文》之語意，即「甲骨文从丮、
从月，會拂曉殘月在天，人有所執持早起之意」〔註47〕。上述內容根據甲骨
文之寫法所提出的觀點，是字在殷商已作為時稱，有「早」之意；若分析不
同時期寫法，見：

詞彙	甲骨	銅器	秦簡	楚簡	帛書
夙	《合集》26897	《集成》2830〈師酉鼎〉	睡虎地《日書》甲79背	上博二〈民〉8	×
		《集成》2837〈大盂鼎〉	睡虎地〈秦〉184	上博五〈季〉10	
		《集成》集成2789〈㠱方鼎〉			
		《集成》4331〈茻伯歸夆簋〉			
		《集成》2840〈中山王䏮鼎〉			
		《集成》2816〈伯晨鼎〉			

〔註45〕曾憲通：〈楚帛書文字編〉，收入《楚帛書》（香港：中華書局，1985年），頁285。

〔註46〕〔漢〕許慎著；〔清〕段玉裁注：《說文解字注》七篇上，頁318。

〔註47〕黃德寬等著：《古文字譜系疏證》（一），頁670。

表內甲骨文寫作「𣅉」（从夕从卂），而周代銅器依舊延續殷商甲骨「夙」的寫法，像是〈師𩛥鼎〉「𩇨」，人們始將原本「从卂」（卩）下方之足譌作「女形」，遂見「从帚」的偏旁構形（𩇨）；至戰國〈中山王𩵚鼎〉「𠂔」在原有文字「𩇨」基礎上增添複筆之裝飾〔註48〕。此外，西周銅器「夙」也曾出現「形符互作」之情況，是字右側「从夕偏旁」與義近的「从月」表意偏旁相替換，例如：𣏾《集成》集成2789〈𢧱方鼎〉。此種現象亦見戰國末年睡虎地秦簡「骨」（从月从卂）。

　　戰國竹簡「夙」能明顯感受到地域差異，表中睡虎地秦簡將右側从卂偏旁寫作「几」，已失人形，面對此類偏旁寫法，黃德寬認為是「隸變」所致〔註49〕。至於楚簡「夙」寫作「𢙒、𢘲」，前類書體繼承西周銘文「𩇨」之寫法，而「𢘲」與「夙」非相同字源，其與「夙」屬「同音借用」關係〔註50〕，後被《說文》（𠄔）古文加以收錄。

　　五、早：《說文》「晨也。从日在甲上」〔註51〕，其自戰國晚期（約 B.C.314年或 313 年）晉系「平山三器」已作為紀日時稱，而各時期的文字寫法，參見字表：

詞彙	甲骨	銅器	秦簡	楚簡	帛書
早	《合集》5059	《集成》2840〈中山王𩵚鼎〉	睡虎地《日書》甲 14（通「早」）〔註52〕	包山 58	×
	《花東》267			上博四〈曹〉32	

〔註48〕何琳儀：《戰國文字通論（訂補）》第四章「戰國文字形體演變」（南京：江蘇教育出版社，2003 年），頁 259。

〔註49〕黃德寬等著：《古文字譜系疏證》（一），頁 670。

〔註50〕季旭昇師：《說文新證》上冊・卷七上，頁 556～557。

〔註51〕〔漢〕許慎著；〔清〕段玉裁注：《說文解字注》七篇上，頁 305。

〔註52〕〈秦律十八種〉簡 2 出現「早」，並非紀時之「早」，詳見睡虎地秦墓竹簡整理小組編：《睡虎地秦墓竹簡》（北京：文物出版社，1990 年），頁 19～20。但是字被《睡虎地秦簡文字編》誤收入「早」字（頁 103），應修正之。

從表格中清楚看出，殷商甲骨「🌿」本像枝莖柔弱的植物之形，陳劍根據文意研判「🌿」讀爲早晨之「早」〔註53〕；至於《花東》267「🔺」釋爲「早」則是假借關係。上述兩種「早」之構形，前者寫法未見繼承，後者「🔺」則被人們所使用，並新增「虫旁」作「蚤」〔註54〕。

　　至於，古文字「早」字，季旭昇師除了探究古文字之構形以外，認爲：戰國晚期銅器〈中山王𡱝鼎〉出現「棗」（🔺）爲「早」之專義字，是字「從日從棗」，屬「早晚」義的專門字。而楚系文字「🔺」可視爲「棗」的異體字，並提到以下內容〔註55〕：

> 到了秦代，與現在「早」字相同的字形才開始出現。睡虎地秦簡有兩個「早」字，〈秦律〉五「邑之斯（近）早（皁，指牛馬圈）」、〈秦律〉二「早（皁之訛字）及暴風雨」，二字都不能釋爲「早」義；眞正當釋爲「早」義的見〈日書〉甲種一四正貳「利棗（早）不利莫（暮）」，假「棗」爲「早」（當承「棗」）。

透過上述內容分析，使我們瞭解古文字「早」的來源；也說明秦簡「棗」與「早」屬於假借關係，文字構形上繼承了戰國中山王器「🔺」之寫法。因此，睡虎地秦簡表示「早晨之『早』」，寫作「棗」（棗），其中「棗」、「早」皆屬精母幽部，兩字雙聲疊韻，彼此屬於「同音假借」〔註56〕。

　　六、晨：《說文》「早，昧爽也。從臼從辰。辰，時也。辰亦聲。卂夕爲㘱，臼辰爲晨，皆同義。凡晨之屬皆從晨」〔註57〕，書中將「晨」理解爲「早晨」，其相當於「昧爽」時分。此字於甲骨、銅器等出土文物的寫法，詳見下表：

詞彙	甲骨	銅器	秦簡	楚簡	帛書
晨	（晨）《合集》22610	（晨）《集成》2835〈多友鼎〉	（晨）睡虎地《日書》甲77	葛陵零307	×

〔註53〕陳劍：〈釋造〉，《甲骨金文考釋論集》，頁176。

〔註54〕季旭昇師：〈談談訓詁學如何運用古文字〉，《東海中文學報》第23期（2011年7月），頁163。

〔註55〕同上註，頁161～165。

〔註56〕劉鈺、袁仲一編著：《秦文字通假集釋》（西安：陝西人民教育社，1999年），頁570。

〔註57〕〔漢〕許愼著；〔清〕段玉裁注：《說文解字注》三篇上，頁106。

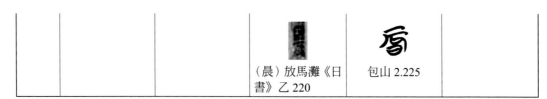

			 （晨）放馬灘《日書》乙 220	 包山 2.225	

從表內「」，可知甲骨文該字偏旁从林从辰，其象「大辰星在草木叢中，以表示天色將曉的天象」〔註 58〕。同時，上表各類的古文字寫法，發現「晨」在甲骨、銅器、竹簡寫法不同，分別「从林从辰」、「从夕从辰」、「从日从辰」，彼此相通的是「聲符」（从辰）部分。

兩周銅器「晨」作「紀時」之用，出現於西周晚期「」（㫳），此類寫法僅見於該器，但藉助銘文上下文意依舊能確認「甲申之㫳」中「㫳」理解爲「早晨時分」，相同用法見於《詩・小雅・庭燎》「夜如何其，夜鄉晨」。鄭玄箋：晨，明也」。

戰國時期秦地睡虎地、放馬灘對「、」之寫法，在刻畫文字中吸取方直省減，加上書寫工具「毛筆」的柔軟特質，使得整體文字結構略帶有波挑筆意，近於「隸書」〔註 59〕。至於楚地「晨」與秦簡同樣寫作「从日从辰」，並將「从日偏旁」置於「辰」之下，成爲「」（上从辰下从日），針對戰國「晨」之偏旁位置變異，何琳儀已提出「戰國文字有从『日』从『辰』的字，『日』形或在『辰』上，或在『辰』下，並無區別」〔註 60〕。

七、昃：《說文》「日在西方時。側也。从日仄聲」〔註 61〕，具「日偏西人影傾斜」之意。下列是甲骨之寫法，即：

詞彙	甲骨	銅器	秦簡	楚簡	帛書
昃	 《合集》20421  《合集》20966	×	×	×	×

〔註 58〕季旭昇師《說文新證》上冊・卷三上，頁 170～171。

〔註 59〕陳昭容：《秦系文字研究》，頁 11。

〔註 60〕何琳儀：《戰國古文字典：戰國文字聲系》，頁 133。

〔註 61〕〔漢〕許愼著；〔清〕段玉裁注：《說文解字注》七篇下，頁 308。

表格內說明「昃」於殷商作為紀日時稱，羅振玉、葉玉森、裘錫圭皆探討過文字構形，而《說文新證》綜合各家之說，提出「𣅉、𣅉」表達出「日在西方的日昃之時」（會意），至於《合集》20957「𣅉」為形聲字（從「矢聲」），金文「𣅉」與甲骨同形〔註62〕。上述金文為春秋晚期銅器《集成》11123〈滕侯栖戈〉，寫作「𣅉」，但該字作「人名」之用，並非用來紀錄時辰。而戰國末年包山簡266、郭店簡〈語叢四〉簡12也出現「𣅉、𣅉」，均非作為「紀日時稱」，其讀作「側」〔註63〕。

　　此外，殷商紀日時稱「昃」至戰國末年出土秦簡改成「則」，像是放馬灘秦簡《日書》乙簡142「日則」及甲種簡17「日下則」，其中「昃、則」古音屬於「莊母職部」及「精母職部」〔註64〕，兩字韻部相同，屬假借之關係。

　　八、莫：《說文》「日且冥也。從日在茻中」〔註65〕，以上說明了構形，卻未說明文字本義，該字具「黃昏日落西方」〔註66〕。下列表格呈現「莫」之寫法，參見：

詞彙	甲骨	銅器	秦簡	楚簡	帛書
莫	《合集》23206 《合集》27274 《合集》32485	《集成》144〈越王者旨於賜鐘〉	睡虎地《日書》甲100背 嶽麓〈占夢書〉簡1	包117 包58	×

〔註62〕上述三位學者對「昃」字之說法，已收入季旭昇師《說文新證》上冊‧卷七上，頁535。

〔註63〕黃德寬等著：《古文字譜系疏證》（一），頁230。

〔註64〕郭錫良：《漢字古音手冊》，頁21～22。

〔註65〕〔漢〕許慎著；〔清〕段玉裁注：《說文解字注》一篇下，頁48。

〔註66〕季旭昇師：《說文新證》上冊‧卷一下，頁65。

《合集》40975				
《屯南》2383				
《花東》286				

藉助上表可知：「莫」在殷商甲骨出現六類異體，藉助偏旁分析加以歸納成：「茻、茻」（從茻從日）、「茻」（從二茻從日）、「茻」（從二禾從日）、「茻、茻」（從二茻從日，增隹）四大類；其中「茻、茻」，季旭昇《說文新證》曾對構形加以解釋「在華北平原看到的景象是太陽落在草莽或叢林之中」〔註67〕。至於其他不同寫法，透過甲骨文例之比對，可知彼此同樣是時稱「莫」，其中「茻」從二禾與從茻偏旁相互通用；而「茻、茻」則是在原本「茻」文字結構上增添「隹形」，其屬於文字繁化，所增隹形偏旁，尤仁德認為其象徵「禽鳥莫時投林棲宿」，欲表示昏夜即將降臨之意〔註68〕。

另外，西周晚期《集成》10176〈散氏盤〉「至于堆莫」及春秋《集成》10342〈晉公盨〉「至于大廷，莫不俾王」雖出現「莫」字，但兩者均非時稱，前者作「地名」〔註69〕，後者則是「否定詞」。目前所見銘文「莫」作為紀時之用，惟有春秋〈越王者旨於賜鐘〉「茻」。

戰國秦簡「莫」字下方所從「二茻」常譌作類似「丌形」，像是：睡虎地《日書》乙156 茻、放馬灘《日書》甲16 茻、周家臺《日書》245 茻，上述三批秦簡「莫」下部的「茻」形譌成「丌」，到東漢隸書華山廟碑「莫」寫作「莫」，其下方「二茻」再形訛為「大形」〔註70〕。綜合來看，上述秦簡的書手將「莫」字下方「二茻」拉成直線，藉著筆勢隸變，使得「茻」偏旁逐漸成為「丌形」。

〔註67〕 季旭昇師：《說文新證》上冊・卷一下，頁65。

〔註68〕 尤仁德：〈古文字研究雜記四則〉，《考古與文物》第1期（1984年），頁107。

〔註69〕 黃德寬等著：《古文字譜系疏證》（二），頁1683。

〔註70〕 同註67。

　　九、晝：《說文》「日之出入，與夜爲界。从晝省，从日」〔註71〕；從出土銅器、竹簡的上下文例加以研判，是字用來泛指「白天」。不同時期之寫法，參見以下字表，即：

詞彙	甲骨	銅器	秦簡	楚簡	帛書
晝	×	《集成》4317〈讄簋〉	睡虎地《日書》甲166正 　 嶽麓〈占夢書〉簡1	×	帛甲8

從表格未見殷商「晝」字，而卜辭曾出現「」2次，但卻侷限原甲骨片的內容已殘闕，無法研判是否作爲時稱，即《合集》22942（2）「□□卜，大〔貞〕：□舌于父丁□今晝□」及《屯南》2392「□晝□」。

　　出土材料「晝」作爲「白天」之用，始出現於西周晚期〈讄簋〉，是字與「夜」相結合，進而構成複合詞。到戰國末年秦地竹簡、楚地帛書皆見「晝」字，其中睡虎地《日書》「晝夕」承襲西周晚期之用法，將代表白天「晝」與反義詞「夕」相互結合。

　　同時，透過字表可發現「晝」於構形上的差異，金文「」與楚帛書「」寫法相類，其中帛書將銘文「」下方增添一橫畫，形成「」，但彼此皆「从聿从日」。而放馬灘秦簡、嶽麓秦簡則是在「从日」偏旁下方新增橫畫，進一步成爲「、」。

　　十、昏：自殷商已被人們用來紀時，描述「天剛黑的時候」。而根據《說文》「日冥也。从日氐省。氐者，下也。一曰民聲」〔註72〕，從上述「从日氐省、从日民聲」說明許愼已見「昏」之異體字；是字在甲骨、竹簡，寫作：

詞彙	甲骨	銅器	秦簡	楚簡	帛書
昏	《合集》29092	×	放馬灘《日書》甲17	葛陵甲三109	×

〔註71〕〔漢〕許愼著；〔清〕段玉裁注：《說文解字注》三篇下，頁118。

〔註72〕〔漢〕許愼著；〔清〕段玉裁注：《說文解字注》七篇下，頁308。

《合集》29795				

表格內殷商甲骨寫作「🔺、🔺」、楚簡「🔺」（从日从氏），文字上方所「从氏」偏旁，《古文字譜系疏證》試圖解釋其構形，並提出「氏訓至、訓止、訓下……日下即黃昏」，將「昏」從原本《說文》「形聲」修訂為「會意」，因太陽落下後，天色逐漸變黑〔註73〕。至於，《說文》另一說「从日民聲」的構形，仍被保存放馬灘秦簡。

關於「昏」字，在兩周銅器銘文不作「紀時」之用，至戰國末年竹簡才再度被人們作為時稱，譬如：放馬灘秦簡《日書》「■」（从日从民）及新蔡葛陵簡「🔺」（从日从氏）。其中，秦簡上方「从氏」偏旁訛成「从民」之形，其與聲化作用有關，因「昏」（*xmwən）、「民」（*mjiən）上古音分別屬「曉紐文部」及「明紐文部」，兩者古音聲韻相近〔註74〕。

十一、夕：《說文》「莫也。从月半見」〔註75〕。是字從殷商至秦代皆見其作為「時稱」，表示「夜晚」之意，文字構形參見下表：

詞彙	甲骨	銅器	秦簡	楚簡	帛書
昏	《合集》24276	《集成》2837〈大盂鼎〉	睡虎地《日書》甲71背	秦家嘴 M99	帛甲 8
	《合集》17056	《集成》3964～3970〈仲殷父簋〉	嶽麓〈占夢書〉簡3	天卜	
		《集成》9735〈中山王𰯎方壺〉		九店 71	
				磚瓦場 3	
				上博五〈姑〉1	

〔註73〕黃德寬等著：《古文字譜系疏證》（四），頁3604。

〔註74〕季旭昇師：《說文新證》上冊・卷七上，頁536。

〔註75〕〔漢〕許慎著；〔清〕段玉裁注：《說文解字注》七篇上，頁318。

				清華一〈耆〉12

從表格中可知：甲骨、金文「𝕯」取象於「月亮」﹝註76﹞，其與「月」（𝕯）往往有混用之現象，必須藉助上下文例加以分辨；直到戰國時期秦地、楚地竹簡才明顯將「夕、月」區隔。

戰國銘文隸屬晉系的〈中山王響方壺〉「𝕯」與常見「夕」字寫法有所不同，其將原本「夕」的文字結構拉長、末筆彎曲，並增添「ﭏ」別嫌符號，而上述符號對原有文字的表意功能毫無影響，僅具單純的區別之用。此外，長沙子彈庫戰國楚地出土帛書〈乙篇〉「夕」字，寫作「ﭏ」，文字筆畫稍殘，但歷經嚴一萍的考釋後，學界目前一致傾向是批材料簡8第10字釋讀成「又（有）畫又（有）夕」﹝註77﹞。

十二、夜：《說文》「舍也。天下休舍也。从夕，亦省聲」﹝註78﹞，上述《說文》訓解並非本義。目前出土文字「夜」始見西周中期銅器，指「深夜時分」，下列為該字在銅器、竹簡出現之概況，即：

詞彙	甲骨	銅器	秦簡	楚簡	帛書
夜	×	《集成》5433〈效卣〉	睡虎地〈為〉33	包山 168	×
		《集成》2836〈大克鼎〉	里耶 J1（9）981 正 2.20	包山 113	
		《集成》4289〈師酉簋〉		上博二〈昔〉4	
		《集成》2840〈中山王響鼎〉		上博五〈弟〉22	

﹝註76﹞ 季旭昇師：《說文新證》上冊・卷七上，頁555。

﹝註77﹞ 詳見（1）曾憲通：〈楚帛書文字編〉，收錄自饒宗頤、曾憲通：《楚帛書》，頁320。

（2）李零：《長沙子彈庫戰國楚帛書研究》「釋文考證」，頁84。

﹝註78﹞〔漢〕許慎著；〔清〕段玉裁注：《說文解字注》七篇上，頁318。

				清華一〈楚〉5

透過字表可知，無論銘文、簡文由「从夕、从亦」偏旁所組成，但彼此偏旁位置有別，像是西周中期〈效卣〉「夜」、西周晚期〈師酉簋〉「夜」及戰國末年虎地秦簡「夜」皆呈現「左右布局」的形式；而上博簡〈弟子問〉「夜」與包山簡「夜」則將兩類偏旁採取「上下方式」排列。

兩周銘文「夜」也曾出現異體字，像是：西周晚期〈大克鼎〉寫作「夜」，將「从亦」左側偏旁「丿」筆畫加以省略；至戰國晚期〈中山王𰒂鼎〉「夜」則把原本平直的筆畫加以彎曲成「ㄅ、乀」，增添文字藝術性，使得偏旁更加勻稱。戰國早期銘文〈𡚽簋壺〉「日炙（夜）不忘」（《集成》9734），器內「夜」寫作「炙」，是字構形不同一般銘文的寫法，針對「炙（夜）」之解析，馬承源認為：「此字从夕、亦省，亦所省為上部，借夕為下筆，合為一體、亦下半篆體似火」（《商周青銅器銘文選》卷四，頁579）。

十三、宵：始出現楚帛書，依《說文》「夜也。从宀，宀下冥也；肖聲」〔註79〕，出土資料的文字演變，參見下表：

詞彙	甲骨	銅器	秦簡	楚簡	帛書
宵	×	×	×	×	宵 帛甲8

從表內可知「宵」作「時稱」源自戰國楚帛書，〈乙篇〉簡8寫到「思（使）又（有）宵又（有）朝」，當中「宵」與「朝」相對，用來指涉「夜晚」。

綜合以上十三項紀日時稱，可知時代演變及書寫載體的差異，文字遂有不同的寫法，且伴隨人們語言的進步，紀日時稱日益增加，像是：西周中期銘文始見「夜」、戰國末年楚帛書出現「宵」字。同時，紀日時稱與「語境」密切相關〔註80〕，像是「昃、莫」等字，因語意、人們使用的習慣有別，遂使「昃」

〔註79〕〔漢〕許慎著；〔清〕段玉裁注：《說文解字注》七篇下，頁344。

〔註80〕石雲孫〈論語境〉提到：「『語境』依其使用狀態，區別『語意語境』、『語用語境』兩類，前者指的上下文與篇章大義間關連；後者則是指『語言』於實際使用下，所涉及語言環境，包含『客觀』的時間、地點、場合、國際形勢，及『主觀』說話者的身份、思想、人格特質等因素」。收錄在《語境研究論文集》（北京：北京

在殷商以後不被人們用來紀錄時間；而「莫」字於周代銘文除了有「黃昏日落西方」之意，尚具「否定詞、地名」等不同之用法。

藉助以上內容分析，得知殷商至秦代時稱，能歸納的文字現象〔註 81〕，有：

1. 文字假借：像是戰國銅器「思」假借成「夙」，戰國晚期楚簡「㦰」也「同音借用」。

2. 文字繁化：包含（1）增繁偏旁：殷商甲骨「莫」增加「隹形偏旁」形成「蟇」字，是字至春秋時期銘文〈越王者旨於賜鐘〉「![字]」不同，前者是在原本「莫」字上方增添「鳥形偏旁」，後者「鳥紋」非偏旁，其僅具美術功能。（2）增繁無義偏旁：其指「在文字中增加形符，然而所增形符對文字表意功能不起直接作用」（《通論》，頁 215～216），像是戰國末年天星觀楚簡 40「夜中又（有）瘏（續）」，將「中」加上形符「宀」，進一步寫作「![字]」。（3）增添筆畫：戰國〈中山王譽方壺〉「![字]」則出現別嫌符號「![符]」，文字所增添的筆畫對表意功能並無影響，主要是作為區別之用。

3. 文字簡化：包含（1）單筆簡化：其指「原本不該有缺筆的字減少一筆，諸如橫筆、豎筆、斜筆、曲筆等」，所簡省之部分並不影響文字的總體結構（《通論》，頁 203）。上述文字現象出現於西周晚期〈大克鼎〉「![字]」，是字將「從亦」偏旁「![符]」加以簡化。（2）合筆借用：其指「合文借用筆畫，則是兩個字之間的筆畫共用」，其在戰國文字出現頻率甚高，有時會在合文右下角加合文符號「＝」（《通論》，頁 211）。以上情況出現在新蔡葛陵簡甲三 134、108「庚午夊（之夕）內齋」，其中「夕」與前一字「之」合文借用筆畫，寫作「夊」。

4. 文字異化：包含（1）方位互作：指「文字的形體方向和偏旁位置的變異」（《通論》，頁 226），舉例來說：西周晚期〈揚簋〉「![字]」曾出現

語言學院出版社，1992 年），頁 82～102。

〔註81〕筆者案：本節對於「文字現象」之定義，源自何琳儀：《戰國文字通論（訂補）》第四章「戰國文字形體演變」，且為避免註腳大量的重複，採取隨文標註（即《通論》，頁碼）。

文字形體「上下互作」之情況，相類之情況也出現在竹簡「晨」字，其在楚簡與秦簡一致寫作「从日从辰」，楚地將「从日偏旁」置於「辰」之下，成為「晨」包山 2.225（上从辰下从日），而秦地在偏旁位置明顯與楚地相反，寫作「晨」睡虎地《日書》甲 77（上从日下从辰）。（2）形符互作：其指「合體偏旁，尤其形聲字形符，往往可以與其義近的表意偏旁替換」且在形符互換後，意義不變（《通論》，頁 229）。兩周時稱中也出現此類現象，像是：西周銘文「夙」寫作「夙」與「明」二形，左側偏旁分別「从夕、从月」，屬於「義近的表意偏旁替換」。至於屬王時期〈多友鼎〉「夤」（夤，从夕辰聲）與戰國包山簡「晨」（唇，从日辰聲），形符偏旁「从夕」變成「从日」，是字聲符（辰聲）並無改變，亦屬形符互作之例。（3）形音互作：又可分為「誤形為音、易形為音」兩類，前者指「借用形符稍加變化，使其成為音符，其本質為『訛變』」，後者則是「以音符代替會意字的某些偏旁，使其成為形聲字」（《通論》，頁 240）。上述兩類文字現象皆在時稱中出現，針對「誤形為音」部分，以簡文「昏」為例，是字寫作「昏、昏」、「昏」（从日从氏），而秦簡將上方「从氏」偏旁訛變為「从民」的「昏」。至於「易形為音」則出現在時稱「朝」字，該從甲骨的（朝）「會意字」進而演變為（朝、朝）「形聲字」。

綜合上述的分析，使讀者能瞭解甲骨、銅器、簡帛在時稱所見文字現象。另外，本文也整理出土文物的複合詞，透過表格來呈現，其中表內已排除由單一紀日時稱構成之詞組，譬如：兩周銘文「夙夜、夙夕、晝夜」等詞彙，共計 67 種，分別是：

編號	詞彙	甲骨文	銅器銘文	楚簡文字	秦簡文字
1.	大食	 《合集》20961	×	×	×
2.	食日	 《屯南》42	×	×	×

3.	中日	《屯南》42	×	×	×
4.	闌昃	《合集》20962	×	×	×
5.	小食	《合集》21021	×	×	×
6.	章兮	《合集》29801	×	×	×
7.	大采	《合集》21021	×	×	×
8.	小采	《合集》20397	×	×	×
9.	中彔	《合集》35344			
10.	昧霽	×	《集成》2839〈小盂鼎〉 《集成》4240〈免簋〉	上博四〈內〉8 〔註82〕清華〈保訓〉1	×

〔註82〕上博簡、清華簡「昧」字下方皆殘闕，原釋文依文例增補之，詳見（1）馬承源主編：《上海博物館藏戰國楚竹書（四）》〈內豐〉（上海：上海古籍出版社，2004年），頁 227。（2）清華大學出土文獻研究與保護中心編、李學勤主編：《清華大學藏戰國竹簡（壹）》〈保訓〉（上海：中西書局，2010年），頁144。

			《集收》513～516 〈蓮子受鎛鐘〉		
11.	鼜旦	×	×	×	周家臺《日書》170 周家臺《日書》171
12.	平旦	×	×	×	放馬灘《日書》甲16 周家臺《日書》169
13.	日出	×	×	×	睡虎地《日書》乙156 放馬灘《日書》甲16 周家臺《日書》168
14.	日出時	×	×	×	周家臺《日書》166 周家臺《日書》165 周家臺《日書》164
15.	大辰（晨）	×	×	×	放馬灘《日書》乙179
16.	食時	×	×	×	睡虎地《日書》乙156

					 放馬灘《日書》乙 184 周家臺《日書》164 周家臺《日書》163
17.	蚤食	×	×	×	 放馬灘《日書》乙 181 周家臺《日書》165 周家臺《日書》164
18.	夙食	×	×	×	 放馬灘《日書》甲 16
19.	安食	×	×	×	 放馬灘《日書》乙 188
20.	晏食 〔註 83〕	×	×	×	 周家臺《日書》163 周家臺《日書》162
21.	莫食	×	×	×	 睡虎地《日書》乙 156

〔註 83〕 「晏食」在睡虎地秦簡《日書》甲 166 正省略爲「晏」，寫作「」。

					放馬灘《日書》甲 16
					周家臺《日書》245
22.	廷食	×	×	×	周家臺《日書》163
					周家臺《日書》162
23.	東中	×	×	×	放馬灘《日書》乙 183
24.	日未中	×	×	×	周家臺《日書》162
					周家臺《日書》161
					周家臺《日書》160
25.	日中	×	×	×	睡虎地《日書》甲 98 背
					放馬灘《日書》乙 142
					周家臺《日書》245

				 周家臺《日書》162 周家臺《日書》161
26.	日過中	×	×	×	 周家臺《日書》163 周家臺《日書》162 周家臺《日書》161 放馬灘《日書》乙 142
27.	過中	×	×	×	 放馬灘《日書》乙 185
28.	西中	×	×	×	 放馬灘《日書》乙 185
29.	日失	×	×	×	 放馬灘《日書》乙 183 周家臺《日書》163 周家臺《日書》162
30.	日厬	×	×	×	 睡虎地《日書》甲 166 正

31.	日則	×	×	×	放馬灘《日書》乙 142
32.	日下則	×	×	×	放馬灘《日書》甲 17
33.	日未入	×	×	×	放馬灘《日書》甲 17
34.	日未時	×	×	×	周家臺《日書》245
35.	日毚〔入〕	×	×	×	周家臺《日書》167
36.	日入〔註84〕	×	×	×	放馬灘《日書》甲 17 周家臺《日書》168
37.	日夕時	×	×	×	周家臺《日書》245

〔註84〕筆者案：睡虎地秦簡《日書》甲種〈詰〉54 背貳出現「日入」兩字，但掃瞄後圖版不清，故未將其列入字表。

38.	餔時	×	×	×	 睡虎地《日書》甲135正 周家臺《日書》164 周家臺《日書》163
39.	下餔	×	×	×	 周家臺《日書》165 周家臺《日書》164
40.	市日	×	×	×	 睡虎地《日書》甲99背 放馬灘《日書》乙184
41.	下市	×	×	×	 睡虎地《日書》乙156
42.	舂日	×	×	×	 睡虎地《日書》乙156
43.	牛羊入	×	×	×	 睡虎地《日書》乙156
44.	黃昏	×	×	×	 睡虎地《日書》乙156

					 周家臺《日書》169 周家臺《日書》170
45.	定昏	×	×	×	 周家臺《日書》170 周家臺《日書》171 （文字部分殘區）
46.	昏市	×	×	×	 放馬灘《日書》乙186
47.	昏時	×	×	×	 放馬灘《日書》乙191
48.	莫食	×	×	×	 放馬灘《日書》乙190
49.	莫市	×	×	×	 睡虎地《日書》甲97
50.	夕時	×	×	×	 放馬灘《日書》乙185 周家臺《日書》166 周家臺《日書》171

					 周家臺《日書》172
51.	人定	×	×	×	 睡虎地《日書》乙156（「定」字下方筆畫已經殘）
52.	人鄭	×	×	×	 周家臺《日書》 172周家臺《日書》173
53.	夜莫	×	×	×	 放馬灘《日書》甲17
54.	夜未中	×	×	×	 放馬灘《日書》甲17、19
55.	夜三分一	×	×	×	 周家臺《日書》173 周家臺《日書》174 周家臺《日書》175
56.	夜未半	×	×	×	 周家臺《日書》173 周家臺《日書》174

				周家臺《日書》175
57.	夜中	×	×	天星觀一40 〔註85〕	放馬灘《日書》甲19
58.	中夜	×	×	×	放馬灘《日書》乙46
59.	夜半	×	×	×	放馬灘《日書》乙182 嶽麓〈占夢書〉簡5正 周家臺《日書》174 周家臺《日書》175
60.	夜過中	×	×	×	放馬灘《日書》甲19
61.	夜過半	×	×	天星觀一40	周家臺《日書》173 周家臺《日書》174

〔註85〕表格圖片掃瞄自黃錫全：《湖北出土商周文字輯證》圖版壹柒玖（武漢：武漢大學出版社，1992年），頁286

					周家臺《日書》175
62.	雞未鳴	×	×	×	周家臺《日書》173
					周家臺《日書》174
					周家臺《日書》175
63.	前鳴	×	×	×	周家臺《日書》172
					周家臺《日書》173
64.	雞鳴	×	×	×	睡虎地〈編〉45
					放馬灘《日書》甲 19
					嶽麓〈占夢書〉5 正
65.	雞後鳴〔註86〕	×	×	×	周家臺《日書》171
					周家臺《日書》172

〔註86〕湖北省荊州市周梁玉橋遺址博物館：《關沮秦漢墓簡牘》簡 156「圖版一八」～181「圖版二十」（北京：中華書局，2001 年），頁 28～30。

66.	中鳴	×	×	×	
					放馬灘《日書》乙 181
67.	後鳴	×	×	×	
					放馬灘《日書》乙 182

藉助表格內容，本文能歸納四類現象，分別是：

第一、昧晉：自西周早期銅器始見，持續使用到戰國末年竹簡，西周銘文「昧」寫作「」（从未从日），春秋銘文「」將文字結體從原本「上下式」改爲「左右式」，並在从未偏旁增添裝飾性「・」（圓點），至戰國末年竹簡則是將銘文「圓點」改爲「橫畫」，形成「、」。再者，關於「喪」字，西周中期寫成「」（从桑从日）〔註87〕，至春秋晚期寫作「」，將原本「从日」偏旁移於文字右上方，並增添「亡聲」，進而形成「形聲字」〔註88〕。同時，該詞彙文獻寫作「昧爽」，指「日出之前」，天將明未明的明暗相雜（黎明破曉）之時；而「晉、爽」屬「同音假借」關係〔註89〕。

第二、將原本「時稱＋時」字，形成新時稱，例如：戰國末年放馬灘秦簡《日書》甲種〈生子〉簡 16「日出生男」與睡虎地秦簡《日書》乙種〈見人〉簡 156「日出卯」，至秦代周家臺〈線圖〉寫作「日出時　抵（氏）」。類似例子，尚有睡虎地、王家臺、里耶、嶽麓簡「夕」，而放馬灘《日書》乙種簡185、周家臺《日書》簡 166、周家臺《日書》簡 171～172 則寫作「夕時」。

第三、時稱彼此相異，蘊含觀念一致，包含：（一）詞序顛倒，像是：(1)殷商甲骨代表中午時分的「中日」（《屯南》42），至睡虎地《日書》甲種簡 98 背、放馬灘《日書》乙種簡 142、周家臺《日書》簡 245、周家臺《日書》簡1611～62 秦簡則作「日中」。(2) 天星觀簡 1、放馬灘《日書》甲種簡 19 皆寫

〔註87〕劉釗：《古文字構形學》（福州：福建人民出版社，2006 年），頁 191。

〔註88〕何琳儀《戰國文字通論（訂補）》提到：「『』本象形字，『』則是形聲字，至於後者是以音符代替會意字的某些偏旁，使其成爲形聲字」。頁 240。

〔註89〕古音「喪」屬「心母陽部」，而「爽」則是「山母陽部」，兩字韻部相同，參見郭錫良：《漢字古音手冊》（北京：北京大學出版社，1986 年），頁 252、263。

作「夜中」，而放馬灘《日書》乙種簡 46 作「中夜」，彼此表達概念雷同。（二）時稱相異，蘊含觀念一致：在戰國末年《日書》爲數術、納音等目的，人們刻意闡發新時稱，但時稱所代表的時間概念相同，參見：

時　稱　（出　處）			時間概念
蚤食（放馬灘秦簡、周家臺秦簡）	夙食（放馬灘秦簡）〔註90〕	×	早於「食時」
安食（放馬灘秦簡）	晏食（周家臺秦簡）〔註91〕	×	晚於「食時」
莫食（睡虎地秦簡、放馬灘秦簡、周家臺秦簡）	廷食（周家臺秦簡）〔註92〕	×	早飯過後到日中之前一段不吃飯的時間
夜中（放馬灘秦簡、天星觀楚簡）	中夜（放馬灘秦簡）	夜半（放馬灘秦簡、嶽麓秦簡、周家臺秦簡）	夜晚正中的一段時間
夜過中（放馬灘秦簡、周家臺秦簡）	過中（放馬灘秦簡）	×	夜已過中
夜過半（周家臺秦簡）	夜過中（放馬灘秦簡）	夜迡分（天星觀楚簡）	夜已過中
雞後鳴（周家臺秦簡）	後鳴（放馬灘秦簡）	×	雞鳴之後
人定（睡虎地秦簡）	人鄭（周家臺秦簡）	×	人開始休息

上述八種複合時稱，表達相同之時間概念，且「夜中」與「夜半」透過傳世文獻的記載，得知兩種時稱彼此相同，即：《國語・吳語》「吳王昏，乃戒令秣馬食士，夜中，乃令服兵擐甲，係馬舌，出火灶」。韋昭注「夜中，夜半也」。

　　至於，天星觀楚簡「夜迡分」，陳偉認爲其相當於「夜過半」，專指「晚於夜中之後的一段時間」〔註93〕，本批楚簡採用「夜中」、「夜迡分」兩種紀時用語來標誌作爲「病情轉變」之情況。同時，再從上述表格內容，可知「夜中」

───────────────

〔註90〕　學者已討論「蚤食」與「夙食」相當，參見（1）張德芳：〈懸泉漢簡中若干「時稱」問題的考察〉《出土文獻研究》第六輯（上海：上海古籍出版社，2004 年），193 頁。（2）郝樹聲、張德芳：《懸泉漢簡研究》（蘭州：甘肅文化出版社，2009 年），73 頁。

〔註91〕　蘇建洲〈試論《放馬灘秦簡》的「莫食」時稱〉認爲：「『安食』就是『晏食』。晏，晚也，是晚於『食時』的意思」，《中國文字》新卅六期（2011 年 1 月），頁 27～32。

〔註92〕　同上註。

〔註93〕　天星觀楚簡「夜中」、「夜迡分」之討論，參見陳偉：《新出楚簡研讀》（武漢：武漢大學出版社，2010 年），頁 79～80。

出現於放馬灘秦簡、天星觀楚簡，而「夜迡分」專門僅出現在楚地竹簡，藉此能瞭解秦、楚兩地在複合時稱上使用之異同。

第四、戰國末年以後複合紀時詞彙大量的出現，其與數術密切相關：像是（1）放馬灘秦簡《日書》甲種簡 16、17、19（下半部）及《日書》乙種 142～143〈生子〉「平旦生女，日出生男，夙食女，莫食男，日中女，日過中男，日則女，日下則男，日未入女，日入男，昏（昏）女，夜莫男，夜未中女，夜中男，夜過中女，雞鳴男」所出現的十六項時稱，反映了戰國時期人們觀念中「時稱」會影響「胎兒的性別」。（2）周家臺秦簡〈線圖〉「毚旦、平旦、日出、日出時、蚤食、食時、晏食、廷食、日未中、日中、日過中、日昳、餔時、下餔、夕時、日毚〔入〕、日入、黃昏、定昏、夕食、人鄭、夜三分之一、夜未半、夜半、夜過半、雞未鳴、前鳴、雞後鳴」廿八項時稱，透過簡文的記載能理解秦代人們將一日時稱等分化，並糅合陰陽五行學說和天文曆算知識〔註94〕，故〈線圖〉目的在說明「二十八宿值時的式占法」，藉此能看出秦代延續著戰國末年數術思維〔註95〕。總之，戰國末年以後人們把數術學與天文相結合，其利用二十八宿、時稱作為座標，測量日月五星等天體的運行，以考察天象的吉凶休咎，作為日常生活的參考。

總之，本章歸納殷商至秦代單一時稱的文字現象，發現具有「繁化」、「簡化」、「異化」、「同化」及「文字假借」五類，其中「繁化」部分包含「增繁偏旁、筆畫與音符（形聲標音）」，而「簡化」部分有「單一筆畫簡省、合筆借用」，前者是將文字構形省略，後者是把兩個字之間筆畫共用，像是新蔡葛陵簡「夕」與前一字「之」合文借用筆畫，寫作「亥」。

關於「異化」部分可細分為：構形本身的「方位互作」、偏旁結構的「形符互作」、文字聲符的「形音互作」三類。至於「同化」產生與文字結構的隸變有關，分別是睡虎地秦簡「殂、莫」，前字寫成「**朋、旮**」，將右側从尸偏旁寫

〔註94〕劉國勝：〈楚地出土數術文獻與古宇宙結構理論〉，收入丁四新主編：《楚地簡帛思想研究》二（湖北：武漢教育出版社，2004 年），頁 241～244。

〔註95〕劉道超提出：「以廿八宿判斷吉凶，由來甚久，至晚在戰國時期已形成體系。根據睡虎地秦簡《日書》所載，其中已有兩套不同的廿八宿吉凶系統：一是廿八宿相對固定的吉凶宜忌體系，二是廿八宿隨十二月而變化的吉凶體系」。詳見《擇吉與中國文化》（北京：人民出版社，2004 年），頁 172。

作「凡」，已失人形；而「」則將文字下方「艸形偏旁」經隸變書寫成類似「丌形」，直到秦代頒訂「小篆」以後，中國文字才趨於定型。

　　此外，也歸納殷商至秦代複合紀時詞彙，可知下列幾點現象：（一）出土文獻與傳世文獻時稱用法之別，同樣指「天將明未明的明暗相雜之時」；而出土文獻作「昧嚮」，而傳世文獻則寫成「昧爽」，其中「嚮、爽」屬「同音假借」關係。（二）人們制訂新時稱採用「時稱＋時」的方式，譬如「日出時、夕時」。（三）時稱名稱雖相異，但蘊含觀念一致，像是「夜中」（放馬灘秦簡、天星觀楚簡）、「中夜」（放馬灘秦簡）與「夜半」（放馬灘秦簡、嶽麓秦簡、周家臺秦簡），皆指「夜晚正中的一段時間」，但卻見「詞序顛倒」、「人們時稱使用之差異」。（四）複合紀時詞彙大量的出現與數術密切相關。

第七章　結　論

第一節　殷商至秦代出土文獻紀日時稱用語

　　中國自殷商以來所出現可辨識之文字，其中已有紀日時稱，裏頭蘊含先民的天文曆法、文化制度，反映了自然氣候、物候盛衰、星辰運作的變化。先秦紀時方法甚多，隨著不同時期也有著各自風貌，其爲文化傳統的一個側面。本文紀時之研究，涉及殷商至秦代文字對時間的紀錄，考察先秦出土文獻的紀時使用情況，包含甲骨、金文、竹簡的語境、語言形式，企圖瞭解不同時期人們在生活中所使用的紀時方式與紀時語言，進而體現先秦時間紀錄的文化脈絡。

　　先秦紀時之方式，宋鎮豪以二重證據爲依據，提出先秦人們曾採用「刻漏制、分段紀時制、十二辰制」來紀時，其中「十二時辰予以紀時」出現在戰國晚年至秦初睡虎地雲夢秦簡〈日書〉乙種〈十二支占卜篇〉。而「分段紀時」始於殷商延續至兩周，從甲骨文、金文能證明殷周紀時制度乃一脈相承。至於「刻漏制」確切年代，根據目前出土文獻來研判，能追溯至秦代（湘西里耶秦簡），是批竹簡屬於「嬴政二十五年至二世二年」（B.C.222 年～B.C.208 年），根據文字內容反映出當時人們已採用水漏計時法。

　　總括而言之，分析殷商甲骨、兩周銅器、戰國簡帛、秦代竹簡，發現以下

幾點內容：

第一、殷商時期紀日時稱分析，瞭解到語彙隨著人為因素，闡發出不同紀時風貌。譬如：

（一）武丁在位五十九年間，卜辭紀日時稱已出現明顯差異，在𠂤組卜辭有十四種紀日時稱：「旦－明－大采－大食－中日－昃、𩁹昃－小食－小采－枛－夗（月出之時）－夕－寐－殊（夜半時分）」，而非王卜辭花東卜辭則出現「叉（早）－昃－莫（暮）－枛－夕」五種紀日時稱，到賓組卜辭有「朕（黎明破曉之時）、旦（日出前、日出之時）－明（天剛亮）－大食、食日－早、大采（早上）－中日（中午時分）－昃（太陽偏西之時）－枛（掌燈時）－夕（夜晚時分）－夙」十二種紀日時稱，除了「大食」稱作「食日」以外，其餘詞皆已見𠂤組卜辭。藉此彰顯相同統治者，因人們使用之習慣，刻寫在甲骨的紀日時稱卻有所分別。同時，殷商王族卜辭與非王卜辭也存在紀時詞彙使用上的異同，像是「莫（暮）」專屬於武丁時期非王卜辭，而「昃、枛、夕」共見於王族、非王卜辭。

（二）出組卜辭則有「晨（晨）－早、朝－莫（暮）－枛－夕」六種紀日時稱，其中「晨」屬假借（僅見於本期），日後殷商甲骨已不復見；而「朝」仍繼續被何組、無名組、歷組時期的人們所使用。到了何組卜辭共有十種紀日時稱，即「旦－朝－大食、食日－昜－中日－莫、昏－枛－夕」，其中「旦」繼承武丁時期之用法，「朝」則延續出組卜辭之紀時稱謂，而本期新創「昜、昏」兩字。到了無名組時期，本期為殷商甲骨出現最多紀時語彙，分別是「旦－朝－大食（食日、食）－中日、昜－昃－章兮（章）－莫、昏－枛－住－夕－夙－𥁀」共計十七種時稱，當中「章兮、住」為本期新出現紀日時稱，其象徵殷商人們觀測太陽之紀錄、夜間人定息止之時。隨著時間推移至武乙、文丁時期的小屯南地甲骨，共計「旦、食日、中日、昃、章兮、莫（暮）、枛、夕」八種紀日時稱。而帝乙、帝辛時期的黃組卜辭所見紀日時稱，惟有「妹、夕、中彔」三種，其顯示商末之際王室甚少使用紀時語彙。

（三）藉助第二章紀日時稱的排列，發現「歷組卜辭」與乙丁卜辭具有相類似的特性，卻與賓組卜辭相距甚遠，本期紀日時稱是「旦、朝、昃、莫、枛、夕」六種。同時，從歷組卜辭紀日時稱的分析，能瞭解殷商人們把白天區分較為細緻，夜晚卻明顯不如之，深受殷商人們「日落而息」生活習慣影響。

　　第二、兩周紀日時稱反映出語言的進化及不同時期、區域對於本項詞之影響，像是：

　　（一）西周器銘紀日時稱的構詞法，從原本「單音詞」走向「複音詞」（並列結構），例如「朝夕」、「殂（夙）夕」，代表西周人們語言進步的證據，從單純語義上的「紀時」之用法，演變爲語用的層次，運用「早到晚」以來「宣示臣下對君王之效忠」。無論是在康王〈大盂鼎〉「朝夕」或 西周早期〈麥盉〉、〈應公鼎〉「殂（夙）夕」皆蘊含受封者（臣、諸侯）對主政者（君王）在政治、祭祀、諫言等方面戮力輔佐之意味。同時，西周早期分段紀時詞有「杳霿」（黎明破曉）、「殂」（凌晨時分）、「明」（日出天明之時）、「朝」（早晨）、「夕」（夜晚）五種，扣除「杳霿」以外，其餘四種紀日時稱爲繼承殷商之法。整體言之，西周早期銘文反映時稱不若殷商完整，推測是與鑄器動機、紀錄事蹟密切相關，且隨著王權勢力興起，周王室逐漸將冊命制度、賞賜制度充分的發展，產生固定時辰舉行某類儀式。

　　（二）西周中期「分段紀時」常見於冊命銘文，西周中期分段紀時所用的詞語，分別有「杳霿、殂（夙）」（黎明破曉、凌晨時分）、「旦」（天剛亮）、「朝」（早晨點）、「夕」、「夜」六種，除了「昧喪」、「夜」兩類以外，其餘皆見於殷商甲骨。其次，西周中期人們觀念中「夕」已從殷商、西周早期「泛指夜晚」轉變作「傍晚、日落時分」，並創造新的紀時詞彙「夜」來說明「夜晚時段」。故西周中期相較於西周早期新增「旦」、「夜」兩字，卻依舊無法反映一日完整的紀日時稱。西周中葉冊命制度逐漸完備，銘文常見「旦＋王＋在＋地點」之句型，被人們刻寫於銘文開頭處以說明冊命制度王之所在地；藉此顯示王室習慣在「旦」（日出之時）舉行冊命之儀式。同時，西周中期「殂（夙）夕」、「殂（夙）夜」皆修飾祭祀類銘文，企圖表現受冊命者從早到晚（勤奮）地進行祭祀；但較爲特別的是「殂（夙）夕」爲西周中期繼承西周早期之語彙；而「殂（夙）夜」是西周中期新增之詞。

　　（三）西周晚期銅器出現「旦、朝、屦（晨）、夙、夕、夜」六類紀日時稱，除了「旦、辰」單獨被使用，其他四字分別以「朝夕」、「夙夜」、「夙夕」、「晝夜」複合詞之形式被刻寫於青銅器銘文。透過紀日時稱「旦」的用法，瞭解到西周晚期冊命制度，當時王室習慣在「日出之時」，周王及百官們會先行進入太廟，舉行冊命典禮。其中「朝夕、夙夕」能上溯西周早期，而「夙夜」則可溯

源於西周中期，以上複合詞反映紀時語彙的延續性，但「晝夜」一詞，為西周晚期新出現之語彙。西周晚期的戰爭銘文，運用了紀日時稱「屖（晨）」、「夙夜」加以描述戰爭之過程。像是宣王時期〈多友鼎〉，運用「屖（晨）」（時稱）說明器主的武功高強，方能擊潰敵軍。

（四）春秋時期銅器上較少刻寫紀日時稱，此現象與「政治因素」密切相關，因為隨著周王室的地位衰微，諸侯們紛紛自行鑄造銅器。當時，各國的主政者及其追隨者運用銘文彰顯自身地位、宣示個人身份，逐漸地發展出地域特色的禮、樂、車馬、兵器等。而本時期器銘幾乎以實用取向為主，在銘文字數趨近精簡，僅有少數銅器會於「頌揚先祖」（春秋時期〈秦公鐘〉）、「鑄器時間」（春秋晚期〈鄬子受鑄鐘〉）述及紀時用語，而本時期「紀日時稱」具有強烈地域性，譬如：齊國〈叔尸鎛〉僅用「夗（夙）夜」，秦國〈秦公簋〉、〈秦公鎛〉則作「夗（夙）夕」。

（五）戰國銘文，各國陸續發展其書體，多半僅刻寫「作器之用途、器主」。戰國中期以後，隨著戰事頻繁，諸侯們紛紛施以集權制，並對兵器或用器（度量衡、量器）加強控制，銘文興起「物勒工名」之形式，本時期所見紀日時稱，有〈越王者旨於賜鐘〉「夙莫」及平山三器、〈燕侯載器〉「夙夜」。在「紀時用語」存有文字異構（𣆉、𣇀）之情況，像是：燕國（思－夙）、中山（莫－暮），顯示當時「區域」對於文字書寫、用字習慣的影響。

第三、楚地簡帛涉及紀時的內容，出現在江陵出土「九店、天星觀、磚瓦場、秦家嘴」與荊門「包山簡、新蔡葛陵」六批竹簡、上海博物館藏楚簡、清華簡、楚帛書。以上多批楚簡中「紀日時稱」多源自金文，譬如：「旦、朝、夕、暮、夜、夙」等；僅有上博簡四〈曹沫之陳〉新增「早」作為「早晨」之用，專屬楚簡增添的紀時語彙。同時，楚地紀日時稱時並不完整，無法建構完整一日之時制，幾乎紀日時稱多見於「祭禱、日書」，彰顯楚人盛行祭禱風氣。

第四、統計秦簡的部分，主要在睡虎地、王家臺、放馬灘、周家臺、里耶、嶽麓書院藏秦簡六批及一批江陵岳山木牘。可知秦地簡牘所見紀日時稱多半出現《日書》。而學界對於《日書》紀時之討論，始於于豪亮〈秦簡《日書》紀時紀月諸問題〉，文中徵引了睡虎地秦簡《日書》甲種與乙種、馬王堆帛書《陰陽五行》、王充《論衡‧說日》之內容，證明戰國末年曾將「一晝夜劃分成十六時」。同時，本文經由實際的翻閱秦簡資料，發現睡虎地秦簡中「旦、朝、夙、莫（暮）、

夕、夜」皆能溯源於兩周金文，譬如：「旦」〈休盤〉、「朝」〈令彝〉、「夙」〈利簋〉、「夜」〈師虎簋〉、「夕」〈麥尊〉等。

其次，透過傳世文獻及其他出土秦簡的內容分析，釐清了戰國末年人們採用「十六時制」加以紀錄一日的時辰。至於，依循著放馬灘秦簡內容，得知「時稱」與「音樂觀」密切相關，其反映戰國時期人們已具「十二律相生律數」之觀念。

再者，整理「周家臺秦簡」紀日時稱，瞭解當時人們紀錄時辰的方式有兩大類：（一）廿八時制：出現〈線圖〉，其用意在「通過時稱推算所值廿八星宿，供作擇吉的依據」，但本類時稱不具有等分一日的效果，因廿八星宿在空間上也不是等分的；故周家臺秦簡廿八時制不能被視爲秦人對一日時間的紀時制度。（二）十六時制：根據這批材料所出現紀日時稱，發現當時人們將一日劃分成十六等分，描述整日的時辰。並將「周家臺」與「放馬灘」秦簡加以比較，發現彼此有「平旦、日出、食時、莫食、日中、日入」六種紀日時稱相同，其中「食時」，昔日放馬灘秦簡尚未完全公布前，曾被學者所忽略，迄今簡文自 2009 年全部公諸於世後，在《式圖》簡 184 第 5 排「食時市日七」，得以修正舊說。而本文也將周家臺與《論衡・調時》、居延漢簡相互對應，發現相同者則是「平旦、日出、食時、日中、日失（昳）時、餔時、日入」七項，藉此可知戰國末年人們在「時稱」的使用上已有逐漸增繁的趨勢。

此外，第六章分析出土文獻紀日時稱的語法結構，採用「單純詞」、「複合詞」劃分不同時期的紀日時稱，歸納成下表：

	單 純 詞	複 合 詞
殷商甲骨	夙、妹、旦、明、（叉）早、蕔（晨）、朝、食、督、昃、韋、莫（暮）、昏、夗、夕、枛、住、寐、殊、盥（20 種）	大采、大食、小采、小食、中日（日中）、中杂、韋兮（韋）、崗昃、食日（9 種）
兩周銅器	夙、旦、明、屡（晨）、朝、莫（暮）、夕、夜（8 種）	杏響、朝夕、夙暮、夙夕、夙夜、晝夜、日夜（7 種）
戰國至秦代簡帛、木牘	竹簡：夙、旦、朝、早、唇（晨）、莫（暮）、晝、昏、夕、夜、彔、晦（12 種） 帛書：朝、晝、夕、宵（4 種）	昧響、莧旦、平旦、日出、日出時、大辰（晨）、食時、蚤食、夙食、安食、晏食、莫食、延食、日未中、日中、日過中、過中、西中、日失、餔時、昏市……等（55 種）

經整理上述紀日時稱，得知時代及書寫工具，影響文字構形，且分辨紀日時稱的前提，需藉助上下文例對照，才能釐清語意。

最後，統整殷商至秦代紀日時稱的文字現象，發現具「繁化」、「簡化」、「異化」、「同化」及「文字假借」五種，其中「繁化」部分包含增繁偏旁、筆畫與音符（形聲標音），而「簡化」部分有「單一筆畫簡省、合筆借用」，前者是將文字構形省略，後者是把兩個字之間筆畫共用，像是新蔡葛陵簡「夕」與前一字「之」合文借用筆畫，寫作「夌」。關於「異化」部分可細分為：構形本身的「方位互作」、偏旁結構的「形符互作」、文字聲符的「形音互作」。至於「同化」之產生與文字隸變有關，分別是睡虎地秦簡「夙、莫」，前字寫成「朋、舀」，將右側从丮偏旁寫作「凡」，已失人形；而「幕」則將文字下方「艸形偏旁」經隸變書寫成類似「丌形」，直到秦代頒訂「小篆」以後，中國文字才趨於定型。

第二節　本文成果與價值

隨著大量出土材料被發掘，相關研究日益開展，無論是斷代、軍事、曆法等議題，皆有大量學者進行探討與研究；但對於殷商至秦代之紀時文化，幾乎無人採取通盤之研究。從「紀時制度」能瞭解古代天文曆法、文化制度，反映不同時代人們的語言習慣，同時，也顯示不同時期人們對於自然氣象、物候盛衰、民情風俗的觀察紀錄。

本文透過不同時期出土文物、傳世典籍的蒐集，建構殷商至秦的紀時語彙，並討論紀時傳統之演變，探究紀時文化之傳承、變遷。所謂的「傳承部分」乃指殷商至西周出土文物、傳世文獻所運用「分段紀時制」，例如：且、朝、夕等詞，而「變遷部分」是指戰國末年至秦代所新興的紀時制度，像是「漏刻制」。

中國自戰國末年以後，隨著百家爭鳴的學術思潮，出現「陰陽五行」之說，後有「數術學」之興盛，時人紛紛將吉凶禍福與自然天象予以對應，大量《日書》被傳載於竹簡。隨著竹簡被公布，使得讀者一睹戰國末年時制之演變，從殷商、西周、春秋、戰國初年的「分段紀時」逐漸地有「十二時制」（睡虎地秦簡）、「十六時制」（放馬灘秦簡）、「廿八時制」（周家臺秦簡）。然而，戰國時期絕非所有地區皆對「紀時制度」有所變革，像是楚國僅新創「紀月」之詞（詳

見睡虎地秦簡〈秦楚月名對照表〉〕〔註1〕，紀日時稱仍延續使用自殷商以來的「分段紀時制」。

再者，經由比較傳世文獻與出土材料，可發現彼此在「紀日時稱」的差異，大量紀日時稱已不復見於當時傳世文獻，譬如：殷商甲骨「夘、**殏**、中㣊、大食、小食」、戰國至秦代竹簡「夜未半、夜三分之一、夜過半、雞未鳴、雞後鳴」等詞彙，以上現象啓發了我們對戰國時制的重新考察。同時，昔日學界對紀時制度未曾有過完整的探討，多從個別專書或單一出土材料作爲語料來分析。但「紀時制度」爲各朝曆法中重要環節，其紀錄了人類具體活動，包含自然觀測、祭祀活動、國家朝政、郵驛傳遞、吉凶禍福及軍事出征等，從中能瞭解不同時期的關注焦點、擇日取向。藉此並能瞭解到漢簡的「紀時方式的多樣、語言靈活多變」皆是其來有自〔註2〕。

下列爲本論文研究的成果：

第一、蒐集殷商甲骨，取眾家之長，補充部分說法之不足，企圖藉此來呈現晚商紀時之概況。經過縝密分析，重新瞭解晚商紀日時稱。

第二、運用鑄刻於不同載體的甲骨、銅器、簡帛，可發現晚商至秦代人民書寫動機，再透過文字對比，更能瞭解到人們在「時間詞彙」使用上的相承性、變異性，研擬出不同時期對於時間之觀念。

第三、利用古文字資料，可以解決先秦史研究中難題。過去研究先秦史大多依據傳世文獻，往往因古文獻資料言之不詳或相互矛盾，造成詮釋之困難，故本文透過甲骨、金文、簡文所出現之字形或詞彙與傳世文獻相結合，除糾正文獻之誤讀外，更可瞭解人們對時間之運用，窺探時間對各時期人們之影響。

第四、補充《古漢語時間範疇辭典》及《記時詞典》紀時詞彙，因書內所徵引材料以傳世文獻爲主，雖列舉甲骨紀時詞彙十四種〔註3〕，但顯然有疏漏，且針對兩周銅器、戰國至秦代簡帛、木牘的紀日時稱未予以探討。故論文藉助

〔註1〕 王勝利：〈再談楚國曆法的建正問題〉，《文物》第 3 期（1990 年），頁 67。

〔註2〕 漢簡紀日時稱特徵，詳見黃琳：《居延漢簡紀時研究》，頁 127～128。

〔註3〕 筆者案：《古漢語時間範疇辭典》（頁 70～75）論及甲骨紀日時稱有「明、大采、小采、昏、湄（昧）、中日、昃、大食、小食、旦、朝、莫（暮）、郭兮、夕」十四種。至於《記時詞典》徵引的材料全以傳世典籍《尚書》、《詩經》、《左傳》、《淮南子》等，未論及出土文獻的部分。

出土文獻的蒐羅，能反映殷商至秦代人們書面語的使用狀況，進而瞭解到不同時期紀日時稱的轉變。

　　總之，本文全面梳理晚商至秦代的時稱，進而剖析先秦紀時用語之差異。並透過透過歷時、共時的比較，釐清紀時語彙在不同時代之異同，再藉助傳世文獻之記載，建構較完整的紀時發展概況。最後，本文的研究重心，在於殷商至秦代紀時材料蒐集，以及資料的整理、分析；通篇處理出土材料包含：甲骨文、青銅器文、簡文、帛書四大類，而傳世文獻則有《易經》、《尚書》、《詩經》、《左傳》、《呂氏春秋》、《公羊傳》、《穀梁傳》、《論語》、《孟子》等十四大類。但因個人時間所侷限，無法將研究範圍擴及戰國、秦代的「諸子百家」，則有待後續之補強。

　　總之，本論文聚焦於殷商至秦代的紀日時稱，而傳世文獻則採用寒泉資料庫搜尋，難免造成部分時稱的疏漏。近年來學界與本論文有關的論著，我們已盡力蒐羅，但難免有所疏漏，尚祈博雅君子，不吝批評指正。

參考書目

壹、傳統文獻

1. 〔周〕左丘明傳；〔晉〕杜預注；〔唐〕孔穎達正義；李學勤主編；蒲衛忠等整理：《春秋左傳正義》（臺北：臺灣古籍出版有限公司，2001 年）。

2. 〔漢〕鄭玄注；〔唐〕賈公達疏；趙伯雄整理；李學勤主編：《周禮注疏》（臺北：臺灣古籍出版有限公司，2001 年）。

3. 〔漢〕毛亨注；〔漢〕鄭玄箋；〔唐〕孔穎達疏；〔唐〕龔抗雲等整理：《毛詩正義》（臺北：臺灣古籍，2001 年）。

4. 〔漢〕鄭玄注；〔唐〕賈公彥疏：《周禮注疏》（臺北：臺灣古籍出版社，2001 年）。

5. 〔漢〕孔安國傳；〔唐〕孔穎達疏；李學勤主編；廖名春、陳明整理：《尚書正義》（臺北：臺灣古籍出版有限公司，2001 年）。

6. 〔漢〕王充：《論衡》（臺北：商務印書館，1975 年）。

7. 〔漢〕劉安：《淮南子》（臺北：臺灣商務印書館，1976 年）。

8. 〔漢〕許慎著；〔清〕段玉裁注：《說文解字注》（臺北：漢京文化事業公司，1983 年）。

9. 〔秦〕呂不韋：《呂氏春秋》（北京：中華書局，1991 年）。

10. 〔魏〕王弼注；〔唐〕孔穎達等正義：《周易正義》（臺北：藝文印書館，1955 年）。

11. 〔隋〕蕭吉撰：《五行大義》（北京：中華書局，1985 年）。

12. 〔清〕永瑢等撰：《四庫全書總目》（北京：中華書局，1987 年）。

貳、古文字材料、工具書

1. 于省吾主編、姚孝遂按語編撰：《甲骨文字詁林》（北京：中華書局，1996 年）。

2. 中國文物研究所、湖北省文物考古研究所編：《龍崗秦簡》（北京：中華書局，2001年）。

3. 中國社會科學院考古研究所編：《小屯南地甲骨》（上海：中華書局，1980年～1983年）。

4. 中國社會科學院考古研究所編：《殷周金文集成》（北京：中華書局，1984～1994年）。

5. 中國社會科學院考古研究所編：《殷周金文集成》修訂增補本（北京：中華書局，2007年）。

6. 中國社會科學院考古研究所編：《殷墟花園莊東地甲骨》（昆明：雲南人民出版社，2003年）。

7. 中國社會科學院歷史研究所編、郭沫若主編：《甲骨文合集》（上海：中華書局，1978年～1983年）。

8. 中國科學院考古研究院：《金文文獻集成》（香港：明石文化國際出版有限公司，2004年）。

9. 中國語言學大辭典編委會：《中國語言學大辭典》（南昌：江西教育出版社，1992年2月）。

10. 天理大學編：《天理大學附屬參考館甲骨文字》（東京：天理教道友社1987年）。

11. 王海棻：《記時詞典》（合肥：安徽教育出版社，1999年）。

12. 王海棻：《古漢語時間範疇辭典》（合肥：安徽教育出版社，2004年）。

13. 甘肅省文物考古研究所編：《天水放馬灘秦簡》（北京：中華書局，2009年）。

14. 朱漢民、陳松長主編：《嶽麓書院藏秦簡（壹）》（上海：上海辭書出版社，2010年）。

15. 李守奎：《楚文字編》（上海：華東師範大學出版社，2003年）。

16. 李學勤、曾毅公：《殷墟文字綴合》（北京：科學出版社，1955年）。

17. 李學勤、齊文心等編：《瑞典斯德哥爾摩遠東古物博物館藏甲骨文字》（北京：中華書局，1999年）。

18. 李學勤、齊文心、艾蘭編：《英國所藏甲骨集》（北京：中華書局，1992年）。

19. 李鐘淑、葛英會編；北京大學中國考古學研究中心、北京大學考古文博學院編：《北京大學珍藏甲骨文字》（上海：上海古籍出版社，2008年）。

20. 何琳儀：《戰國古文字典：戰國文字聲系》（北京：中華書局，1998年）。

21. 汪濤、胡平生、吳芳思主編：《英國國家圖書館藏斯坦因所獲未刊漢文簡牘》（上海：上海辭書出版社，2007年）。

22. 松丸道雄：《東京大學東洋文化研究所藏甲骨文字》（東京：東京大學東洋文化研究所，1983年）。

23. 河南省文物考古研究所編著：《新蔡葛陵楚墓》（鄭州：大象出版社，2003年）。

24. 金文今譯類檢編寫組：《金文今譯類檢》〔殷商西周卷〕（南寧：廣西教育出版社，

2003 年）。

25. 胡厚宣編：《蘇、德、美、日所藏甲骨》（成都：四川辭書出版社 1998 年）。

26. 姚孝遂：《殷墟甲骨刻辭類纂》（北京：中華書局，1989 年）。

27. 首陽齋、上海博物館、香港中文大學文物館：《首陽吉金──胡盈瑩、范季融藏中國古代青銅器》（上海：上海古籍出版，2008 年）。

28. 孫海波：《甲骨文編》（北京：中華書局，1965 年）。

29. 荊門市博物館編：《郭店楚墓竹簡》（北京：文物出版社，1998 年）。

30. 馬承源主編：《上海博物館藏戰國楚竹書（一）》（上海：上海古籍出版社，2001 年）。

31. 馬承源主編：《上海博物館藏戰國楚竹書（二）》（上海：上海古籍出版社，2002 年）。

32. 馬承源主編：《上海博物館藏戰國楚竹書（三）》（上海：上海古籍出版社，2002 年）。

33. 馬承源主編：《上海博物館藏戰國楚竹書（四）》（上海：上海古籍出版社，2002 年）。

34. 馬承源主編：《上海博物館藏戰國楚竹書（五）》（上海：上海古籍出版社，2002 年）。

35. 馬承源主編：《上海博物館藏戰國楚竹書（六）》（上海：上海古籍出版社，2002 年）。

36. 馬承源主編：《上海博物館藏戰國楚竹書（七）》（上海：上海古籍出版社，2008 年）。

37. 馬承源主編：《上海博物館藏戰國楚竹書（八）》（上海：上海古籍出版社 2011 年）。

38. 張春龍主編：《湖南里耶秦簡》（重慶：重慶出版社，2010 年）。

39. 張守中：《睡虎地秦簡文字編》（北京：文物出版社，1994 年）。

40. 清華大學出土文獻研究與保護中心編、李學勤主編：《清華大學藏戰國竹簡（壹）》（上海：中西書局，2010 年）。

41. 清華大學出土文獻研究與保護中心編、李學勤主編：《清華大學藏戰國竹簡（貳）》（上海：中西書局，2011 年）。

42. 許進雄編著：《懷特氏等收藏甲骨文集》（多倫多：皇家安大略博物館，1991 年）。

43. 郭沫若主編：《甲骨文合集》（北京：中華書局，1982 年）。

44. 陳松長編：《香港中文大學文物館藏簡牘》（香港：香港中文大學文物館，2001 年）。

45. 陳偉：《楚地出土戰國簡冊〔十四種〕》（北京：經濟科學出版社，2009 年）。

46. 彭邦炯、謝濟、馬季凡編：《甲骨文合集補編》（北京：語文出版，1999 年）。

47. 湖北省文物考古研究所、北京大學中文系編：《九店楚簡》（北京：中華書局，2000 年）。

48. 湖北省文物考古研究所、北京大學中文系編：《江陵望山楚簡》（北京：中華書局，

1995 年）。

49. 湖北省荊州市周梁玉橋遺址博物館編：《關沮秦漢簡牘》（北京：中華書局，2001年）。

50. 湖北省荊沙鐵路考古隊編：《包山楚墓》（北京：文物出版社，1991 年）。

51. 馮春田、梁苑、楊淑敏撰：《王力語言學詞典》（濟南：山東教育出版社，1995 年）。

52. 雷煥章：《法國所藏甲骨錄》（臺北：光啓出版社，1985 年）。

53. 雷煥章：《德瑞荷比所藏一些甲骨錄》（臺北：光啓出版社，1997 年）。

54. 睡虎地秦墓竹簡整理小組編：《睡虎地秦墓竹簡》（北京：文物出版社，1990 年）。

55. 劉雨、汪濤：《流散歐美殷周有銘青銅器集錄》（上海：上海辭書出版社，2007 年）。

56. 劉雨、盧岩編著：《近出殷周金文集錄》（北京：中華書局，2002 年）。

57. 滕壬生：《楚系簡帛文字編》（武漢：湖北教育出版社，1995 年）。

58. 蔡哲茂：《甲骨綴合續集》（臺北：文津出版社，2004 年）。

59. 鍾柏生、陳昭容、黃銘崇、袁國華編：《新收殷周青銅器銘文暨器影彙編》（臺北：藝文印書館，2006 年）。

60. 嚴一萍：《殷虛第十三次發掘所得卜甲綴合集》（臺北：藝文印書館，1989 年）。

參、研究專書

1. 〔日〕工藤元男：《睡虎地秦簡所見秦代國家與社會》（上海：上海古籍出版社，2010 年）。

2. 〔日〕白川靜：《金文通釋》（京都：白鶴美術館，1975 年）。

3. 〔日〕淺野裕一：《上博楚簡與先秦思想》（臺北：萬卷樓圖書股份有限公司，2008年）。

4. 〔日〕富谷至；柴生芳、朱恒曄譯：《秦漢刑罰制度研究》（桂林：廣西師範大學出版社，2006 年）。

5. 〔瑞士〕費爾迪南·德·索緒爾（Ferdinand de Saussure）著；高名凱譯：《普通語言學教程》（北京：商務印書管，1999 年）。

6. 丁聲樹等著：《現代漢語語法講話》（北京：商務印書館，1999 年）。

7. 丁四新主編：《楚地簡帛思想研究》（二）（武漢：湖北教育出版社，2005 年）。

8. 于省吾：《雙劍誃詩經新證》（臺北：藝文印書館，1957 年）。

9. 于省吾：《殷契駢枝全編》（臺北：藝文印書館，1975 年）。

10. 于省吾：《詩經楚辭新證》（臺北：木鐸出版社，1982 年）。

11. 于省吾：《澤螺居詩經新證》（北京：中華書局，1982 年）。

12. 于省吾：《甲骨文字釋林》（北京：中華書局，1999 年）。

13. 于豪亮：《雲夢秦簡研究》（北京：中華書局，1981 年）。

14. 中國古文字學研討會論文集編輯委員會編：《古文字學論集》初編（香港：香港

中文大學，1983 年）。

15. 中國社會科學院考古研究所：《殷墟的發現與研究》（北京：科學出版社，1994 年）。

16. 中國社會科學院簡帛研究中心：《簡帛研究 2002、2003》（桂林：廣西師範大學出版社，2005 年）。

17. 中國社會科學院簡帛研究中心編：《簡帛研究》第三輯（南寧：廣西教育出版社，1998 年）。

18. 王力：《中國語法理論》（濟南：山東教育出版社，1984 年）。

19. 王子今：《睡虎地秦簡《日書》甲種疏證》（武漢：湖北教育出版社，2003 年）。

20. 王宇信、楊升南主編：《甲骨學一百年》（北京：社會科學文獻出版社，1999 年）。

21. 王宇信、宋鎮豪、孟憲武主編：《2004 年安陽殷商文明國際學術研討會論文集》（北京：社會科學文獻出版社，2004 年）。

22. 王國維：《古史新証──王國維最後的講義》（北京：清華大學出版社，1994 年）。

23. 王國維：《觀堂集林》（臺北：世界書局，1991 年）。

24. 王暉：《秦出土文獻編年》（臺北：新文豐出版股份有限公司，2000 年）。

25. 王煥林：《里耶秦簡校詁》（北京：中國文聯出版社，2007 年）。

26. 王輝：《一粟集──王輝學術文存》（臺北：藝文印書館，2002 年）。

27. 王襄：《古文流變臆說》（上海：龍門聯合書局，1961 年）。

28. 王襄：《簠室殷契徵文考釋》（北京：北京圖書館出版社，2000 年）。

29. 四川大學學報編輯部、四川大學古文字研究室編輯：《古文字研究論文集》（《四川大學學報叢刊》第十輯，成都：四川人民出版社，1982 年）。

30. 左松超：《文言語法綱要》（臺北：五南圖書出版公司，2003 年）。

31. 吉仕梅：《秦漢簡帛語言研究》（成都：巴蜀書社，2004 年）。

32. 朱歧祥師：《殷墟甲骨文字通釋稿》（臺北：文史哲出版社，1989 年）。

33. 朱歧祥師：《殷墟卜辭句法論稿：對貞卜辭句型變異研究》（臺北：臺灣學生書局，1990 年）。

34. 朱歧祥師：《甲骨學論叢》（臺北：臺灣學生書局，1992 年）。

35. 朱歧祥師：《甲骨文讀本》（臺北：里仁書局，1999 年）。

36. 朱歧祥師：《殷墟花園莊東地甲骨論稿》（臺北：里仁書局，2008 年）。

37. 朱鳳瀚：《商周家族形態研究》（天津：天津古籍出版社，2004 年）。

38. 朱鳳瀚：《中國青銅器綜論》（上海：上海古籍出版社，2009 年）。

39. 艾蘭、邢文主編：《新出簡帛研究：新出簡帛國際學術研討會論文集》（北京：文物出版社，2004 年）。

40. 何琳儀：《戰國文字通論》（訂補）（南京：江蘇教育出版社，2003 年）。

41. 何亮：《中古漢語時點時段表達研究》（成都：巴蜀書社，2007 年）。

42. 何樹環：《西周錫命銘文新研》（臺北：文津出版社，2007 年）。

43. 何雙全：《雙玉蘭堂文集》（臺北：蘭臺出版社，2002 年）。

44. 余培林：《詩經正詁》（臺北：三民書局，2005 年）。

45. 吳俊德：《殷墟第三、四期甲骨斷代研究》（臺北：藝文印書館，1999 年）。

46. 吳鎮烽：《金文人名彙編》修訂本（北京：中華書局，2006 年）。

47. 呂叔湘：《中國文法要略》（臺北：臺灣商務印書館，1977 年）。

48. 呂叔湘等著：《語法研究入門》（北京：商務印書館，1999 年）。

49. 宋華強：《新蔡葛陵楚簡初探》（武漢：武漢大學出版社，2010 年）。

50. 宋鎮豪主編：《百年甲骨學論著目》（北京：語文出版社，1999 年）。

51. 宋鎮豪主編：《甲骨文與殷商史》新一輯（北京：線裝書局，2009 年）。

52. 李向農：《現代漢語時點時段研究》（武昌：華中師範大學出版社，2003 年）。

53. 李佐豐：《上古漢語語法研究》，（北京：北京廣播學院出版社，2003 年）。

54. 李孝定：《甲骨文字集釋》（臺北：中央研究院歷史語言研究所，2004 年）。

55. 李零：《長沙子彈庫戰國楚帛書研究》（北京：中華書局，1985 年）。

56. 李零：《中國方術考》（北京：人民中國出版社，1993 年）。

57. 李零：《簡帛古書與學術源流》（北京：生活・讀書・新知三聯書店，2004 年）。

58. 李學勤：《殷代地理簡論》（北京：科學出版社，1959 年）。

59. 李學勤：《李學勤集——追溯・考據・古文明》（哈爾濱：黑龍江教育出版社，1989 年）。

60. 李學勤：《簡帛佚籍與學術史》（臺北：時報文化出版企業有限公司，1994 年）。

61. 李學勤、彭裕商：《殷墟甲骨分期研究》（上海：上海古籍出版社，1996 年）。

62. 李學勤：《中國古代文明與國家形成研究》（昆明：雲南人民出版社，1997 年）。

63. 李學勤：《走出疑古時代》（瀋陽：遼寧大學出版社，1997 年）。

64. 李學勤：《四海尋珍》（北京：清華大學出版社，1998 年）。

65. 李學勤：《當代學者自選文庫：李學勤卷》（合肥：安徽教育出版社，1999 年）。

66. 李學勤：《夏商周年代學札記》（瀋陽：遼寧大學出版社，1999 年）。

67. 李學勤主編：《簡帛研究二○○一》（桂林，廣西師範大學出版社，2001 年）。

68. 李學勤：《青銅器與古代史》（臺北：聯經出版事業股份有限公司，2005 年）。

69. 李學勤：《文物中的古文明》（北京：商務印書館，2008 年）。

70. 沈培：《殷墟甲骨卜辭語序研究》（臺北：文津出版社，1992 年）。

71. 沈頌金：《二十世紀簡帛學研究》（北京：學苑出版社，2003 年）。

72. 沈寶春師主編：《《首陽吉金》選釋：附 2008 年金文學年鑑》（臺北：麗文文化事業股份有限公司，2009 年）。

73. 汪中文：《西周冊命金文所見官制研究》（臺北：國立編譯館，1999 年）。

74. 汪桂海：《秦漢簡牘探研》（臺北：文津出版社，2009 年）。

75. 周寶宏：《西周青銅重器銘文集釋》（天津：天津古籍出版社，2007 年）。

76. 季旭昇師：《詩經古義新證》（臺北：文史哲出版社，1994 年）。

77. 季旭昇師：《說文新證》上冊（臺北：藝文印書館，2002 年）。

78. 季旭昇師：《說文新證》下冊（臺北：藝文印書館，2004 年）。

79. 季旭昇師主編：《《上海博物館藏戰國楚竹書（二）》讀本》（臺北：萬卷樓圖書股份有限公司，2003 年）。

80. 季旭昇師主編：《《上海博物館藏戰國楚竹書（四）》讀本》（臺北：萬卷樓圖書股份有限公司，2007 年）。

81. 屈萬里：《殷虛文字甲編考釋》，（臺北：中央研究院歷史語言研究所，1992 年影印版）。

82. 林宏明：《戰國中山國文字研究》（臺北：臺灣古籍出版有限公司，2003 年）。

83. 林清源師：《簡牘帛書標題格式研究》（臺北：藝文印書館，2006 年）。

84. 武漢大學簡帛研究中心編：《簡帛》第二輯（上海：上海古籍出版社，2007 年）。

85. 竺家寧：《漢語詞彙學》（臺北：五南圖書出版有限公司，1999 年）。

86. 姚孝遂、肖丁合著：《小屯南地甲骨考釋》（北京：中華書局，1985 年）。

87. 姚萱：《殷墟花園莊東地甲骨卜辭的初步研究》（北京：線裝書局，2006 年）。

88. 胡光煒：《胡小石論文集三編》（上海，上海古籍出版社，1995 年）。

89. 胡平生、李天虹：《長江流域出土簡牘與研究》（湖北：武漢教育出版社，2004 年）。

90. 胡厚宣主編：《甲骨文與殷商史》第二輯（上海：上海古籍出版社，1986 年）。

91. 胡厚宣主編：《甲骨文與殷商史》第三輯（上海：上海古籍出版社，1990 年）。

92. 胡厚宣：《甲骨文合集來源表》（北京：中國社會科學出版社，1999 年）。

93. 唐蘭：《西周青銅器銘文分代史徵》（北京：中華書局，1986 年）。

94. 唐蘭：《天壤閣甲骨文存考釋》（北京：北京圖書館，2000 年）。

95. 孫詒讓：《契文舉例》（北京：北京圖書館出版社，2000 年）。

96. 孫鶴：《秦簡牘書研究》（北京：北京大學圖書館，2009 年）。

97. 徐中舒：《徐中舒歷史論文選集》（北京：中華書局，1998 年）。

98. 徐富昌：《睡虎地秦簡研究》（臺北：文史哲出版社，1993 年）。

99. 郝樹聲、張德芳：《懸泉漢簡研究》（蘭州：甘肅文化出版社，2009 年）。

100. 陝西省文物局編：《盛世吉金——陝西寶雞眉縣青銅器窖藏》（北京：北京出版社，2003 年）。

101. 馬承源：《中國青銅器研究》（上海：上海古籍出版社，2002 年）。

102. 高明：《中國古文字學通論》（北京：北京大學出版社，1996 年）。

103. 高明凱：《漢語語法論》（上海：開明出版社，1985 年）。

104. 商承祚：《戰國楚竹簡彙編》（濟南：齊魯書社，1995 年）。

105. 商承祚：《殷虛文字類編》（北京：北京圖書館出版社，2000 年）。

106. 常玉芝：《商代周祭制度》（北京：中國社會科學出版社，1987 年）。

107. 常玉芝：《殷商曆法研究》（長春：吉林文史出版社，1998 年）。

108. 常宗豪等編：《第二屆國際中國古文字學研討會論文集》（香港：香港中文大學中國語言及文學系，1993 年）。

109. 張玉金：《甲骨卜辭語法研究》（上海：學林出版社，2001 年）。

110. 張玉金：《甲骨文語法學》（上海：學林出版社，2001 年）。

111. 張玉金：《20 世紀甲骨語言學》（上海：學林出版社，2003 年）。

112. 張光裕、黃德寬主編：《古文字學論稿》（安徽：安徽大學出版社，2008 年）。

113. 張光裕：《雪齋學術論文集》（臺北：藝文印書館，1989 年）。

114. 張光裕主編：《第三屆國際中國古文字學研討會論文集》（香港：香港中文大學中國文化研究所，1997 年）。

115. 張志公、劉蘭英、孫全洲：《語法與修辭》（臺北：新學識文教出版中心，1998 年）。

116. 張秉權：《小屯・殷墟文字丙編考釋》（臺北：中央研究院歷史語言研究所，1997 年影印）。

117. 張政烺：《張政烺文史論集》（北京：中華書局，2004 年）。

118. 張培瑜等著：《中國古代曆法》（北京：中國科學技術出版社，2008 年）。

119. 張聞玉：《古代天文曆法講座》（桂林：廣西師範大學出版社，2008 年）。

120. 張曉明：《春秋戰國金文字體演變研究》（濟南：齊魯書社，2006 年）。

121. 張懋鎔：《古文字與青銅器論集》第二輯（北京：科學出版社，2006 年）。

122. 曹錦炎、沈建華編著：《甲骨文校釋總集》（上海：上海辭書出版社，2006 年）。

123. 曹逢甫：《主題在漢語中的功能研究》（北京：語文出版社，1995 年）。

124. 梁濤：《郭店楚簡與思孟學派》（北京：中國人民大學出版社，2008 年）。

125. 許倬雲：《西周史》（臺北：聯經出版事業公司，1990 年）。

126. 郭沫若：《甲骨文字研究》（上海：大東書局，1931 年）。

127. 郭沫若：《中國古代社會研究》（上海：上海書店，1989 年）。

128. 郭沫若著作編輯出版委員會編：《郭沫若全集・考古編》（北京：科學出版社，2002 年）。

129. 陳年福：《甲骨文動詞詞彙研究》（成都：巴蜀書社，2001 年）。

130. 陳奇猷：《呂氏春秋校釋》（臺北：華正書局，1985 年）。

131. 陳昭容主編：《古文字與古代史》第一輯（臺北：中央研究院歷史語言研究所，2007 年）。

132. 陳美東：《中國古代天文學思》（北京：中國科學技術出版社，2008 年）。

133. 陳英傑：《西周金文作器用途銘辭研究》（北京：線裝書局，2008 年）。

134. 陳偉：《包山楚簡初探》（武漢：武漢大學出版社，1996 年）。

135. 陳偉：《新出楚簡研讀》（武漢：武漢大學出版社，2010 年）。

136. 陳昭容：《秦系文字研究》（臺北：中央研究院歷史語言研究所，2003 年）。

137. 陳煒湛：《古文字學論集》初編（香港：香港中文大學，1983 年）。

138. 陳煒湛：《甲骨文田獵刻辭研究》（南寧：廣西教育出版社，1995 年）。

139. 陳夢家《殷虛卜辭綜述》（北京：中華書局，2004 年重印）。

140. 陳夢家：《西周銅器斷代》（北京：中華書局，2004 年）。

141. 陳夢家：《漢簡綴述》（北京：中華書局，2008 年）。

142. 陳漢平：《西周冊命制度研究》（上海：學林出版社，1986 年）。

143. 陳劍：《甲骨金文考釋論集》（北京：線裝書局，2007 年）。

144. 陳雙新：《西周青銅樂器銘辭研究》（石家莊：河北大學出版社，2002 年）。

145. 彭裕商：《西周青銅器年代綜合研究》（成都：巴蜀書社，2003 年）。

146. 湯餘惠：《戰國銘文選》，（長春：吉林大學出版社，1993 年）。

147. 馮時：《古文字與古史新論》（臺北：臺灣書房出版有限公司，2007 年）。

148. 馮時：《百年來甲骨文天文曆法研究》（北京：中國社會科學出版社，2011 年）。

149. 馮勝君：《郭店簡與上博簡對比研究》（北京：線裝書局，2007 年）。

150. 黃天樹：《殷墟王卜辭的分類與斷代》（臺北：文津出版社，1991 年）。

151. 黃天樹：《黃天樹古文字論集》（北京：學苑出版社，2006 年）。

152. 黃然偉：《殷周史料論集》（香港：三聯書店，1995 年）。

153. 黃錫全：《湖北出土商周文字輯證》（武漢：武漢大學出版社，1992 年）。

154. 黃德寬等著：《古文字譜系疏證》（北京：商務印書館，2007 年）。

155. 新城新藏：《東洋天文學史研究》（上海：中華學藝社，1933 年）。

156. 楊伯峻、何樂士：《古漢語語法及其發展》（北京：語文出版社，2003 年）。

157. 楊華：《先秦禮樂文化》（武漢：湖北教育出版社，1997 年）。

158. 楊華：《新出簡帛與禮制研究》（臺北：臺灣古籍出版有限公司，2007 年）。

159. 楊樹達：《卜辭求義》（臺北：大通書局，1971）。

160. 楊樹達：《積微居甲文說》（臺北：大通書局，1974 年）。

161. 楊樹達：《積微居甲文說・耐林廎甲文說・卜辭瑣記・卜辭求義》（上海：上海古籍出版社，2006 年）。

162. 楊懷源：《西周金文詞彙研究》（成都：巴蜀書社，2007 年）。

163. 溫少峰、袁庭棟：《殷墟卜辭研究——科學技術篇》（四川：四川社會科學院出版社，1983 年）。

164. 葉正渤：《金文月相紀時法研究》（北京：學苑出版社，2006 年）。

165. 葉玉森：《殷虛書契前編集釋》（臺北：藝文印書館，1966 年）。

166. 董作賓：《殷曆譜》（臺北：藝文印書館，1977 年）。

167. 董作賓：《董作賓先生全集》甲編（臺北：藝文印書館，1977 年）。

168. 董作賓：《董作賓先生全集》乙編（臺北：藝文印書館，1977 年）。

169. 裘錫圭：《文字學概要》（臺北：萬卷樓圖書公司，1994 年）。

170. 裘錫圭：《古文字論集》（北京：中華書局，1992 年）。

171. 詹鄞鑫：《華夏考：詹鄞鑫文字訓詁論集》（北京：中華書局，1996 年）。

172. 管燮初：《甲骨刻辭語法研究》（北京：中國科學出版社，1953 年）。

173. 聞一多：《聞一多全集》（武漢：湖北人民出版社，1993 年）。

174. 趙元任著；丁邦新譯：《中國話的文法》（香港：中文大學出版社，1980 年）。

175. 趙誠：《甲骨文簡明辭典——卜辭分類讀本》（北京：中華書局，1988 年）。

176. 趙誠《二十世紀金文研究述要》（太原：書海出版社，2003 年）。

177. 趙鵬：《殷墟甲骨文人名與斷代的初步研究》（北京：線裝書局，2007 年）。

178. 劉信芳：《包山楚簡解詁》（臺北：藝文印書館，2003 年）。

179. 劉釗：《出土簡帛文字叢考》（臺北：臺灣古籍出版有限公司，2004 年）。

180. 劉釗：《古文字構形學》（福州：福建人民出版社，2006 年）。

181. 劉國忠：《五行大義研究》（瀋陽：遼寧大學出版社，1999 年）。

182. 劉鈺、袁仲一編著：《秦文字通假集釋》（西安：陝西人民教育社，1999 年）。

183. 劉道超：《擇吉與中國文化》（北京：人民出版社，2004 年）。

184. 劉樂賢：《睡虎地秦簡日書研究》（臺北：文津出版社，1994 年）。

185. 劉樂賢：《簡帛數術文獻探論》（武漢：湖北教育出版社，2002 年）。

186. 劉操南：《古代天文曆法釋證》（杭州：浙江大學出版社，2009 年）。

187. 劉翔、陳抗、陳初生、董琨編：《商周古文字讀本》（北京：語言出版社，1989 年）。

188. 鄭定國：《周禮夏官的軍禮思想》（臺北：文史哲出版社，1995 年）。

189. 鄭繼娥：《甲骨文祭祀卜辭語言研究》（成都：巴蜀出版社，2007 年）。

190. 盧連成、胡智生：《寶雞強國墓地》（北京：文物出版社，1988 年）。

191. 駢宇騫、段書安編著：《本世紀以來出土簡帛概述》（臺北：萬卷樓圖書有限公司，1999 年）。

192. 繆文遠：《戰國策考辨》（北京：中華書局，1984 年）。

193. 鍾宗憲：《先秦兩漢文化的側面研究》（臺北：知書房出版社，2005 年）。

194. 韓江蘇：《殷墟花東 H3 卜辭主人「子」研究》（北京：線裝書局，2007 年）。

195. 魏慈德：《中國古代風神崇拜》（臺北：臺灣古籍出版有限公司，2002 年）。

196. 魏慈德：《殷墟花園莊東地甲骨卜辭研究》（臺北：臺灣古籍出版有限公司，2006 年）。

197. 魏德勝：《《睡虎地秦墓竹簡》詞彙研究》（北京：華夏出版社，2002 年）。

198. 羅振玉：《增訂殷虛書契考釋》（臺北：藝文印書館，1981 年）。

199. 羅振玉：《殷虛書契考釋》（北京：中華書局，2006 年）。

200. 饒宗頤：《殷代貞卜人物通考》（香港：香港大學出版，1959 年）。

201. 饒宗頤、曾憲通：《雲夢秦簡日書研究》（香港：中文大學出版社，1982 年）。

202. 饒宗頤、曾憲通：《楚帛書》（香港：中華書局，1985 年）。

203. 饒宗頤、曾憲通：《隨縣曾侯乙墓鐘磬銘辭研究》（香港：中文大學出版社，1985年）。

204. 饒宗頤、曾憲通：《楚地出土文獻三種研究》，（北京：中華書局，1993年）。

205. 饒宗頤：《饒宗頤二十世紀學術文集》（臺北：新文豐出版股份有限公司，2003年）。

206. 饒宗頤著：《饒宗頤新出土文獻論證》（上海：上海古籍出版社，2005年）。

207. 龔千炎：《漢語的時相時制時態》（北京：商務印書館，1995年）。

肆、期刊、會議論文

1. 〔日〕成家徹郎著；呂靜譯：〈「利簋」銘文中「歲」字表示木星〉，《文博》第 4 期（1997年）。

2. 〔日〕林巳奈夫：〈殷——春秋前期金文の書式と常用語句の時代的變遷〉，《東方學報》55 冊（1983年）。

3. 〔美〕倪德偉、夏含夷：〈晉侯的世系及其對中國古代紀年的意義〉，《中國史研究》第 1 期（2001年）。

4. 〔美〕倪德衛：〈《國語》「武王伐殷」天象辨偽〉，《古文字研究》第十二輯（北京：中華書局，1985年）。

5. 于振波：〈里耶秦簡中的「除郵人」簡〉，《湖南大學學報》（社會科學版）第 17 卷 3 期（2003年）。

6. 于振波：〈秦律中的甲盾比價及相關問題〉，《史學集刊》第 5 期（2010年）。

7. 于豪亮：〈中山三器銘文考釋〉，《考古學報》第 2 期（1979年）。

8. 方建軍：〈秦簡《律書》生律法再探〉，《黃鐘》（《武漢音樂學院學報》）第 4 期（2010年）。

9. 王子今：〈秦漢時期湘江洞庭水路郵驛的初步考察——以里耶秦簡和張家山漢簡爲視窗〉，《湖南社會科學》第 5 期（2004年）。

10. 王冠英：〈作冊封鬲銘文考釋〉，《中國歷史文物》第 2 期（2002年）。

11. 王春芳、吳紅松：〈從里耶秦簡看秦代文書和文書工作〉，《大學圖書情報學刊》第 23 卷第 2 期（2005年）。

12. 王偉：〈嶽麓書院藏秦簡所見秦郡名稱補正〉，《考古與文物》第 5 期（2010年）。

13. 王勝利：〈再談楚國曆法的建正問題〉，《文物》第 3 期（1990年）。

14. 王輝：〈虎簋蓋銘座談紀要〉，《考古與文物》第 3 期（1997年）。

15. 王輝：〈王家臺秦簡《歸藏》校釋（28則）〉，《江漢考古》第 1 期（2003年）。

16. 王暉：〈帝乙帝辛卜辭斷代研究〉，《陝西師範大學學報》（哲學社會科學版）第 32 卷第 5 期（2003年9月）。

17. 王翰章、陳良和、李保林：〈虎簋蓋銘簡釋〉，《考古與文物》第 3 期（1997年）。

18. 石雲孫：〈論語境〉，《語境研究論文集》（北京：北京語言學院出版社，1992年）。

19. 何琳儀、黃錫全：〈瑴簋考釋六則〉，《古文字研究》第七輯（北京：中華書局，

1982 年）。

20. 何琳儀：〈中山王器考釋拾遺〉，《史學集刊》第 3 期（1984 年）。

21. 吳小強：〈《日書》與秦社會風俗〉，《文博》第 2 期（1990 年）。

22. 吳小強：〈論秦人宗教思維特徵——雲夢秦簡《日書》的宗教學研究〉，《江漢考古》第 1 期（1992 年）。

23. 吳小強：〈從日書看秦人的生與死〉，《簡牘學報》第 15 期（1993 年）。

24. 吳其昌：〈金文曆朔疏證〉，《燕京學報》第 6 期（1929 年）。

25. 吳振武：〈新見西周再簋銘文釋讀〉，《史學集刊》第 2 期（2006 年）。

26. 吳振武：〈試釋西周獄簋銘文中的「馨」字〉，《文物》第 11 期（2006 年）。

27. 吳國昇：〈甲骨文「易日」解〉，《古籍整理研究學刊》第 5 期（2003 年）。

28. 宋會群、李振宏：〈秦漢時制研究〉，《歷史研究》第 6 期（1993 年）。

29. 宋鎮豪：〈釋寤〉，《殷都學刊》第 4 期（1984 年）。

30. 宋鎮豪：〈試論殷代的紀時制度〉，《全國商史學術討論會論文集》（《殷都學刊》增刊，1985 年）。

31. 宋鎮豪：〈先秦時期是如何紀時的〉，《文化史知識》第 6 期（1986 年）。

32. 宋鎮豪：〈說甲骨卜辭中的「湄日」〉，四川大學歷史系編《徐中舒先生百年誕辰紀念文集》（四川：巴蜀書社，1998 年）。

33. 李宗焜：〈卜辭所見一日內時稱考〉，《中國文字》新 18 期（1994 年）。

34. 李宗焜：〈論殷墟甲骨文的否定詞「妹」〉，《中央研究院歷史語言研究所集刊》66 本 4 分（1995 年 12 月）。

35. 李忠林：〈周家臺秦簡歷譜繫年與秦時期曆法〉，《歷史研究》第 6 期（2010 年）。

36. 李匯洲、陳祖清：〈《呂氏春秋》與中國古代天文曆法〉，《理論月刊》第 8 期（2010 年）。

37. 李運富：〈《包山楚簡》「言業」字解詁〉，《古漢語研究》第 1 期（2003 年）。

38. 李零：〈「式」與中國古代的宇宙模式〉，《中國文化》第 1 期（1991 年）。

39. 李零：〈視日、日書和葉書——三種簡帛文獻的區別和定名〉，《文物》第 12 期（2008 年）。

40. 李學勤、李零：〈平山三器與中山國史的若干問題〉，《考古學報》第 2 期（1979 年）。

41. 李學勤：〈青川郝家坪木牘研究〉，《文物》第 10 期（1982 年）。

42. 李學勤：〈兮甲盤與駒父盨——論西周末周朝與淮夷的關係〉，《人文雜誌叢刊》第二輯（1984 年）。

43. 李學勤：〈小盂鼎與西周制度〉，《歷史研究》第 5 期（1987 年）。

44. 李學勤：〈令方尊、方彝新釋〉，《古文字研究》第十六輯（北京：中華書局，1989 年）。

45. 李學勤：〈論《骨的文化》的一件刻字小雕骨〉，《胡厚宣先生紀念文集》，（北京：

科學出版社，1998 年）。

46. 李學勤：〈初讀里耶秦簡〉，《文物》第 1 期（2003 年）。

47. 李學勤：〈論葛陵楚簡的年代〉，《文物》第 7 期（2004 年）。

48. 李學勤：〈論秦子簋蓋及其意義〉，《故宮博物院院刊》第 6 期（2005 年）。

49. 李學勤：〈「二重證據法」與古史研究〉，《清華大學學報》（哲學社會科學版） 第 5 期（2007 年）。

50. 沈之瑜、濮茅左：〈卜辭的辭式與辭序〉，《古文字研究》第十八輯（北京：中華書局，1992 年）。

51. 沈建華：〈甲骨卜辭中所見的鼓〉，《于省吾教授百年誕辰紀念文集》（長春：吉林大學出版社，1996 年）。

52. 沈建華：〈從《菁華》大版卜辭看商人風俗與信仰〉，中國國家博物館編：《中國國家博物館館藏文物研究叢書・甲骨卷》（上海：上海古籍出版社，2007 年）。

53. 沈建華：〈釋殷代卜辭擇日術語「易日」〉，《古文字研究》第二十七輯（北京：中華書局，2008 年）。

54. 沈培：〈說殷墟甲骨卜辭的「枫」〉，《華學》（北京：中國廣播電視出版社，1995 年）。

55. 沈寶春師：〈西周金文重文現象探究——《殷周金文集成》簋類重文為例〉，《古文字研究》第二十四輯（北京：中華書局，2002 年）。

56. 沈寶春師：〈從先秦金文論重疊詞的起源問題——由「子子孫孫」談起〉，《第四屆國際中國古文字學研討會論文集》（2003 年）。

57. 沈寶春師：〈宋右師延敦「佳贏贏昷昷易天恻」解〉，《古文字研究》第二十五輯（北京：中華書局，2004 年）。

58. 汪中文：〈《利簋》銘文彙釋〉，《中國文字》新 18 期（1994 年）。

59. 谷杰：〈從放馬灘秦簡《律書》再論《呂氏春秋》生律次序〉，《音樂研究》3 期（2005 年）。

60. 谷杰：〈《放馬灘簡》與《周禮注疏》、《禮記正義》中的「蕤賓重上」兼論十二律大陰陽說的早期形式〉，《中國音樂》第 3 期（2010 年）。

61. 邢義田：〈湖南龍山里耶 J1（8）157 和 J1（9）1～12 號秦牘的文書構成、筆跡和原檔存放形式〉，武漢大學簡帛研究中心主辦：《簡帛》第一輯（上海：上海古籍出版社，2006 年）。

62. 周法高：〈論商代月蝕的紀日法〉，《大陸雜誌》第 35 卷第 3 期（1967 年 8 月）。

63. 周鳳五：〈上博五〈姑成家父〉重編新釋〉，《臺大中文學報》第 25 期（2006 年 12 月）。

64. 周鳳五：〈眉縣楊家村窖藏四十三年逨鼎銘文初探〉，《華學》7 輯（廣州：中山大學出版社，2004 年）。

65. 周寶宏：〈小盂鼎銘文集釋〉，《西周青銅重器銘文集釋》（天津：天津古籍出版社，2007 年）。

66. 季旭昇師：〈《雨無正》解題〉，《古籍整理研究學刊》第三期（2002 年）。

67. 季旭昇師：〈談談訓詁學如何運用古文字〉，《東海中文學報》第二十三期（2011年 7 月）。

68. 易桂花、劉俊男：〈從出土簡牘看秦漢時期的行書制度〉，《中國歷史文物》第 4期（2009 年）。

69. 林劍鳴：〈從秦人價值看秦文化的特點〉，《歷史研究》第 3 期（1987 年）。

70. 林劍鳴：〈秦漢政治生活中的神秘主義〉，《歷史研究》第 4 期（1991 年）。

71. 林澐：〈小屯南地發掘與殷墟甲骨斷代〉，《古文字研究》第九輯（北京：中華書局，1984 年）。

72. 松丸道雄：〈殷墟卜辭中の田獵地について──殷代國家構造研究のために〉，《東洋文化研究所紀要》第三十一冊（1963 年 3 月）。

73. 金祥恆：〈加拿大多倫多大學安達黎奧博物館所藏一片牛肩胛骨刻辭考釋〉，《中國文字》第 9 卷（1962 年）。

74. 金祥恆：〈釋𢼊𣎴〉，《中國文字》第 3 卷第 11 冊（1963 年 3 月）。

75. 姚孝遂：〈再論古漢字的性質〉，《古文字研究》第十七輯（北京：中華書局，1989年）。

76. 姚志豪：〈從武乙、文丁卜辭字體談甲骨斷代〉，東吳大學中國文學系、中國文字學會主編：《第二十一屆中國文字學國際學術研討會論文集》（臺北：東吳大學，2010 年）。

77. 胡文輝：〈放馬灘《日書》小考〉，《文博》第 6 期（1999 年）。

78. 胡平生：〈讀里耶秦簡札記〉，《簡牘學研究》第四輯（蘭州：甘肅人民出版社，2004 年）。

79. 河北省文物管理處：〈河北平山縣戰國時期中山國墓葬發掘簡報〉，《文物》第 1期（1979 年）。

80. 唐蘭：〈周王𫝊鐘考〉，《國立北平故宮博物院刊》（1936 年）。

81. 夏含夷：〈四十二年、四十三年兩件吳逨鼎的年代〉，《中國歷史文物》第 5 期（2003年）。

82. 夏德安：〈周家臺的數術簡〉，《簡帛》第二輯（上海：上海古籍出版社，2007 年）。

83. 孫海波：〈釋內〉，《考古學社社刊》第 4 期（1936 年）。

84. 孫偉龍、李守奎：〈上博簡標識符號五題〉，《簡帛》第三輯（上海：上海古籍出版社，2008 年）。

85. 晏昌貴：〈秦家嘴「卜筮祭禱」簡釋文輯校〉，《湖北大學學報》（哲學社會科學版）第 1 期（2005 年）。

86. 晁福林：〈說殷卜辭中的「虹」 ──殷商社會觀念之一例〉，郭旭東主編：《殷商文明論集》（北京：中國社會科學出版社，2008 年）。

87. 柴煥波：〈湖南龍山縣里耶戰國秦漢城址及秦代簡牘〉，《考古》第 7 期（2003 年）。

88. 荊州地區博物館：〈江陵王家臺 15 號秦墓〉，《文物》第 1 期（1995 年）。

89. 荊沙鐵路考古隊：〈江陵秦家嘴楚墓發掘簡報〉，《江漢考古》第 2 期（1988 年）。

90. 馬怡：〈漢代的計時器及相關問題〉，《中國史研究》第 3 期（2006 年）。

91. 馬慶株：〈順序義對體詞語法功能的影響〉，《中國語言學報》第 4 期（1991 年）。

92. 常正光：〈辰爲商星〉，《古文字研究論文集》（《四川大學學報叢刊》第十輯（成都：四川人民出版社，1982 年）。

93. 常玉芝：〈「翌」的時間所指〉，《徐中舒先生百年誕辰紀念文集》（成都：巴蜀書社，1998 年）。

94. 常玉芝：〈說文武帝〉，《古文字研究》第四輯（北京：中華書局，1980 年）。

95. 郭永秉〈清華簡《尹至》「隹至在湯」解〉，發表於清華大學出土文獻研究與保護中心主辦「清華大學藏戰國竹簡（壹）》國際學術研討會」，（2011 年 6 月 28 日至 29 日）。

96. 張永山、羅琨：〈論歷組卜辭的年代〉，《古文字研究》第三輯（北京：中華書局，1982 年）。

97. 張玉金：〈論殷商時代的禘祭〉，《中國文字》新三十期（2005 年）。

98. 張光裕：〈讀新見西周𤔲簋銘文札逐〉，《古文字研究》第二十五輯（北京：中華書局，2004 年）。

99. 張光裕：〈新見金文詞彙兩則〉，《古文字研究》第二十六輯（北京：中華書局，2006 年）。

100. 張政烺：〈《利簋》釋文〉，《考古》第 1 期（1978 年）。

101. 張政烺：〈中山王 壺及鼎銘考釋〉，《古文字研究》第一輯（北京：中華書局，1979 年）。

102. 張春龍、龍京沙：〈里耶秦簡三枚地名里程木牘略析〉，《簡帛》第一輯（上海：上海古籍出版社，2006 年）。

103. 張春龍、龍京沙：〈湘西里耶秦代簡牘選釋〉，《中國歷史文物》第 1 期（2003 年）。

104. 張振林：〈論銅器銘文形式上的時代標記〉，《古文字研究》第五輯（北京：中華書局，1981 年）。

105. 張培瑜：〈伐紂天象與歲鼎五星聚〉，《清華大學學報》（哲學社會版）第 6 期（2001 年）。

106. 張德芳：〈懸泉漢簡中若干「時稱」問題的考察〉《出土文獻研究》第六輯（上海：上海古籍出版社，2004 年）。

107. 張懋鎔：〈宰獸簋王年試說〉，《文博》第 1 期（2002 年）。

108. 清華大學出土文獻研究與保護中心：〈清華大學藏戰國竹簡〈保訓〉釋文〉，《文物》第 6 期（2009 年）。

109. 許進雄：〈第五期五種祭祀祀譜的復原——兼談晚商曆法〉，《古文字研究》第十八輯（北京：中華書局，1992 年）。

110. 許道勝、李薇:〈嶽麓書院所藏秦簡《數》書釋文校補〉,《江漢考古》第 4 期(2010年)。

111. 許道勝:〈天星觀 1 號楚墓卜筮禱祠簡釋文校正〉,《湖南大學學報》(社會科學版)第 22 卷第 3 期 I(2008 年 5 月)。

112. 郭錫良:〈介詞「于」的起源和發展〉,《中國語文》第二期(1997 年)。

113. 陳全方、陳馨:〈新見商周青銅器瑰寶〉,《收藏》第 4 期(2006 年)。

114. 陳年福:〈甲骨文「易日」為「變天」說補正〉,《古漢語研究》第 2 期(1995 年)。

115. 陳佩芬:〈繁卣、趞鼎及梁其鐘銘文詮釋〉,《上海博物館集刊》第 2 期(1983 年 7 月)。

116. 陳松長:〈嶽麓書院所藏秦簡綜述〉,《文物》第 3 期(2009 年)。

117. 陳松長:〈嶽麓書院藏秦簡中的行書律令初論〉,《中國史研究》第 3 期(2009 年)。

118. 陳松長:〈嶽麓書院藏秦簡中的郡名考略〉,《湖南大學學報》(社會科學版) 第 2 期(2009 年)。

119. 陳昭容:〈周代婦女在祭祀中的地位——青銅器銘文中的性別、身份與角色研究〉,《清華學報》第 31 卷 4 期(2001 年 12 月)。

120. 陳美琪〈兩周金文重疊構詞彙釋〉,《屏東教育大學學報》(人文社會類) 第 27 期(2007 年 6 月)。

121. 陳致:〈《周頌》與金文中成語的運用來看古歌詩之用韻及四言詩體的形成〉,復旦大學「出土文獻與傳世典籍的詮釋——紀念譚樸森先生逝世兩周年國際學術研討會」(2009 年 6 月 13 日〜14 日)。

122. 陳英傑:〈金文中「君」字之 意義及其相關問題探析〉,《中國文字》新三十三期(2007 年)。

123. 陳英傑:〈談親簋銘中「肇享」的意義〉,《古文字研究》第二十七輯(北京:中華書局,2008 年)。

124. 陳偉:〈睡虎地秦簡《日書》釋讀札記〉,《華學》第六輯(北京:紫禁城出版社,2003 年)。

125. 陳偉:〈讀新蔡簡箚記(四則)〉,《康樂集——曾憲通教授七十壽慶論文集》(廣州:中山大學出版社,2006 年)。

126. 陳偉:〈「江胡」與「州陵」——嶽麓書院藏秦簡中的兩個地名初考〉,《中國歷史地理論叢》 第 1 期(2010 年)。

127. 陳應時:〈再談《呂氏春秋》的生律法——兼評《從放馬灘秦簡〈律書〉再論〈呂氏春秋〉生律次序》〉,《音樂研究》第 4 期(2005 年)。

128. 彭明瀚:〈關於商王田獵諏日問題〉,《殷都學刊》第 2 期(1996 年)。

129. 彭裕商:〈非王卜辭研究〉,《古文字研究》第十三輯,(北京:中華書局,1986 年)。

130. 彭裕商:〈歷組卜辭「日月有食」「日月有戠」卜骨的時代位序〉,郭旭東主編:《殷商文明論集》(北京:中國社會科學出版社,2008 年)。

131. 彭慧賢:〈西周厲、宣時期戰爭銘文研究〉,浙江大學等主辦:「2008 年杭州海外

漢學與中西文化交流國際研討會」（2008 年 10 月 24～26 日）。

132. 彭慧賢：〈商末紀年、祭祀類甲骨研究〉，《元培學報》第 16 期（2009 年）。

133. 曾憲通：〈秦漢時制芻議〉，《中山大學學報》第 4 期（1992 年）。

134. 湖北省江陵縣文物局、荊州地區博物館：〈江陵岳山秦漢墓〉，《考古學報》第 4 期（2000 年）。

135. 湖北省荊州地區博物館：〈江陵天星觀一號楚墓〉，《考古學報》第 1 期（1982 年）。

136. 湖北省荊州地區博物館：〈江陵楊家山 135 號秦墓發掘簡報〉，《文物》第 8 期（1993 年）。

137. 湖南省文物考古研究所、湘西土家族苗族自治州文物處、龍山縣文物管理所：《湖南龍山里耶戰國——秦代古城一號井發掘簡報》，《文物》第 1 期（2003 年）。

138. 程水金：〈西周末年的鑒古思潮與今文《尚書》的流傳背景——兼論《尚書》的思想意蘊〉，《漢學研究》第 19 卷第 1 期（2001 年 6 月）。

139. 賀潤坤：〈從雲夢秦簡看秦社會有關捕盜概況〉，中國社會科學院簡帛研究中心編輯《簡帛研究》第三輯（南寧：廣西教育出版社，1998 年）。

140. 馮時：〈殷代紀時制度研究〉，《考古學集刊》第 16 集（北京：科學出版社，2006 年）。

141. 黃天樹：〈殷代的日界〉，《華學》第 4 輯（2000 年）。

142. 黃天樹：〈賓組「日有食」卜辭的分類及其時代位序〉，《古文字研究》第二十二輯（北京：中華書局，2000 年）。

143. 黃國輝：〈小子𪊽卣紀時新證——兼談「蓬子受鈕鐘」的紀時辭例〉，《中國歷史文物》第 4 期（2008 年）。

144. 黃盛璋：〈西周銅器中冊命制度及其關鍵問題新考〉，《考古學研究》（西安：三秦出版社，1993 年）。

145. 黃盛璋：〈雲夢秦墓兩封家信中有關歷史地理的問題〉，《文物》第 8 期（1980 年）。

146. 黃然偉：〈殷王田獵考〉，《中國文字》第 14 期（1964 年 12 月）。

147. 黃德寬、徐在國：〈郭店楚簡考釋〉，《吉林大學古籍整理研究所建所十五週年紀念文集》（長春：吉林大學出版社，1998 年）。

148. 黃錫全：〈《包山楚簡》部分釋文校釋〉，《湖北出土商周文字輯證》（武漢：武漢大學出版社，1992 年）。

149. 葉國良：〈戰國楚簡中的「曲禮」論述〉，芝加哥大學顧立雅中國古文字學中心、武漢大學簡帛研究中心、臺灣大學中國文學系主辦：「2008 中國簡帛學國際論壇國際學術研討會」（2008 年 10 月 31 日～11 月 02 日）。

150. 董作賓：〈「四分一月」說辨正〉，《華西大學中國文化研究所輯刊》（1943 年）。

151. 董作賓：〈殷代的紀日法〉，《臺大文史哲學報》第 5 期（1953 年）。

152. 裘錫圭：〈甲骨文字考釋（八篇）〉，《古文字研究》第四輯（北京：中華書局，1980 年）。

153. 裘錫圭：〈甲骨文所見的商代農業〉，《全國商史學術討論會論文集》（《殷都學刊》增刊，1985 年）。

154. 裘錫圭：〈殷墟甲骨文「彗」字補說〉，《華學》第二輯（1996 年）。

155. 裘錫圭：〈殷墟甲骨文字考釋（七篇）〉，《湖北大學學報》第 1 期（1990 年）。

156. 裘錫圭：〈從殷墟卜辭的「王占曰」說到上古漢語的宵談對轉〉，《中國語文》第 1 期（2002 年）。

157. 裘錫圭：〈論「歷組卜辭」的時代〉，《古文字研究》第六輯（北京：中華書局，1981 年）。

158. 裘錫圭：〈論殷墟卜辭「多毓」之「毓」〉，《中國商文化國際學術討論會論文集》（北京：中國大百科全書出版社，1998 年）。

159. 詹鄞鑫：〈釋甲骨文「彝」字〉，《北京大學學報》第 2 期（1986 年）。

160. 賈連敏：〈古文字中的「祼」和「瓚」及相關問題〉，《華夏考古》第 3 期（1998 年）。

161. 賈麗英：〈秦漢簡反映漢初趙國屬郡及南部邊界問題二則〉，《石家莊學院學報》第 1 期（2011 年）。

162. 雷戈：〈為吏之道——後戰國時代官僚意識的思想史分析〉，《首都師範大學學報》（社會科學版）第一期（2005 年）。

163. 廖名春：〈王家臺秦簡《歸藏》管窺〉，《周易研究》第 2 期（2001 年）。

164. 管仲超：〈從秦簡《日書》看戰國時期擇吉民俗〉，《武漢教育學院報》第 15 卷第 5 期（1996 年）。

165. 臺北故宮博物院：〈子犯編鐘〉，《故宮文物月刊》第 145 期（1995 年）。

166. 趙永明：〈讀嶽麓書院藏秦簡《為吏治官及黔首》札記〉，《中國史研究》第 3 期（2009 年）。

167. 趙誠：〈古文字發展過程中的內部調整〉，《古文字研究》第十輯（北京：中華書局，1983 年）。

168. 趙誠：〈甲骨文虛詞探索〉，《古文字研究》第十五輯（北京：中華書局，1986 年）。

169. 趙燦、朱漢民：〈嶽麓書院藏秦簡《數》的主要內容及歷史價值〉，《中國史研究》第 3 期（2009 年）。

170. 趙燦、朱漢民：〈嶽麓書院藏秦簡《數書》中的土地面積計算〉，《湖南大學學報》（社會科學版）第 2 期（2009 年）。

171. 趙燦、朱漢民：〈從嶽麓書院藏秦簡《數》看周秦之際的幾何學成就〉，《中國史研究》第 3 期（2009 年）。

172. 劉道超：〈秦簡《日書》擇吉民俗研究〉，《廣西師範大學學報》第 40 卷第 3 期（2004 年）。

173. 劉桓：〈大盂鼎銘文釋讀及其他〉，《北方論叢》第 4 期（2005 年）。

174. 劉釗：〈卜辭所見殷代的軍事活動〉，《古文字研究》第十六輯（北京：中華書局，1989 年）。

175. 劉釗：〈談考古資料在《說文》研究中的重要性〉，《中國古文字研究》第一輯（長春：吉林大學出版社，1999 年）。

176. 劉釗：〈卜辭「雨不正」考釋──兼《詩·雨無正》篇題新證〉，《殷都學刊》第 4 期（2001 年）。

177. 劉釗：〈釋「𧷡」及相關諸字〉，《中國文字》新廿八期（2002 年）。

178. 劉國勝：〈楚地出土數術文獻與古宇宙結構理論〉，丁四新主編：《楚地簡帛思想研究》二（湖北：武漢教育出版社，2004 年）。

179. 劉翔：〈多友鼎兩議〉，《人文雜誌》第 1 期（1983 年）。

180. 劉源：〈試談《花東》卜辭中的𢦏〉，玄奘大學中語系、應外系、海華基金會聯合主辦：「2009 華語文與華文化教育國際研討會」（2009 年 12 月 11 日～12 日）。

181. 劉承慧：〈先秦「矣」的功能及其分化〉，《語言暨語言學》8 卷 3 期（2007 年）。

182. 劉承慧：〈先秦「也」、「矣」之辨──以《左傳》文本爲主要論據的研究〉，《中國語言學集刊》2 卷 2 期（2008 年）。

183. 劉信芳：〈新蔡葛陵楚墓的年代以及相關問題〉，《長江大學學報》（社會科學版）第 27 卷第 1 期（2004 年）。

184. 趙平安：〈釋古文字資料中的「𡬌」及相關諸字〉，《中國文字研究》第二輯（南寧：廣西教育出版社，2001 年）。

185. 蕭良瓊：〈卜辭中的「立中」與商代的圭表測影〉，《科學史文集》第十冊（上海：上海科學技術出版社，1983 年）。

186. 蕭楠：〈論武乙、文丁卜辭〉，《古文字研究》第三輯（北京：中華書局，1982 年）。

187. 蕭楠：〈再論武乙、文丁卜辭〉，《古文字研究》第九輯（北京：中華書局，1984 年）。

188. 賴秋桂：〈論花東甲骨時間的表述〉，靜宜大學主辦「第十二屆中區文字學學術研討會」（2010 年 6 月 5 日）。

189. 龍宇純：〈甲骨文金文𣎴字及其相關問題〉，《中央研究院歷史語言研究所集刊》第 34 本下冊（1963 年）。

190. 韓耀隆：〈甲骨卜辭中「于」字用法探究〉，《中國文字》第 49 冊（1973 年 9 月）。

191. 羅西章：〈宰獸簋銘略考〉，《文物》第 8 期（1998 年）。

192. 嚴一萍：〈釋沙〉，《中國文字》第 40 冊（1971 年）。

193. 嚴一萍：〈釋洀〉，《甲骨古文字研究》（臺北：藝文印書館，1976 年）。

194. 蘇建洲：〈試論《放馬灘秦簡》的「莫食」時稱〉，《中國文字》新卅六期（2011 年 1 月）。

195. 饒宗頤：〈秦簡中的五行說與納音說〉，《古文字研究》第十四輯（北京：中華書局，1986 年）。

196. 饒宗頤：〈雲夢秦簡日書研究〉，《楚地出土文獻三種研究》（北京：中華書局，1993 年）。

伍、網路論文

1. 日月：〈金文「肇」字補說〉，復旦網（2010 年 6 月 14 日），
   網址：http://www.gwz.fudan.edu.cn/SrcShow.asp？Src_ID=1184。

2. 王秀麗：《金文疊音詞語探析》，復旦網（2009 年 3 月 18 日），
   網址：http://www.gwz.fudan.edu.cn/SrcShow.asp？Src_ID=726。

3. 任攀、程少軒整理：〈網摘·《清華一》專輯〉，復旦網（2011 年 2 月 2 日），
   網址：http://www.guwenzi.com/Srcshow.asp？Src_ID=1393。

4. 宋華強：〈上博竹書《問》篇偶識〉，武漢網（2008 年 10 月 21 日），
   網址：http://www.bsm.org.cn/show_article.php？id=886。

5. 何有祖：〈《季庚子問於孔子》與《姑成家父》試讀〉，武漢網（2006 年 2 月 19 日），
   網址：http://www.bsm.org.cn/show_article.php？id=202。

6. 沈培：〈關於「抄寫者誤加『句讀符號』的更正意見」〉，武漢網（2006 年 2 月 25 日），網址：http://www.bsm.org.cn/show_article.php？id=233。

7. 李天虹：〈新蔡楚簡補釋四則〉，簡帛研究網（2003 年 12 月 17 日），
   網址：http://www.jianbo.org/admin3/html/litianhong02.htm。

8. 趙從禮：〈秦漢簡牘「質日」考〉，復旦網（2011 年 3 月 8 日），網址 http://www.gwz.fudan.edu.cn/SrcShow.asp？Src_ID=1427#_edn8。

9. 胡平生：〈讀里耶秦簡札記〉，簡帛研究網（2003 年 10 月 23 日），
   網址：http://www.jianbo.org/admin3/list.asp？id=1028。

10. 范常喜：〈金文「蔑曆」補釋〉，復旦網（2011 年 1 月 9 日），
    網址：http://www.gwz.fudan.edu.cn/SrcShow.asp？Src_ID=1369#_edn7。

11. 晏昌貴：〈《三德》四箚〉，武漢網（2006 年 3 月 7 日），
    網址：http://www.bsm.org.cn/show_article.php？id=272。

12. 陳年福：〈釋「易日」——兼與吳國升先生商榷〉，復旦網（2010 年 3 月 1 日），
    網址：http://www.gwz.fudan.edu.cn/SrcShow.asp？Src_ID=1093。

13. 陳致：〈《周頌》與金文中成語的運用來看古歌詩之用韻及四言詩體的形成〉，復旦網（2009 年 10 月 9 日），網址：http://www.guwenzi.org/SrcShow.asp？Src_ID=932。

14. 陳偉：〈岳麓秦簡《占夢書》1525 號等簡的編連問題〉，簡帛網（2011 年 4 月 9 日），網址：http://www.bsm.org.cn/show_article.php？id=1436。

15. 陳偉武：〈荊門左塚楚墓漆梮文字釋補〉，復旦網（2009 年 7 月 11 日），
    網址：http://www.gwz.fudan.edu.cn/srcshow.asp？src_id=853。

16. 陳斯鵬：〈《柬大王泊旱》編聯補議〉，簡帛研究網（2005 年 3 月 7 日），
    網址：http://www.jianbo.org/admin3/2005/chensipeng002.htm#_edn1。

17. 陳劍：〈上博竹書《曹沫之陳》新編釋文（稿）〉，簡帛研究網（2005 年 2 月 11 日），
    網址：http://www.jianbo.org/admin3/2005/chenjian001.htm。

18. 程少軒、蔣文：〈放馬灘簡《式圖》初探（稿）〉，復旦網（2009 年 11 月 6 日），
    網址：http://www.gwz.fudan.edu.cn/SrcShow.asp？Src_ID=964。

19. 程少軒、蔣文：〈略談放馬灘簡所見三十六禽（稿）〉，復旦網（2009 年 11 月 11 日），網址：http://www.gwz.fudan.edu.cn/SrcShow.asp？Src_ID=974。

20. 黃人二、趙思木：〈讀《清華大學藏戰國竹簡（壹）》書後（二）〉，武漢網（2011 年 1 月 8 日），網址：http://www.bsm.org.cn/show_article.php？id=1369。

21. 曹建敦：〈上博簡《天子建州》「天子歆氣」章的釋讀及相關問題〉，復旦網（2011 年 9 月 30 日），
    網址：http://www.gwz.fudan.edu.cn/Srcshow.asp？Src_ID=1672#_edn14。

22. 劉信芳：〈釋葛陵楚簡「暮生早孤」〉，簡帛研究網（2004 年 1 月 11 日），
    網址：http://www.jianbo.org/admin3/HTML/liuxinfang02.htm。

23. 劉樂賢：〈讀清華簡札記〉，武漢網（2011 年 1 月 11 日），
    網址：http://www.bsm.org.cn/show_article.php？id=1384#_edn5。

24. 蘇建洲：〈試論《放馬灘秦簡》的「莫食」時稱〉，復旦網（2010 年 5 月 11 日），
    網址：http://www.gwz.fudan.edu.cn/SrcShow.asp？Src_ID=1146。

25. 孫飛燕：〈試論《尹至》的「至在湯」與《尹誥》的「及湯」〉，復旦網（2011 年 1 月 10 日），網址：http://www.gwz.fudan.edu.cn/SrcShow.asp?Src_ID=1373#_edn5。

陸、學位論文

1. 于成龍：《楚禮新證——楚簡中的紀時、卜筮與祭禱》（北京：北京大學考古文博學院博士論文，2004 年）。

2. 田忠進：《里耶秦簡隸校詮譯與詞語匯釋》（湖南：湖南師範大學漢語言文字學碩士學位論文，2010 年）。

3. 吳俊德：《殷墟第四期祭祀卜辭研究》（臺北：臺灣大學中國文學研究所博士論文，2005 年）。

4. 吳紅松：《西周金文賞賜物品及其相關問題研究》（安徽：安徽大學漢語言文字學博士論文，2006 年）。

5. 宋雅萍：《殷墟 YH127 坑背甲刻辭研究》（臺北：政治大學中國文學研究所碩士論文，2008 年）。

6. 巫雪如：《包山楚簡姓氏研究》（臺北：臺灣大學中國文學研究所碩士論文，1993 年）。

7. 李世淵：《殷周金文文例研究》（臺北：國立政治大學中國文學研究所碩士論文，2006 年）。

8. 邴尚白：《葛陵楚簡研究》（臺北：臺灣大學中國文學研究所博士論文，2007 年）。

9. 唐鈺明：《定量和變換——古文字資料詞匯語法研究的重要方法》（廣州：中山大學中文研究所博士論文，1988 年）。

10. 陳柏全：《甲骨文氣象卜辭研究》（臺北：政治大學中國文學系碩士論文，2004 年）。

11. 陳雅雯：《《說文解字》數術思想研究》（臺南：國立成功大學中國文學系博士論文，2009 年）。

12. 陳嘉凌：《《楚帛書》文字析議》（臺北：國立臺灣師範大學中國文學系研究所博士論文，2008 年）。

13. 程少軒：《放馬灘簡式占古佚書研究》，（上海：復旦大學中文系博士學位論文，2011 年 10 月）。

14. 黃琳：《居延漢簡紀時研究》（上海：華東師範大學中國語言文學系碩士論文，2006 年）。

15. 黃儒宣：《《日書》圖像研究》（臺北：臺灣大學中國文學研究所博士論文，2009 年）。

16. 蔣玉斌：《𠂤組甲骨文獻的整理與研究》（吉林：東北師範大學碩士學位論文，2003 年）。

柒、電子資料庫

1. 中央研究院歷史語言研究所金文工作室製作之「殷周金文暨青銅器資料庫」，
   網址：http://www.ihp.sinica.edu.tw/～bronze。

2. 國立臺北大學古典文獻學研究所「寒泉資料庫檢索系統」，
   網址：http://libnt.npm.gov.tw/s25/。

3. 香港中文大學中國文化研究所劉殿爵中國古籍研究中心開發「漢達文庫」，
   網址：http://www.chant.org/default.asp。